Deus ex Sigmar
Reikland
Erengrad
Salkalten
Bohsenfels
Ferlangen
Burg von Rauken
Wolfenburg
Burg Lenkster
Hergig
Talabheim
K I S L E V
Kislev
Greifen
Wald
Bechhafen
O s t m a r k
Bund
Nagenhof
Einsental
Das
Geisterhügel
Marburg
Große
Wald
Siegfriedhof
Karak Kadrin
Waldenhof
Burg Templehof
Hagedorn
Leichenburg
Wurtbad
S t i r l a n d
S y l v a n i a
Drakenhof
Nachthafen
Zhufbar
Averheim
Großfürstentum Mootland
Die Drei Türme
Schramleben
Pfungzig
Düster See
Karak Varn
Nachtfeuerpass
Karak Angazhar
S c h w a r z e s G e b i r g e
Das Imperium
Mortheim
Altdorf
Imperator Karl-Franz I.
Der Heilige Tempel des Sigmar
Deus ex Sigmar der Vereiniger

Reikland

DAS IMPERIUM IN TRÜMMERN
KOMPENDIUM INHALTSVERZEICHNIS

IMPRESSUM

Compilation: Graeme Davis

Writers: Dave Allen, Graeme Davis, John Foody, Mac Dara Mac Donnacha, Pádraig Murphy, Anthony Ragan, and Simon Wileman

Editor: Síne Quinn

WFRS 4 Line Developer: Dave Allen **WFRS 4 Producer:** Pádraig Murphy

Cover: Sam Manley

Illustration: Jared Blando, Alberto Bontempi, Andy Hepworth, Ralph Horsley, Jérôme Huguenin, Daniel Kovács, Yugin Maffioli, Sam Manley, JG O'Donoghue, Daniele Di Parma, Fabio Profida, and Scott Purdy

Graphic Design and Layout: Rory McCormack, Pádraig Murphy

Cubicle 7 Business Support: Tracey Bourke, Anthony Burke, Elaine Connolly, Andrena Hogan, Donna King, Kieran Murphy, and Cian Whelan

Production Team: Dave Allen, Emmet Byrne, David F. Chapman, Walt Ciechanowski, Tim Cox, Zak Dale-Clutterbuck, Cat Evans, Ben Fuller, Runesael Flynn, Dániel Kovács, Tim Huckelbery, Elaine Lithgow, Andy Law, TS Luikart, Dominic McDowall, Sam Manley, Pádraig Murphy, Ceíre O'Donoghue, and JG O'Donoghue

Creative Director Emmet Byrne

Publisher: Dominic McDowall

Besonderer Dank an Games Workshop

Herausgegeben von: Cubicle 7 Entertainment Ltd, Unit 6, Block 3, City North Business Campus, Co. Meath, Irland.

Deutsche Version

Björn Bornhöft, Kathrin Bornhöft, Jessica Dillmann, Michael Mingers, Daniel Schumacher

Ulisses Spiele

Zoe Adamietz, Philipp Baas, Mirko Bader, Steffen Brand, Bill Bridges, Leamon Crafton, Carlos Diaz, Jessica Dillmann, Cora Elsässer, Frauke Forster, Daniel Friedrich, Christof Grobelski, Nikolai Hoch, David Hofmann, Jörg Holder, Jan Hulverscheidt, Philipp Jerulank, Matthias Kalupner, Johannes Kaub, Nele Klumpe, Christian Lonsing, Matthias Lück, Thomas Michalski, Carolina Möbis, Vincent Modler, Carsten Moos, Felix Pietsch, Markus Plötz, Brian Reeves, Annika Richter, Nadine Schäkel, Maik Schmidt, Ulrich-Alexander Schmidt, Leon Schuster, Thomas Schwertfeger, Alex Spohr, Viktoria Umbach, Hannah van den Höövel, Jan Wagner, Anton Weste, Christopher Weule

DAS IMPERIUM IN TRÜMMERN KOMPENDIUM

FÜR GROGNARDS

Grognard, n. vom französischen Grognard, „Alter Haudegen", freier auch „Brummbär". Ein alter Soldat oder ähnliche Art von Veteran, ursprünglich ein Angehöriger der Alten Garde in der Armee Napoleons I., der durch seinen langen und treuen Dienst das Recht erhalten hatte, sich auch in Anwesenheit des Kaisers zu beschweren. In jüngerer Zeit im englischen Gebrauch auch ein erfahrener (und oft rechthaberischer) Tabletop- oder Rollenspieler.

In den letzten rund 30 Jahren haben eine ganze Menge Leute die Kampagne **Der Innere Feind** gespielt. Diese neue Version enthält einige Änderungen und an wichtigen Punkten der Geschichte bieten Boxen wie diese, neue Ideen und andere Ereignisse, um die Kampagne für erfahrene **WFRS**-Fans genauso erfrischend und herausfordernd zu gestalten, wie sie es bei ihrem ersten Erscheinen 1987 gewesen ist. Die Spieler, die glauben, dass ihr Vorwissen ihnen einen Vorteil verschafft, werden feststellen, dass die Kräfte in den Schatten und hinter dem Erzählerschirm noch furchterregender und trickreicher sind als zuvor.

Ein Teil des Materials in diesem Band wurde auch aus früheren Quellen nachgedruckt und die Grognard-Boxen werden, wenn angebracht, mit demselben Ziel ausgeliefert. Wenn die alternativen Optionen einen besseren Eindruck machen, kannst du sie natürlich gerne anstelle der Originale verwenden!

KAPITEL 1
DER ORT DES GÜLDENEN FELSENS

Auf der Straße nach Middenheim, etwa 50 Meilen (80 km) von der Stadt entfernt, befindet sich ein abgelegener Schrein, der als der Schrein des Güldenen Felsen bekannt ist. Ungewöhnlicherweise ist er sowohl Ulric als auch Sigmar heilig, und die beiden Kulte existieren hier seit Tausenden von Jahren friedlich nebeneinander.

Der Ort des Güldenen Felsens kommt in **Das Imperium in Trümmern** (Kapitel 3) vor, als die Charaktere einem Treffen zwischen Delegationen aus Altdorf und Middenheim beiwohnen. In diesem Kapitel findest du genauere Informationen über den Schrein und einige Ideen, mit denen du die Ereignisse verkomplizieren oder den Charakteren einen Grund geben kannst, zu einem späteren Zeitpunkt zum Schrein zurückzukehren.

Diese Ereignisse dienen dazu, die Meinungsverschiedenheiten zwischen den strengsten und freimütigsten Sigmariten und Ulricianern zu unterstreichen, und können dazu dienen, diesen Konflikt zu betonen. Umgekehrt ist das Heiligtum auch ein Ort der Vereinigung zwischen den beiden Göttern. Wenn sie hier Zeit verbringen, kann das dazu beitragen, dass Charaktere, die dem einen oder dem anderen Gott gegenüber sehr parteiisch sind, daran erinnert werden, dass ein Kompromiss zwischen den beiden Religionen ein erstrebenswertes Ideal ist.

ANKUNFT AM HEILIGTUM

Die Charaktere werden den Schrein während der Ereignisse von **Das Imperium in Trümmern** besuchen, wenn sich Delegationen aus Altdorf und Middenheim treffen, um die zunehmenden Spannungen zwischen Ulricianer und Sigmariten zu beruhigen. In **Die Graue Eminenz** kommen sie jedoch auch auf ihrem Weg nach Middenheim an der Stätte vorbei, und es kann dazu beitragen, dass die Stätte noch mehr an Bedeutung gewinnt, wenn die Charaktere bereits vor **Das Imperium in Trümmern** mit ihr vertraut sind.

Immer wenn die Charaktere zwischen Middenheim und Altdorf unterwegs sind, kommen sie an der Straße vorbei, die zum Ort des Güldenen Felsens führt. Wenn sie aber keinen Grund haben, dorthin zu gehen, werden sie den Ort wahrscheinlich übersehen, schließlich haben sie ein Imperium zu retten. Hier sind ein paar Möglichkeiten, wie du den Besuch des Schreins in die Handlung des Abenteuers einbauen kannst, vor allem wenn du möchtest, dass die Charaktere ihn vor **Das Imperium in Trümmern** besuchen.

Stippvisite

Die Charaktere werden im Laufe der Kampagne mindestens einmal zwischen Altdorf und Middenheim reisen müssen, was sie an der Seitenstraße vorbeiführt, die zum Schrein führt. Wenn die Gruppe aus gläubigen Anhängern von Sigmar und/oder Ulric besteht, können sie beschließen, den Schrein zu besuchen, ihm die Ehre zu erweisen und zu beten; vor allem, wenn einer oder mehrere Charaktere Sündenpunkte von einer der beiden Gottheiten angesammelt haben.

Recherche

Die Charaktere kennen inzwischen zweifellos die Grundzüge der Lehrmeinungen, die zu dem wachsenden Konflikt zwischen den Kulten von Sigmar und Ulric geführt haben. Vielleicht haben sie einen Teil der Geschichte von dem gelehrten Mönch Vater Marcus in **Die Rache des Grabfürsten** erfahren, oder sie haben auf dem Weg ein paar Bruchstücke aufgeschnappt. (**Tod auf dem Reik Kompendium**, Seiten 114-120.)

Sie werden wahrscheinlich auch gehört haben, dass Gelehrte der Sigmariten und Ulricianer alte Aufzeichnungen und spätere theologische Werke durchkämmen, in der Hoffnung, eine grundlegende Wahrheit zu finden, auf die sich beide Seiten einigen können und die eine Basis für den Frieden darstellt. Da der Schrein des Güldenen Felsen beiden Göttern heilig ist, wird der Ort für diese Theologen von großem Interesse sein.

Im Laufe ihrer Abenteuer haben die Charaktere einen oder mehrere bedeutende Theologen kennengelernt. Mönche aus dem Kloster von Vater Marcus in der Nähe von Dunkelberg oder aus dem anderen renommierten Kloster in Priestlichheim können ebenso von den Sigmariten entsannt worden sein, wie Gelehrte aus der theologischen Fakultät der Universität Altdorf (**Altdorf**, Seite 159). Ulricianer werden mit ziemlicher Sicherheit aus Middenheims Collegium Theologica (**Middenheim**, Seite 44) stammen.

Welchem Glauben sie auch immer anhängen und woher sie auch immer kommen, die Gelehrten benötigen eine Eskorte auf der gefährlichen Hauptstraße durch den Drakenwald, und obwohl sie erwarten, dass ihre Nachforschungen in den Archiven des Schreins reibungslos und schnell vonstatten gehen, kann niemand sagen was sie dort vorfinden werden.

Die Reliquie

Die Charaktere werden von Priestern beider Religionen angesprochen und gebeten, eine Truhe mit Ulricianer-Reliquien und eine Truhe mit Sigmariten-Reliquien zum Ort des Güldenen Felsens zu bringen, zusammen mit einer ausreichenden Geldspende, um die Erweiterung der bestehenden Gebäude und den Bau einer neuen Reliquienkapelle zu ermöglichen. Das Ziel der Priester ist es, den Frieden zwischen den beiden Religionen zu fördern, indem sie den Bekanntheitsgrad ihrer gemeinsamen heiligen Stätte erhöhen, ihre spirituelle Bedeutung hervorheben und diese heilige Stätte zu einem beliebten Ziel für Pilger werden lassen.

Für Grognards: Ein gestohlener Splitter

In **Die Rache des Grabfürsten** im **Tod auf dem Reik Kompendium** (siehe Seiten 114-120) begegneten die Charaktere Vater Marcus, einem gelehrten Mönch, den der Nekromant Hans Gräber zu ermorden versuchte. Im Original **Abgebrannt** offenbarte Vater Marcus den Charakteren, dass er einen Teil seiner Zeit als Novize im Dienst des Schreins verbracht hatte, und als er ging, nahm er einen winzigen Splitter des Felsens mit. Mit der Zeit fühlte er sich deswegen immer schuldiger und beschloss, eine Pilgerreise zu unternehmen, um den Splitter an seinen rechtmäßigen Platz zurückzubringen. Doch dringende Angelegenheiten hinderten ihn daran und so bat er die Charaktere, den Splitter für ihn zurückzugeben.

Wenn du dies liest, bevor du **Die Graue Eminenz** geleitet hast, könnte Vater Marcus den Charakteren diese kleine Aufgabe geben, während sie gemeinsam auf dem Fluss unterwegs sind. Die Charaktere könnten auf ihrem Weg nach Middenheim während **Die Grauen Eminenz** einen Zwischenstopp einlegen, obwohl sie ihre Reise wahrscheinlich nicht aufhalten wollen. Sie könnten sich sagen, dass sie ihr Versprechen gegenüber dem gütigen alten Mönch auf dem Rückweg nach Altdorf einhalten werden, was natürlich in **Das Imperium in Trümmern** wäre.

Es besteht natürlich auch die Möglichkeit, dass Vater Marcus den Angriff des Grabfürsten auf das Schiff der Charaktere überlebt hat und sich ihre Wege zu einem anderen Zeitpunkt der Kampagne kreuzen. Solange die unmittelbare Reiseplanung der Charaktere sie über die Straße von Altdorf nach Middenheim führt, kann er sie immer noch um denselben Gefallen bitten. Selbst wenn Vater Marcus tot ist, könnten die Charaktere auf seine beiden Untergebenen, Bruder Martin oder Bruder Rolf (Seite 12), treffen, die ihnen von dem letzten Wunsch des guten Vaters erzählen, dass der Splitter an seinen rechtmäßigen Platz zurückgebracht wird.

RELIKTE UND WUNDER

Wenn du als SL heilige Reliquien in einem Spiel verwendest, solltest du dir etwas Zeit nehmen, sie zu entwerfen. Jede Reliquie benötigt eine Form, eine Hintergrundgeschichte und bestimmte Wirkungen. Die mächtigsten Reliquien können fast so detailliert sein wie ein NSC, denn sie spiegeln die Aspekte der Persönlichkeit und der Interessen ihrer Gottheit wider, die durch sie in die Welt geleitet werden. Wie verzauberte Gegenstände und andere übernatürliche Objekte sind auch mächtige Reliquien in der Alten Welt äußerst selten. Aber natürlich gibt es keinen Mangel an Scharlatanen und anderen geschäftstüchtigen Gestalten, die nur zu gerne eine Haarlocke von Sigmar, eine Phiole mit Shallyas Tränen oder einen Wolfszahn, den Ulric im Kampf gegen Dämonen verlor, verkaufen würden.

Wenn eine Reliquie echt ist, sollte sie einige übernatürliche Wirkungen haben, die zur Persönlichkeit ihres Gottes passen und Mächte besitzen, die ihrer Größe, Form und ihrem Grad an Heiligkeit angemessen ist. Als SL hast du völlige Freiheit, Reliquien nach den Bedürfnissen deiner Kampagne zu gestalten, aber hier sind ein paar Ideen, um dir den Einstieg zu erleichtern.

Natürlich gibt es diejenigen, die das verhindern wollen. Einige Fanatiker werden, wenn sie von den Plänen erfahren, vor nichts zurückschrecken, um die Reliquien an sich zu reißen und die ihres eigenen Gottes in einen geeigneten, ungeteilten Tempel zu bringen. Die Reliquien der rivalisierenden Gottheit werden als ketzerisch angesehen und müssen zerstört werden. Die Banditen werden den Charakteren gerne die Geldspende abnehmen und wahrscheinlich auch einen gewissen Verkaufswert in den Reliquien sehen. Vielleicht geben sie vor, Anhänger der einen oder anderen Gottheit zu sein, um den Verdacht der Charaktere zu entwaffnen und nahe genug heranzukommen, um anzugreifen.

Die Reliquien selbst werden in stabilen Truhen aufbewahrt und durch mehrere Schlösser geschützt. Sie können echt sein und sogar eine gewisse religiöse Macht haben (siehe **Reliquien**). Wahrscheinlicher ist, dass es sich um Fälschungen handelt: harmlose Knochen und andere Gegenstände, die mit einer bestimmten Legende aus dem Wissen eines der Götter in Verbindung gebracht werden, die aber in Wirklichkeit völlig banal sind und nichts damit zu tun haben.

Einige Reliquien sind absichtliche Fälschungen, während andere vielleicht in dem ehrlichen Glauben, dass sie echt sind, einem Tempel übergeben worden sind. Im schlimmsten Fall handelt es sich bei den Reliquien um Artefakte des Chaos, und die Priester, die sich den Charakteren genähert haben, sind vielleicht verkleidete Kultisten. Wenn die Charaktere den Schrein erreichen und die Truhen öffnen, könnten sie auf Warpstein stoßen, der sie alle in tödliche Strahlung taucht, oder auf Dämonen, die in altertümliche Gegenstände gebannt wurden; ein Bann, der durch den heiligen Boden des Schreins aufgehoben wird.

Die Aura der Heiligkeit

Einige Reliquien verströmen eine Aura, die von Menschen mit *Zweitem Gesicht* wahrgenommen werden kann. Sie verleiht jedem Charakter, der sie besitzt, ein oder mehrere Talente, vorausgesetzt, sie sind Anhänger derselben Gottheit. Geeignete Talente sind *Anrufung*, *Segnen*, *Gebieterisch* (gegen Anhänger derselben Gottheit), *Furchtlos* (gegen Anhänger des Chaos oder einer rivalisierenden Gottheit), *Beängstigend* (gegen Anhänger des Chaos oder einer rivalisierenden Gottheit), *Heiliger Hass*, *Heilige Visionen*, *Inspirierend*, *Reine Seele*, *Leidenschaftlicher Eifer*, *Willensstärke* oder jedes andere Talent, das der Form der Reliquie und den Interessen der Gottheit angemessen erscheint.

Die Macht des Gebets

Eine Reliquie kann die Gebete ihres Trägers verstärken, indem sie das Ergebnis eines Beten-Wurfs an die betreffende Gottheit um 1-3 EG erhöht. Würfe auf der Tabelle Zorn der Götter (**WFRS**, Seite 218) haben einen Modifikator zwischen -10 und -30: Ein Ergebnis von Null oder weniger bedeutet, dass der Zorn der Götter abgewendet werden konnte.

Zeichen der Gunst

Wenn ein Beten-Wurf für ein Wunder erfolgreich ist, erhält der Charakter zusätzlich zu dem erbetenen Wunder eine Segnung der Schutzgottheit (SL-Entscheidung). Wenn der Wurf ein Kritischer Erfolg ist, erhält der Charakter zwei Segnungen.

RELIQUIEN

Der Schädel von Engelbrecht dem Weisen

Engelbrecht der Weise war ein Gelehrter Sigmars, der im Jahr 1450 i.K. starb. Als frommer Verehrer und versierter Gelehrter verbrachte Engelbrecht einen Großteil seines Lebens in einem kleinen Kloster bei Desidorf, wo er Aufzeichnungen über die verschiedenen Geschichten Sigmars zusammenstellte, theologische Abhandlungen schrieb und sich um eine kleine Schar Hühner kümmerte. Engelbrecht starb schließlich, als eine Kerze, in deren Licht er schrieb, umkippte und einen Großteil des Klosters niederbrannte. Die einzigen Überbleibsel aus Engelbrechts Zimmer waren sein Schädel, der wie durch ein Wunder von den Flammen verschont blieb, und seine letzten Schriften. Obwohl er in der Kirche eine unbedeutende Figur war, ist Engelbrechts Schädel dennoch ein heiliger Gegenstand. Jeder, der den Schädel besitzt, ist immun gegen den *Brennend*-Zustand.

Der Axtkopf Margrittes

Als Kriegerpriesterin Ulrics starb Margritte in Bretonia während einer der vielen Feldzüge des Imperiums. Der Axtkopf ist alles, was von ihrer Waffe übrigblieb, als diese auf der verzauberten Rüstung eines Gralsritters zerbrach. Obwohl sie nun zerstört ist, erinnern die Splitter der Axt an Margrittes unerschütterliches Vertrauen in Ulric. Jeder, der auch nur einen Splitter von Margrittes Axt bei sich trägt, erhält +1 auf den Schaden jeder Axt, die er führt.

Splitter des Güldenen Felsens

Als winziges Fragment, das freverlerischerweise aus der Reliquie des Güldenen Felsens entnommen wurde, hat dieses Stück schwarzen Obsidians keine eigene Macht. Sollte es jedoch von einem Anhänger Sigmars oder Ulrics in den Schrein zurückgebracht werden, kann diese Person alle Sündenpunkte entfernen, die sie derzeit angesammelt hat. Wenn sie keine Sündenpunkte hat, kann sie stattdessen das Talent *Segen* zu ihrer aktuellen Karriere hinzufügen.

DER SCHREIN

Auf dem Weg von Altdorf nach Middenheim, der sich zwischen Kutenholz und ‚Zum Waldkamin' durch den Wald schlängelt, gibt es einen deutlichen Querweg, der durch einen großen, weißen Felsblock markiert ist. Auf der einen Seite des Felsblocks ist das Wolfskopfsymbol Ulrics eingemeißelt, auf der anderen Seite Sigmars Hammer. Beide Markierungen wurden beschädigt, als hätte jemand mehrmals mit einem Hammer oder Streitkolben auf sie eingeschlagen.

Jeder Zwerg oder jeder, der einen erfolgreichen **herausfordernden (+0)** ***Handwerk (Steinmetz)*-Wurf** ablegt, kann erkennen, dass der Schaden erst kürzlich entstanden ist und nicht älter als eine Woche sein kann. Es wirkt wie ein bedauerliches Zeichen der aktuellen Umstände.

DIE LEGENDE DES GÜLDENEN FELSENS

Der Schrein wurde an der Stelle gebaut, an der der Gott (je nach Religion der Quelle entweder Ulric oder Sigmar) nach einer Schlacht gegen die Mächte des Chaos eine Pause eingelegt hatte, um sich auszuruhen und in einen Hinterhalt geriet.

In beiden Versionen der Legende war der Gott waffenlos. Im Mythos der Sigmariten fand die Schlacht statt, bevor Sigmar Ghal Maraz von Kurgan Eisenbart erhielt, und sein Schwert war an der Rüstung des letzten Chaoschampions zerbrochen, den er getötet hatte. In der Version der Ulricianer hatte der Gott in Wolfsgestalt gekämpft und die Schergen des Chaos gejagt, die seine große Axt Blitzbeil gestohlen hatten.

In beiden Erzählungen hob der Gott einen seltsamen, glitzernden Stein auf, um sich vor seinen Angreifern zu schützen. Bei einem ihrer Schläge zersplitterte ein Teil davon in eine lange, scharfe Scherbe, die er als Schwert benutzte und damit fünfhundert seiner Feinde tötete, bevor der Rest floh.

Die Legende ist bekannt, und jeder Charakter, der einen **einfachen (+40)** ***Wissen (Theologie)*-Wurf** ablegt, kann sich an die Grundzüge erinnern. Sigmariten-Charaktere kennen eine Version, in der ihr Schutzgott der Held ist, und Ulricianer kennen eine Version, in der der Wolfsgott die gleiche Rolle spielt.

Jeder weiß, dass es zwei Versionen der Legende gibt. Die Ulricianer behaupten, dass ihre Version älter ist und dass die Sage von den Sigmariten aus dem Reikland übernommen wurde, nachdem der erste Imperator vergöttert worden war. Die Sigmariten behaupten, dass ihre Version die authentische ist, aber einige wenige räumen ein, dass Ulric ihm in der Schlacht geholfen haben könnte; allerdings in Form übernatürlicher Hilfe und nicht in Person.

Eine halbe Meile (0,8 km) nach der Abzweigung befindet sich eine offene Fläche mit flachem, felsigem Boden, von etwas mehr als einen Hektar. In der Mitte der Lichtung steht ein einfaches, aber elegantes Gebäude, das größer als ein normaler Wegschrein ist und den Tempeln ähnelt, die man in größeren Dörfern findet: etwa 12 m lang, mit kleinen, symbolischen Zinnen und einem niedrigen Turm an einem Ende. An einer Seite der Lichtung fließt ein schmaler Fluss, dahinter setzt sich der dichte Wald fort. Das Quartier der Priester steht am Rande der Lichtung neben dem Fluss, etwa 70 m vom Heiligtum selbst entfernt. Dieses gepflegte Gebäude ist kleiner, niedriger sowie funktioneller und hat durch Läden geschützte Fenster.

IM INNEREN DES HEILIGTUMS

Das Innere des Schreins wird von einem langen, dünnen Ausläufer hellen Steins dominiert, der im Licht von zwei Dutzend großen Lampen glitzert und funkelt, die von der Decke hängen. Die Messingkörper der Lampen sind abwechselnd mit den Zeichen des Wolfskopfes und des zweischweifigen Kometen versehen, und die Bilder von Sigmar und Ulric wechseln sich überall auf ähnliche Weise ab.

Im Schrein gibt es keine Bänke oder Gebetshocker: Der Boden ist sauber, aber völlig kahl. Jeder der anwesenden Priester kann erklären, dass dies daran liegt, dass die Sigmariten auf dem nackten Felsen stehen oder knien und deshalb keine Kirchenbänke brauchen; die Ulricianer, die nicht weicher oder weniger hingebungsvoll erscheinen wollten, verzichteten ebenfalls auf ihre üblichen Bänke.

Am hinteren Ende des Heiligtums erhebt sich die Decke in einem achteckigen Turm. Unter der Mitte des Turms befindet sich der höchste Teil des Steins, der etwa 1 Meter über dem Boden liegt. Eine scharfe Bruchstelle zeigt an, wo der Gott nach den Legenden beider Religionen ein Stück des Felsens abbrach, um sich zu verteidigen.

An der hinteren Wand steht eine beeindruckende Statue Ulrics, die einen Steinsplitter hält. Wie in den meisten von Ulrics Tempeln brennt eine ewige Flamme in einer kreisförmigen Feuergrube aus Stein vor der Statue. Beim Betreten des Schreins ist das Geräusch der flackernden Flamme zu hören und deren Geruch allgegenwärtig ist, die Temperatur aber deutlich sinkt.

Im südöstlichen Teil dieses Bereichs steht ein Altar Sigmars, der so aufgestellt ist, dass die Anbeter in Richtung Karaz-a-Karak blicken, der Zwergenzitadelle, in der Sigmar angeblich seine letzte Reise als Sterblicher unternahm. Diese Ausrichtung ist bei Sigmariten-Tempeln üblich, besonders bei älteren.

Innenwände trennen den öffentlichen Bereich des Schreins von zwei Robenräumen: einer für Sigmarpriester, der andere für Ulricpriester. Darunter befindet sich eine kleine unterirdische Schatzkammer, die über eine steile Steintreppe unter einer Falltür zu erreichen ist und in der Opfergaben und wertvolle Ritualgegenstände aufbewahrt werden.

Der Ort des Güldenen Felsens

1. Altdorf-Middenheim Straße
2. Schreinmarkierung
3. Schrein
4. Das Quartier der Priester
   A. Halle
   B. Küche und Vorräte
   C. Sigmariten-Schlafsaal
   D. Ulricianer-Schlafsaal
5. Zelte der Ulricianer

Die Quartiere der Priester

Dieses niedrige, schlichte Gebäude beherbergt ein Dutzend Priester des Schreins: sechs von jedem Glauben. Ungewöhnlich ist, dass der Ort des Güldenen Felsens keine Gästeunterkünfte hat. Besucher werden ermutigt, im Heiligtum zu beten, eine Spende zu hinterlassen und ihre Reise fortzusetzen. Die Priester haben nichts dagegen, wenn Besucher für ein oder zwei Nächte ihre Zelte auf der Lichtung aufschlagen, aber wer plant, länger zu bleiben, erregt ihr Misstrauen. Der Schrein ist einfach und es gibt hier nicht viel zu tun, wenn man einmal gebetet und gespendet hat.

Die Halle

Doppeltüren öffnen sich zu einer gemeinsamen Halle und einem Speisesaal. Er ist mit zwei langen Holztischen ausgestattet, die von Bänken flankiert werden.

Der Raum ist so schlicht, dass er nüchtern und unfertig wirkt. Abgesehen von einem einfachen Schnitzfries oben an der Wand, der abwechselnd mit den Symbolen von Ulric und Sigmar verziert ist, besteht alles aus unverziertem Putz und Holz. Ein erfolgreicher ***Charme*-Wurf** kann einen Sigmarpriester dazu bringen (nicht vor anderen Priester) zu gestehen, dass die üppige Verzierung anderer Gebäude, die mit Sigmars Verehrung in Verbindung stehen, vernachlässigt wurde, weil die Sigmariten den Ulricianern keinen Anlass geben wollen, die verbreitete Meinung des Nordens wiederzugeben, dass Reikländer allesamt weiche Südländer sind. Ein Ulricpriester, dem die gleiche Frage gestellt wird, berichtet (ebenso nur unter vier Augen), dass die Priester des Weißen Wolfes hier mehr als sonst asketisch sind, weil sie das Bedürfnis haben, die nördliche Robustheit vor den Sigmariten zu repräsentieren.

Die Schlafsäle

An beiden Seiten der Haupthalle befindet sich jeweils eine Tür, die mit dem Hammer von Sigmar und dem Wolfskopf von Ulric gekennzeichnet ist. Jede Tür führt zu einem Schlafsaal, der sechs Priestern Platz bietet. Diese Räume sind etwas entspannter eingerichtet: Der Ulricianer-Schlafsaal ist schlicht, aber gemütlich; das Sigmariten-Pendant ist geschmackvoll, aber nicht zu üppig dekoriert.

Die Küche und die Vorräte

Im hinteren Teil der Haupthalle befindet sich eine einfache Küche und ein Lagerraum, in dem die Mahlzeiten zubereitet und die Lebensmittel gelagert werden.

DIE PRIESTER

Wie bereits erwähnt, wird der Ort des Güldenen Felsens von Priestern zweier Religionen betreut, was ihn fast einzigartig im Imperium macht. Vater Gregor Braun führt die Sigmarpriester an. Hohepriester Wolfgeborener Fernand Wagner befehligt die Priester von Ulric. Die Priester sind in drei Schichten eingeteilt, die jeweils aus zwei Priestern jedes Glaubens bestehen: Während eine Schicht in der Kapelle betet, schläft eine andere und die dritte hält Ausschau nach Ruhestörern aus dem Wald, wobei zwei Mitglieder bei Bedarf zum Kochen und Servieren der Mahlzeiten abgestellt werden. Die Schichten wechseln alle acht Stunden, wodurch das Heiligtum Tag und Nacht besetzt ist.

Der Ort des Güldenen Felsens gilt als harter Posten, der wenig Luxus bietet. Nur die Frömmsten der beiden Religionen melden sich freiwillig, um ihre Hingabe zu testen oder um den Einen Wahren Glauben gegenüber dem anderen Kult zu verteidigen. Trotz der Rivalität kommt es nur selten zu Konflikten zwischen den beiden Kontingenten. Das Heiligtum ist im religiösen Gefüge des Imperiums so einzigartig, dass jede Art von schlechtem Benehmen eines Kultes vor ihrem Erzrivalen diesen in Verlegenheit bringen und den Zorn der Kultführer auf den Übeltäter ziehen würde.

VATER GREGOR BRAUN

Gregor Braun versucht als oberster Sigmarpriester des Tempels des Güldenen Felsens, die besten Eigenschaften eines frommen Gläubigen Sigmars zu verkörpern. Seine Rüstung ist immer perfekt gepflegt, sein Hammer eine beeindruckend wuchtige Waffe und in keiner Weise zeremoniell, und sein Auftreten immer stoisch und unnahbar. Hinter dieser Fassade verbirgt sich ein Mann mit einfachem Glauben und gesundem Menschenverstand, der sich dennoch manchmal zu unklugen Handlungen hinreißen lässt, wenn er das Gefühl hat, dass die Ehre des Kultes in Frage gestellt wird.

Braun kümmert sich darum, dass das Heiligtum gut instand gehalten wird, und sorgt dafür, dass die ihm unterstellten Priester und Gläubigen ihre Aufgaben mit Sorgfalt und Aufmerksamkeit erfüllen. Er weiß, dass einige versuchen, den Einfluss der Sigmariten auf das Heiligtum auszuweiten, indem sie zum Beispiel Ikonen von Sigmar an prominenterer Stelle aufstellen, aber bisher hat er nicht bemerkt, wie sehr diese „leichten“ Anpassungen an alten Traditionen die Ulricianer verärgern.

VATER GREGOR BRAUN
HOHEPRIESTER (GOLD 1)

B	KG	BF	ST	WI	I	GW	GS	IN	WK	CH	LP
4	55	32	43	45	54	36	38	69	67	55	18

Eigenschaften: Waffe (Hammer) +8, Wunder (Sigmar)

Fähigkeiten: Beten 78, Nahkampf (Standard) 68, Wissen (Gesetze) 84

Talente: Etikette (Kultisten, Soldaten), Fachwissen (Das Imperium, Kriegskunst), Segen (Sigmar)

Ausrüstung: Priesterroben, Handwaffe (Hammer), Gebete der Gläubigen

PRIESTERIN SILVIE UNTERFAUST

Priesterin Silvie Unterfaust ist erst seit kurzem am Güldenen Felsen, aber in ihrer kurzen Zeit dort hat sie sich bereits unter den Ulricianern einen Ruf für ihre Arroganz erworben. Gewöhnt an den Prunk und die Zeremonien in der Großen Kathedrale zu Altdorf, versteht sie nicht, warum Ulric so viel Zeit und Raum gewidmet wird. Zweifellos war Unterfaust eine schlechte Wahl für die Versetzung zum Güldenen Felsen, aber ihre Vorgesetzten in Altdorf hatten ihre immer ermüdenden Tiraden über die Bedeutung der Hingabe satt und fanden einen Grund, sie aus der Stadt zu schicken.

Die junge Priesterin besteht darauf, Sigmar bei jeder Gelegenheit und oft auf unausstehliche Weise über Ulric zu stellen, aber ihre Hingabe ist echt. Die meisten erwarten von Vater Braun, dass er sie auf Linie bringt, aber bisher ist ihm das nicht gelungen.

SILVIE UNTERFAUST - SIGMARPRIESTERIN (SILBER 1)

B	KG	BF	ST	WI	I	GW	GS	IN	WK	CH	LP
4	31	34	32	32	50	33	51	54	53	51	14

Eigenschaften: Vorurteil (Ulricianer), Waffe (Fäuste) +3

Fähigkeiten: Beten 61, Wissen (Theologie) 63

Talente: Etikette (Kultisten), Gelehrter (Theologie), Lesen & Schreiben, Segen (Sigmar)

Ausrüstungen: Priesterroben, Hammeramulett

WOLFSGEBORENER FERNAND WAGNER
HOHEPRIESTER (GOLD 1)

B	KG	BF	ST	WI	I	GW	GS	IN	WK	CH	LP
4	55	32	43	45	54	36	38	69	67	55	18

Eigenschaften: Waffe (Axt) +8, Wunder (Ulric)

Fähigkeiten: Beten 78, Nahkampf (Standard) 68, Wissen (Gesetze) 84

Talente: Etikette (Kultisten, Soldaten), Fachwissen (Das Imperium, Kriegskunst), Segen (Ulric)

Ausrüstung: Einfache Robe, Pelz eines Weißen Wolfes, Handwaffe (Axt)

Wolfsgeborener Fernand Wagner

Fernand Wagner kam als Kind von Kaufleuten aus dem Süden nach Middenheim. Obwohl seine Eltern an ihrem eigenen Glauben festhielten, fand Fernand in der Kirche den Halt, den er bei seinen Altersgenossen nicht immer fand. Schließlich schloss er sich als Novize dem Ulric-Kult an und gelangte sowohl wegen seiner Hingabe als auch wegen seines scharfen Verstandes zu Ansehen. Im Alter von 15 Jahren erhielt er das Recht, einen Wolfspelz zu tragen, und obwohl mehrere Ritterorden auf ihn aufmerksam wurden, wollte er Priester werden.

Wagner ist Ulric treu ergeben, erkennt aber den Respekt an, der den anderen Göttern gebührt. Er kümmert sich gerne um die spirituellen Bedürfnisse der Pilger, die zum Güldenen Felsen kommen, und obwohl er zunehmend durch kultische Angelegenheiten abgelenkt wird, vernachlässigt er diese Aufgaben nicht. Leider erwartet Wagner den gleichen Respekt von allen, die sich um den Güldenen Felsen kümmern, und hat keine Zeit für diejenigen, die die dualen Traditionen des Schreins nicht richtig respektieren. Ihm ist aufgefallen, dass einige Sigmarpriester versuchen, dieses empfindliche Gleichgewicht zu stören. Obwohl er noch nicht zum Handeln gezwungen ist, ist dem Wolfsgeborenen klar geworden, dass der Wolf das, was der Hammer nicht härtet, mit Recht zerreißen kann.

Priester Manfred Ulricson

Ulricson wurde nicht aus Hingabe Priester, sondern weil es für den dritten Sohn eines mittelprächtigen Bauern eine vernünftige Karrieremöglichkeit war. Das soll nicht heißen, dass er kein treuer Mann ist, er schärft seine Axt wie jeder Ulricianer, aber ihm fehlt vielleicht die Leidenschaft, die einige seiner Kameraden teilen. Ulricson bleibt jedoch ein praktischer Mann und kümmert sich sorgfältig um seine Pflichten. Er weiß, dass der Güldene Felsen eine wichtige Position ist, und er hofft, dass er den Platz des Wolfsgeborenen Wagner als ranghöchster Priester des Ortes einnehmen kann, wenn die Zeit gekommen ist.

Allerdings empfindet er das Leben eines Priesters als etwas erdrückend und gibt sich schnell dem Glücksspiel und der Trunkenheit hin, wenn er glaubt, damit durchzukommen. Bis jetzt hat das noch nicht den Zorn seiner Vorgesetzten auf sich gezogen, aber Ulricson weiß, dass das nur so lange der Fall sein wird, wie die Dinge im Heiligtum reibungslos laufen. Er hat lange Stunden damit verbracht, die Sigmarpriesterin Unterfaust davon zu überzeugen, dass es einfachere Wege gibt, um für seinen Glauben zu werben, aber bisher hat die Frau ihn ignoriert. Ulricson weiß nicht mehr weiter und würde es vorziehen, wenn sich die Dinge beruhigen würden, damit er wieder mit den weniger frommen Pilgern Karten spielen kann.

MANFRED ULRICSON - ULRICPRIESTER (SILBER 1)

B	KG	BF	ST	WI	I	GW	GS	IN	WK	CH	LP
4	31	34	32	32	50	33	51	54	53	51	14

Eigenschaften: Vorurteil (Unruhestifter), Waffe (Fäuste) +3

Fähigkeiten: Beten 61, Wissen (Theologie) 63

Talente: Etikette (Kultisten), Gelehrter (Theologie), Lesen & Schreiben, Segen (Ulric)

Ausrüstung: Einfache Roben, Grauer Wolfspelz

Bruder Martin und Bruder Rolf

Martin und Rolf sind beide kräftig gebaut und scheinen mit ihren Schwertern gut umgehen zu können. Sie sprechen wenig, vor allem in Gegenwart von Vater Marcus (falls er noch lebt), und haben eindeutig eine enorme Bewunderung für ihn, die an Ehrfurcht grenzt. Wenn sie alleine sind, sind sie recht gesellig und werden wahrscheinlich gerne von den Heldentaten der Charaktere seit ihrem letzten Treffen hören.

Beide sind etwas weltgewandter geworden, seit die Charaktere sie das letzte Mal gesehen haben, denn sie haben etwas über die Kultpolitik und das Großstadtleben in Altdorf gelernt.

BRUDER MARTIN UND BRUDER ROLF - MÖNCHE (MESSING 4)

B	KG	BF	ST	WI	I	GW	GS	IN	WK	CH	LP
4	30	29	30	40	27	30	42	37	35	42	14

Eigenschaften: Vorurteil (Ulricianer), Waffe (Schwert) +7

Fähigkeiten: Athletik 35, Ausdauer 45, Besonnenheit 40, Beten 47, Intuition 32, Nachforschen 32, Nahkampf (Standard) 35, Wahrnehmung 32, Wissen (Theologie) 47

Talente: Lesen & Schreiben, Unkenruf (*Ein anderer wird dein Tod sein / Du bist der Hüter deines Bruders*)

Ausrüstung: Roben, Handwaffe (Schwert), Hammeranhänger, Rucksack mit Essen, Getränken und formellen Roben, je 3 *S* und 5 *G*

Zurück zum Güldenen Felsen

Wenn du sie auf einem Kahn in Richtung Altdorf antriffst, ist es wahrscheinlich, dass das Vater Marcus, das Oberhaupt ihres Klosters, umgekommen ist. Vielleicht hat sogar einen der Brüder das gleiche Schicksal ereilt. Der Überlebende, oder hoffentlich die Überlebenden, sind darauf bedacht, die Reputation des späteren Oberhauptes ihres Klosters zu bewahren und waren daher geschockt, als sie entdeckten, dass er in seinem Besitz ein Stück des Güldenen Felsens als Reliquie hatte.

Diskrete Nachforschungen haben ergeben, dass Vater Marcus kein Recht auf die Reliquie hatte, und die Andeutung, dass er den Felsen beim Diebstahl des Splitters beschädigt haben könnte, ist äußerst beunruhigend. Sie haben beschlossen, diese Information für sich zu behalten und versuchen, den Splitter zum Güldenen Felsen zurückzubringen. Wenn er noch am Leben ist, wird Vater Marcus zu dem Schluss gekommen sein, dass der Splitter ebenfalls zurückgegeben werden muss.

Unglücklicherweise hat keiner von beiden einen guten Grund, zum Güldenen Felsen zu reisen;, zumindest nicht in offizieller Funktion. Sie wollen unbedingt, dass der Splitter zurückgebracht wird, und werden die Charaktere bitten, ihnen dabei zu helfen. Obwohl beide nicht wohlhabend sind und der Diebstahl von Kultgeldern die spirituellen Angelegenheiten nur noch schlimmer machen würde, können sie eine einzige Goldkrone als Bezahlung anbieten. Allerdings versichern sie den Charakteren, dass die spirituelle Belohnung im Gegensatz zu den mageren weltlichen Belohnungen unermesslich sein wird.

ABENTEUERIDEEN

In einer Zeit des Konflikts zwischen den beiden mächtigsten Religionen des Imperiums bekommt der einzigartige Schrein am Ort des Güldenen Felsen eine noch größere Bedeutung. Hier kann man den unterschiedlichsten Menschen begegnen, und die hoch aufgeladene religiöse und politische Bedeutung des Ortes bedeutet, dass fast jede Begegnung sehr schnell gefährlich werden kann.

DER EINE WAHRE GLAUBE

In friedlicheren Zeiten ist der Ort des Güldenen Felsens ein Symbol des Friedens und der Koexistenz zwischen den Religionen von Sigmar und Ulric, wobei die religiösen Differenzen nicht mehr als gutmütiges Geplänkel sind. Doch jetzt, wo das Imperium am Rande eines Bürgerkriegs steht, ist alles anders.

Ein Haufen von Fanatikern stürmt das Heiligtum, um die Priester des rivalisierenden Glaubens abzuschlachten und alle Statuen, Altäre und andere Zeichen der Existenz dieses Glaubens zu zerstören. Bei dem Haufen kann es sich um Ulricianer handeln, die von Söhnen Ulrics angeführt werden, oder sogar um die Wolfsippe (siehe **Middenheim**, Seite 154) oder Sigmariten, die von Flaggelanten, Kriegerpriestern oder sogar Hexenjägern angeführt werden. Jeder, der sich widersetzt, wird von den Anführern der Gruppe als Ketzer oder Abtrünniger beschimpft und läuft Gefahr, in Stücke gerissen zu werden, egal, zu welchem Glauben er sich bekennt. Wer sich nicht mit lauten und enthusiastischen Rufen der Hingabe anschließt, läuft selbst ein nur marginal geringeres Risiko, für seinen mangelnden Eifer bestraft zu werden, indem er von den Anführern des aufgebrachten Haufens bewußtlos geschlagen und sein Hab und Gut beschlagnahmt wird.

Benutze das Profil auf Seite 18 von **Das Imperium in Trümmern**, um diese Fanatiker darzustellen. Die Anführer der erbosten Gruppe befinden sich in den oberen beiden Stufen ihrer Karriere und haben Talente, die ihren Fanatismus und ihre Fähigkeit widerspiegeln, Menschen aufzuhetzen: *Gebieterisch*, *Hass* (auf den anderen Glauben), *Heiliger Hass*, *Leidenschaftlicher Eifer*, *Inspirierend* und *Rhetorik* sind alle nützlich.

Abhängig von ihren Fähigkeiten und Vorlieben können die Charaktere auf das Auftauchen der Fanatiker auf verschiedene Weise reagieren. Die Situation könnte sich in eine Verteidigung des Schreins und seiner Lichtung verwandeln, wobei die Charaktere eine bunt zusammengewürfelte Truppe von Priestern, Mönchen und besuchenden Pilgern gegen die wütende Horde anführen.

Klügere Gruppen könnten versuchen, die Spannungen zu entschärfen, bevor es zu Gewalt kommt, indem sie **Vergleichende *Charme*-Würfe** mit den Anführern der Fanatiker ablegen, in der Hoffnung, die Lage zu beruhigen oder einfach auf Zeit spielen, bis Hilfe in Form eines adeligen Besuchers und seiner Eskorte eintrifft, die von den Priestern erwartet werden. Dieser Besucher könnte sogar der Großtheogonist selbst sein, und seine Eskorte aus Templern wird ausreichen, um die Lage auszugleichen. Spieler, die diese Option wählen, sollten darauf vorbereitet sein, ihre Reden und Argumente im Rollenspiel vorzutragen, und du solltest Modifikatoren auf ihre Würfe anwenden, je nachdem, wie eloquent sie gesprochen haben.

Wenn alles schief geht und sowohl der Schrein als auch die Charaktere dem Untergang geweiht zu sein scheinen, gibt es immer noch die Möglichkeit göttlichen Eingreifens. Jeder in der Bande der Fanatiker sammelt mit jeder Handlung Sündenpunkte, und wenn ihre Anführer versuchen, Würfe abzulegen, können sie sich den Zorn der Götter zuziehen (**WFRS**, Seite 218-19). Spektakulärere Eingriffe, selbst an einem Schrein wie diesem, sind in der Alten Welt nicht üblich und sollten nur mit großer Zurückhaltung eingesetzt werden. Wenn möglich, sollten sie wie Unfälle oder Zufälle aussehen, aber die Personen, denen sie widerfahren, insbesonders wenn sie gläubig sind, sollten sich fragen, ob die Hand einer Gottheit im Spiel war.

Um eine unberechenbare Situation noch zu verschlimmern, könnte eine Gruppe von Fanatikern der gegnerischen Religion zur gleichen Zeit oder kurz danach eintreffen.

Es möge Frieden herrschen

Friedlicher, aber ebenso unbequem, könnte eine wandernde Gruppe friedenssuchender Pilger sein, die beschlossen haben, am Ort des Güldenen Felsens zu bleiben und ununterbrochen zu beiden Göttern zu beten, bis diese eingreifen und die Krise lösen. Obwohl ihre Absichten gut sind, verwandeln sie die Lichtung um den Schrein schnell in einen schlammigen Sumpf mit unzureichenden sanitären Einrichtungen und grassierenden Krankheiten. Die Hinweise über das Lager in Kapitel 3, **Reise zum Güldenen Felsen** in **Das Imperium in Trümmern**, werden in diesem Szenario nützlich sein.

Diese umherziehenden Idealisten übernehmen das Heiligtum und verweigern den anwesenden Priestern höflich, aber bestimmt den Zutritt, es sei denn, sie übernehmen selbst die Agenda der Gebete und Gesänge rund um die Uhr. Alle anderen, die versuchen einzutreten, seien es mittellose Pilger oder Kurfürsten, werden genauso behandelt. Der Frieden erkennt keine höhere Autorität an als ihre eigene, selbst auferlegte Mission, und obwohl sie selbst friedlich sind, könnten ungeduldige Truppen die Szene schnell in ein Blutbad verwandeln. Die Charaktere werden sich in Zurückhaltung und Diplomatie üben müssen, um ein Massaker zu verhindern; ein Massaker, das vielleicht schon die ganze Zeit von bestimmten Anhängern des Kultes beabsichtigt war, die die Gruppe infiltriert haben.

Viel Glück im Maul des Wolfes

Ein Weißer Wolf wurde vor Kurzem in der Nähe des Heiligtums gesichtet, was fast alle ein wenig nervös macht. Die meisten sehen den Wolf mehr oder weniger als das, was er zu sein scheint: ein besonders großer und wahrscheinlich gefährlicher Wolf. Sogar die Ulricianer sind beunruhigt, denn obwohl der Weiße Wolf Ulric heilig ist und manchmal als Beschützer gesehen wird, sind sie häufiger Aggressoren, Vertreter der raueren Natur des Gottes des Krieges, des Winters und der Wölfe.

Das Erlegen einer solchen Bestie ist eine religiöse Erfahrung für sich, und in letzter Zeit strömen viele hoffnungsvolle junge Pilger herbei, die hoffen, Ruhm und göttliche Gunst zu erlangen. Vor allem eine ungewöhnliche Pilgerreise tileanischer Gläubiger Ulrics ist angekommen, die verzweifelt versuchen, die Bestie zu erschlagen. Zu ihrem Pech hat sich die Kreatur als schwer aufzuspüren und noch schwerer zu erlegen erwiesen, und eine Handvoll hoffnungsvoller Jäger ist bereits in den Wäldern um den Schrein verschwunden.

Es gibt verschiedene Meinungen darüber, was getan werden sollte. Die Sigmariten wollen die Bestie töten oder vertreiben. Einige Ulricianer möchten, dass sie in Ruhe gelassen wird und sehen ihre Anwesenheit im Heiligtum entweder als göttlich an oder, was vielleicht noch zynischer ist, als Anziehungspunkt für Pilger, sobald es sich herumspricht.

Andere würden den Wolf gerne selbst jagen, und obwohl die alte Tradition besagt, dass sie das Tier allein jagen sollten, sind die meisten nicht abgeneigt, für ein wenig Hilfe zu bezahlen, erst recht, wenn mehr Jäger verschwinden. Sollte ein Charakter die Bestie erlegen, wird er die Ehre und die Segnungen von Ulric erhalten und das Recht, das Fell eines weißen Wolfes offen zu tragen. Eine Einladung, einem Ritterorden beizutreten, insbesondere dem Orden des Weißen Wolfes, wird mit Sicherheit folgen.

Narb - Der weisse Wolf vom Güldenen Felsen

B	KG	BF	ST	WI	I	GW	GS	IN	WK	CH	LP
5	65	-	45	45	45	45	-	33	38	-	30

Eigenschaften: Biss +7, Geschwindigkeit, Gesegnet (Ulric), Größe (Groß), Heimlich, Nachtsicht, Nicht totzukriegen, Rüstung (Pelz 2), Spurensucher, Waffe (Klauen) +8

KAPITEL 2
ALTDORF IM CHAOS

Wechselhafte Zeiten

Sheeragetru hat seit einer Ewigkeit ein Auge auf Altdorf geworfen, weil er durch die verschlungenen Fäden des Schicksals wusste, dass dieses verfaulende Monument menschlichen Hochmuts der Ort seiner glorreichen Befreiung sein würde. Sheeragetru will es nicht anders, denn es wird ihm große Freude bereiten, die geistige Heimat Sigmars neu zu formen, der den Dämon vor so langer Zeit gefangen hielt.

Der wahnsinnige Blick des Herrn des Wandels hat die Stadt über die Jahre hinweg beeinflusst, und viele der empfänglicheren Bürger Altdorfs spüren die Anwesenheit des Dämons ganz in der Nähe. In den letzten Monaten hat sich dieser beunruhigende Einfluss von den Träumen der Künstler und Dichter in die physische Realität verlagert, und je näher der 8. Braumond rückt, desto umfassender und häufiger werden die ungewöhnlichen Phänomene werden.

In diesem Kapitel findest du eine Auswahl an ungewöhnlichen Ereignissen, die Spieler während ihrer Zeit in Altdorf erleben können. Einige sind beunruhigend, andere informativ, ein paar sind ziemlich gefährlich und ein paar einfach nur bizarr. Diese Ereignisse dienen dazu, die realitätserschütternden Ereignisse zu unterstreichen, die kommen können, wenn die Charaktere scheitern, und können jederzeit in der Stadt eingesetzt werden.

Diese Ereignisse können auch überall dort stattfinden werden, wo der Einfluss des Chaos spürbar ist, und einige eignen sich als Ausgangspunkt für andere Abenteuer.

DIE PROPHEZEIUNG

In dieser Phase der Kampagne wird klar, dass die Fassade des Imperiums aus Einheit, Ordnung und Zivilisation zu bröckeln beginnt. Trotzdem gibt es viele Menschen, die immer noch an das Imperium glauben und nicht wahrhaben wollen, dass etwas nicht stimmt. Sie ignorieren die wachsenden Unruhen, die besorgniserregenden Nachrichten aus allen Teilen des Imperiums und die Geschichten von Rattenmenschen und Chaosanbetern und geben sich große Mühe, diese Dinge als ganz normale, überzogene Ereignisse zu erklären oder sie als „Unwahrheiten und Panikmache" zu verhöhnen, die von Verrätern mit ihren eigenen unaussprechlichen und unwürdigen Zielen verbreitet werden. Manche zweifeln sogar an der Zurechnungsfähigkeit derjenigen, die sich um die Zukunft des Imperiums sorgen.

Die Straßenpropheten des Imperiums werden immer zahlreicher und ihre Rhetorik wird von Tag zu Tag derangierter, was es den Skeptikern leicht macht, die Sorgen der anderen abzuschreiben. Diese Personen sind derzeit besonders häufig in Altdorf anzutreffen, wo sie eine umfangreiche Prophezeiung verbreiten.

Hören der Prophezeiung

Es ist unwahrscheinlich, dass die Charaktere jemals die gesamte Prophezeiung auf einmal hören werden. Stattdessen hören sie vielleicht ein Stück hier und ein Stück dort. Mit ein bisschen Fantasie ist es möglich, viele verschiedene Wege zu finden, wie die Prophezeiung die Charaktere heimsucht und ihre Nerven strapaziert.

- Straßenecken-Propheten können einen Teil der Prophezeiung in ihr Geschwätz einbauen, nur um dann von den Behörden wegen Ruhestörung abgeführt zu werden, bevor sie mehr als ein paar Zeilen sagen können.
- Fragmente können an Wände geschmiert oder auf zerrissenen Pergamentfetzen in den Häusern von Verdächtigen und Kultisten gefunden werden.
- Marmorierte Linien können einen Charakter in seinen unruhigen Träumen heimsuchen.
- Ein belauschtes Gespräch könnte ein paar Worte enthalten, vielleicht mit einer Stimme, die sich von den Stimmen der Sprechenden unterscheidet.
- Ein sterbender Mutant stößt vielleicht noch ein paar Worte aus, bevor er stirbt, oder sie hallen seltsam aus der Leere, wenn ein erschlagener Dämon ins Reich des Chaos zurückkehrt.
- Die Charaktere stoßen auf eine zerlumpte Gestalt, die auf der Straße hockt. Sie lässt eine Handvoll Knochen auf den Boden fallen, starrt sie an, kritzelt einige Symbole in den Staub und wiederholt den Vorgang. Wenn sich die Charaktere nähern, verzieht sich ihr Gesicht in einem Anfall von Entsetzen, während sie sich auf einen Charakter deiner Wahl stürzt. Sie packt den Charakter an den Schultern und schreit ihm die Prophezeiung ins Gesicht, bevor sie wild in die vorbeiziehenden Menschenmengen rennt.
- Während eines Ritus kann es passieren, dass ein Priester plötzlich einen glasigen Blick bekommt und mit einer Stimme von unnatürlicher Tiefe und Echo ein oder zwei Sätze anstimmt, bevor er zusammenbricht. Wenn der Priester wieder zu sich kommt, erinnert er sich an nichts anderes als daran, dass ihm unheimlich kalt ist.

FREMDARTIGERE PROPHEZEIUNGEN

Vertraute Weissagungen

„Ich sehe die Dunkelheit sich versammeln, wenn das letzte Haus der Freude fällt. Hütet euch, denn über Bögenhafen regen sich Schatten! Dann steht der geliebte Morr, prächtig in seinen grünen Gewändern, rittlings auf Sigmars großem Fluss. Ja, ich sehe den Tod auf dem Reik, und ich verzweifle! Denn dann leitet die befleckte Hand den einst mächtigen Herrn, und diese Graue Eminenz verflucht uns alle. Sehet, so überwältigt die Gehörnte Ratte den Gebrochenen König auf dem Thron der Lügen, und die Weißen Mauern fallen, und unser Imperium liegt in Trümmern! Zittert in Furcht, ihr Mächtigen, denn die Letzten Tage sind gekommen."

Die Charaktere erinnern sich an diese Szene von ihrem ersten Besuch in Altdorf während **Der Feind im Schatten** (Seite 36). Es mag sie überraschen, dieselben Worte noch einmal aus verschiedenen Mündern zu hören; es ist sinnvoll, sie an dieser Stelle an diese besondere Prophezeiung zu erinnern, falls sie sich nicht direkt darauf kommen.

Gideons List

„Ein Mann, der einen falschen Namen trägt, reist durch das Imperium, und viele heißen ihn willkommen, die es nicht sollten. Eine Hand schlägt in der Dunkelheit zu, mit violettem Schatten. Aus einer Krone tropft Blut, rot vor Zorn. Eine Burg fällt, die vor Generationen fiel. Ratten nagen und stehlen und beten zum Mond. Das Gesicht eines Mannes wird viele, viele Male gestohlen. Der Wolf frisst den Hammer und erstickt an seiner Beute. Die Bestien im Wald erwachen und sind hungrig. Diejenigen, die draußen sind, werden hineingehen, und die, die drinnen sind, werden sicher umkommen, wenn sie es tun. Doch drinnen gibt es welche, die denen draußen helfen, und viele Feinde sind im Inneren!"

Die Endzeit

„Traue deinem Nächsten nicht, denn er ist vielleicht nicht dein Nächster! Fürchte den Fremden, denn es kommen fremde Dinge! Nimm den Hammer aus dem Rachen des Wolfes und setze die Wände und das Dach instand, denn der Sturm kommt! Halte den Hammer fest, halte den Wolf in der Nähe und bekämpfe die Dunkelheit gemeinsam!

Der Wandler der Wege sitzt auf dem imperialen Thron! Der Feind ist im Inneren!"

FÜR GROGNARDS: EIN VORZEICHEN DES UNTERGANGS

Veteranen der ersten Ausgabe der **Der Innere Feind**-Kampagne haben vielleicht eine ähnliche Prophezeiung gehört, als sie Middenheim in **Die Graue Eminenz** besuchten. In dieser Version wurden einige Details geändert, um mit der Director's Cut-Version übereinzustimmen.

Du kannst einige dieser Details wieder ändern, wenn es die Spieler unterhält ... oder, noch besser, sie verwirrt und beunruhigt. Wenn du das Gefühl hast, dass die Charaktere die Dinge ausreichend beeinflusst haben, versuche, einige Worte zu wählen, die ihre eigenen vergangenen Entscheidungen und Leistungen widerspiegeln. Vor allem, wenn sie mit einer bestimmten Frage ringen, z.B. wessen Anspruch auf den imperialen Thron sie unterstützen sollen oder über das Schicksal von Ghal Maraz, dann solltest du ein paar vage Äußerungen einstreuen.
Hier sind ein paar Ersatz- (oder zusätzliche) Zeilen, die sich auf die ursprüngliche Kampagne beziehen:

„Ich sehe ein großes Verdorren und Verwesen im Norden, dessen Miasma mit dem Nordwind herab weht, um uns alle zu ersticken. Wahrlich, etwas ist faul in Kislev!"

„Ich sehe Feuer und Gemetzel über das Land fegen! Ich sehe Städte brennen, und Flüsse in Flammen! Ich sehe das Imperium in Flammen!"

„Ich sehe Gräber aufklaffen und Leichen marschieren! Die ruhelosen Toten werden uns erleuchten!"

Spieler der dritten Ausgabe der **Der Innere Feind**-Kampagne können sich über die folgenden zusätzlichen Zeilen freuen:

„Unter einer schwarzen Kutte sind drei Gesichter, und niemand kennt die Wahrheit!"

„Soldat, Zauberer, Adeliger, Ganove ... wer ist böse, wer ist gut?' (dieser hackelige Kinderreim könnte wirkungsvoll sein, wenn die Charaktere eine Gruppe von Kindern hören, die es im Laufe eines Spiels herausblöken)

„Der Feind unter uns verdunkelt die Sonne! Die Bestien sind los, und alles ist verwirrend!"

„Alle marschieren gegen den äußeren Feind, doch die Stadt wird beim Klang einer Glocke fallen!"

„Lass den Hammer die Glocke schlagen, bevor die Glocke die Stunde schlägt, sonst ist **Altdorf** *verloren!"*

Der Innere Feind ist der jenseitige Feind, und der Wahnsinn wird den Sieg bringen!"

WILDE MAGIE

Magie und Chaos sind eng miteinander verwoben; manche gehen sogar so weit zu behaupten, dass sie identisch sind. Wie dem auch sei, Magie kann sich auf unerwartete Weise verhalten, wenn sich ein Zauberer in der Nähe einer mächtigen Quelle des Chaos befindet. Wenn sich der Charakter in Altdorf oder an einem der anderen neun Orte aufhält, die nach der Wiedererlangung von Ghal Maraz unter den Blick Tzeentchs fallen, kannst du die Kontrollverlust-Tabellen im **WFRS**-Regelbuch durch die von Seite 19 ersetzen.

Alle diese aufregenden und besonders wandelbaren magischen Aktivitäten sind nicht unbemerkt geblieben. Dies entsetzt die Zauberer in Altdorf und zieht ein Dämonenpaar an, wie Licht die Motten.

Die Blauen Schreiber Tzeentchs

Diese Dämonen sehen den Blauen Horrors sehr ähnlich, sind aber viel intelligenter und mächtiger. Es heißt, dass Tzeentch die beiden Dämonen persönlich erschuf, sie P'tarix und Xirat'p nannte und ihnen den Auftrag gab, jeden Zauber zu lernen, den es gibt.

Die Blauen Schreiber reiten auf einer Scheibe des Tzeentch durch die Reiche der Sterblichen und darüber hinaus. P'tarix kritzelt hektisch mit einem Federkiel, der aus der Feder eines Herrscher des Wandels gefertigt wurde, während Xirat'p die geschriebenen Worte liest, um sie auf Fehler zu überprüfen, und dabei die Macht des Zaubers auf jede Kreatur loslässt, die das Pech hat, in der Nähe zu sein. Die Charaktere und besonders die Zauberer werden sie vielleicht bemerken, wenn sie durch die Stadt schleichen. Das löst bei allen, die sie sehen, große Angst aus, aber ungewöhnlicherweise scheinen die meisten die Horrors zu vergessen, sobald sie außer Sichtweite sind.

Wenn man sie in Ruhe lässt, ignorieren sie die Sterblichen und sind, sofern sie nicht gerade Zaubersprüche studieren, wenn man ihnen begegnet, nicht besonders gefährlich. Wenn sie bedroht werden, fängt Xirat'p an, wahllos aus den gesammelten Schriftrollen zu lesen und spricht jede Runde einen zufälligen Zauber.

Hier wird kein Profil erstellt, da die beiden eher dazu bestimmt sind, das magische Chaos Altdorfs zu reflektieren (und eventuelle Zauberwirker zu ärgern), als die Charaktere direkt zu attackieren. Bei Bedarf kannst du die beiden jedoch als Blaue Horrors behandeln, mit der gemeinsamen Eigenschaft *Fliegen (60)*, *Zufallszauberer* und *Zaubersyphon*, wie unten aufgeführt. Mehr zu den Blauen Schreibern findest du in **Winde der Magie**.

NEUE EIGENSCHAFT: ZUFALLSZAUBERER

Die Blauen Schreiber können, wie oben beschrieben, zufällig zaubern. Wenn sie angegriffen werden, würfle einmal pro Runde auf der folgenden Tabelle, um zu bestimmen, welche Art von Zauber sie wirken. Nachdem du die Lehre zufällig bestimmt hast, wählst du entweder den Zauberspruch oder generierst ihn ebenfalls zufällig. Weitere Zaubersprüche aus der Lehre des Tzeentch findest du im **Der Feind im Schatten Kompendium** sowie im **Tod auf dem Reik Kompendium**; Zaubersprüche aus der Lehre des Slaanesh sind im **Die Graue Eminenz Kompendium** zu finden.

1W100	Ergebnis
1-5	Niedere Magie
6-10	Arkane Magie
11-15	Lehre der Bestien
16-20	Lehre des Todes
21-25	Lehre des Feuers
26-30	Lehre des Himmels
31-35	Lehre des Metalls
36-40	Lehre des Lebens
41-45	Lehre des Lichts
46-50	Lehre der Schatten
51-55	Lehre der Heckenzauberei
56-60	Lehre der Hexerei
61-65	Lehre der Dämonologie
66-70	Lehre der Nekromantie
71-79	Lehre des Slaanesh
80-95	Lehre des Tzeentch
96-100	SL-Entscheidung

NEUE EIGENSCHAFT: ZAUBERSYPHON

Wenn ein Feind in ihrer Gegenwart erfolgreich einen Zauber wirkt, können die Blauen Schreiber einen **Vergleichenden Willenskraft-Wurf** mit dem Zaubernden ablegen. Wenn sie ihn bestehen, würfle 1W10 auf der folgenden Tabelle:

1W10	Wirkung
1-2	**Keine Wirkung:** Die magischen Energien verpuffen in einem harmlosen, aber spektakulären Energieflackern.
3-7	**Syphonierter Zauber:** Die Blauen Schreiber sprechen den Zauber anstelle des Zaubernden. Das gilt zusätzlich zu allen Zaubern, die sie in dieser Runde sprechen könnten.
8-9	**Gespiegelter Zauber:** Sowohl der Zaubernde als auch die Blauen Schreiber sprechen den Zauber. Die Blauen Schreiber können in dieser Runde einen zusätzlichen Zauber wirken.
10	**Kraftverlust:** Die Energien des Zaubers werden tödlich unterbrochen. Sowohl der Zaubernde als auch die Blauen Schreiber befinden sich im Zentrum einer Explosion mit Radius 5 und Schaden 6.

WILDE MAGIE

1W100	Ergebnis
01-20	**Die Winde ziehen sich zurück:** Die Winde der Magie versiegen um dich herum und nähren keine dämonischen Kreaturen mehr. Alle Kreaturen im Umkreis von 2W10 Metern, die sowohl über die Eigenschaften *Dämonisch*, als auch *Instabil* verfügen, müssen einen **herausfordernden (+0)** ***Anführen*-Wurf** bestehen. Diejenigen, die versagen, lösen sich sofort auf und kehren ins Reich des Chaos zurück.
21-35	**Tzeentchs Willkür:** Wähle zufällig einen NSC oder ein Monster im Umkreis von 1W10 Metern um den Zaubernden aus. Diese Kreatur muss einen **schwierigen (-10)** ***Anführen*-Wurf** bestehen. Wenn sie scheitert, verliert die Kreatur für jede Stufe des Misserfolges einen Lebenspunkt. Bei einem Kritischen Fehlschlag verliert die Kreatur 1W10 Lebenspunkte für jede Stufe des Misserfolgs. Nichts kann diese Lebenspunktverluste vermindern, auch nicht Rüstungen, Talente oder Zaubersprüche.
36-45	**Chaotische Ebbe:** Bei allen Kreaturen im Umkreis von 2W10 Metern mit der Eigenschaft *Dämonisch* wird das benötigte Ergebnis, um sie mit einem Treffer zu verbannen, nur in dieser Runde, um 1W10 verringert.
46-55	**Sturm aus rosa Feuer:** Jeder, der in einem Umkreis von 2W10 Metern versucht, einen Zauber zu wirken, erzeugt automatisch einen Schwall rosa Flammen anstelle des beabsichtigten Zaubereffekts. Dies ist ein magisches Geschoss, das Schaden 6 verursacht und Rüstung ignoriert.
56-65	**Präkäres Gleichgewicht:** Die Winde der Magie befinden sich vorübergehend im Gleichgewicht mit der Macht des Chaos. Würfle wie üblich auf den Kontrollverlust-Tabellen.
66-75	**Das Auge des Sturms:** Die Winde der Magie sind ungestört, und es passiert nichts. Zumindest dieses Mal.
76-85	**Anschwellende Magie:** Die Winde der Magie erleben eine plötzliche, unerwartete Welle. Wirf zweimal auf den Kontrollverlust-Tabellen.
86-90	**Eine rosa Überraschung:** Alle Kreaturen im Umkreis von 1W10 Metern, die über die Eigenschaft *Dämonisch* verfügen, können sich in dieser Runde weder bewegen noch eine Handlung ausführen. Stattdessen kocht und bebt ihr Fleisch; am Ende der Runde springt ein Rosa Horror aus ihrer Haut und landet neben ihnen. Die Kreaturen selbst bleiben dabei unversehrt.
91-94	**Chaotische Welle:** Bei allen Kreaturen im Umkreis von 1W10 Metern, die über die Eigenschaft *Dämonisch* verfügen, wird das benötigte Ergebnis, um sie mit einem Treffer zu verbannen, mit +1 ermittelt.
95-99	**Dämonische Besessenheit:** Wähle zufällig einen gegnerischen Zauberwirker innerhalb von 2W10 Metern aus. Der ausgewählte NSC oder das Monster muss einen **schwierigen (-10) Willenskraft-Wurf** ablegen oder die Runde damit verbringen, sich in Qualen zu winden, während sich sein Körper verdreht und verrenkt. Am Ende der Runde schält der Zaubernde sein eigenes Fleisch ab und ein Dämon entsteigt den Überresten des Leichnams. Wenn sich kein geeigneter Zauberwirker in Reichweite befindet, gilt dies als Ergebnis von 66-75: Das Auge des Sturms.
100	**Beschwörung aus dem Jenseits:** Weitere Dämonen erblicken neben dem Zaubernden das Licht der Welt. 1W10 passende dämonische Wesen erscheinen.

EIN HAUCH VON CHAOS

Es gibt nur wenige Ereignisse, die so unmittelbar auf einen chaotischen Einfluss hindeuten wie die Manifestation von Dämonen auf einer Straße. Während der Tag der Abrechnung näher rückt, passiert genau das immer häufiger. Während die Magischen Orden zur Untersuchung eilen, üben subtilere Mächte des Chaos ihren Einfluss auf die Bürger von Altdorf aus.

DER KÖRPERDIEB

Während die Charaktere vorbeigehen, fällt ein Stadtbewohner oder ein anderer unbedeutender NSC zu Boden, hält sich den Kopf und schreit vor Schmerzen. Der sich windende Körper ist schwer zu untersuchen (-20 Malus auf alle damit verbundenen Würfe), zeigt aber keine Anzeichen von Wunden oder Krankheiten, bis sich 1W10 Runden später die Haut des Unglücklichen beginnt aufzuspalten und abzuschälen. Ein Dämon kämpft, um sich aus dem besessenen Körper zu befreien, als ob er in einer Zwangsjacke steckt. Würfle auf der folgenden Tabelle, um die Art des Dämons zu bestimmen:

DER KÖRPERDIEB

1W100	Dämon
01-30	Blauer Horror
31-60	Rosa Horror
61-90	Feuerdämon
91-00	SL-Entscheidung

Jeder, der den schrecklichen Vorgang sieht, muss einen Angstwurf auf der Grundlage des Angst-Wertes des Dämons ablegen.

Der Dämon muss einen **Erweiterten Gewandtheits-Wurf** für 5 **EG** ablegen, um sich aus seinem fleischigen Gefängnis zu befreien. Jeder verbleibende **EG** zählt als ein *Gefesselt*-Zustand. Sobald er frei ist, attackiert der Dämon das nächste sterbliche Lebewesen.

MARSIE WAGNERSHOFF KIND DES CHAOS

Marsie ist eine Bäckerstochter aus Diesdorf, die seit ein paar Wochen in Altdorf ist, um ihre Träume zu erfüllen. Die Dinge sind überhaupt nicht nach Plan gelaufen. Ihre Mutation ist erst in den letzten Tagen aufgetreten, aber seitdem hat sie verständlicherweise ihr ganzes Leben in Anspruch genommen. Eine schreckliche Erfahrung, denn ihr Gehirn lässt jetzt spontan Schwärme von madenartigen Würmern entstehen. Sie haben sich von innen durch ihren Schädel gefressen, ihr Haar verschlungen und winden sich seitdem unaufhörlich auf ihrer Kopfhaut.

Sie hat sie gebürstet, gewaschen und weggekratzt, aber sie kehren immer innerhalb von Minuten zurück und wühlen sich schmerzhaft aus ihrer Haut. Marsie ist ansonsten eine unschuldige Seele und will nur irgendwie überleben und der Stadt entkommen. Sie hofft, bei dem weisen Heckenvolk auf dem Land ein Heilmittel für ihren Zustand zu finden.

MARSIE WAGNERSHOFF – KIND DES CHAOS

B	KG	BF	ST	WI	I	GW	GS	IN	WK	CH	LP
4	36	56	27	36	35	42	40	33	36	3	11

Eigenschaften: Korrumpierung (Leicht), **Mutation:** Raserei auslösen (siehe unten)

Neue Eigenschaft: Raserei auslösen (Mutation)

Wenn Marsie jemanden berührt und eine Handlung nutzt, um den Effekt auszulösen, muss das Ziel einen **schweren (-20) Willenskraft-Wurf** ablegen oder in Raserei geraten (**WFRS**, Seite 190). Sie kann das erste Ziel des rasenden Charakters unter allen Kreaturen im Umkreis von 4 Metern auswählen, aber sie hat keine weitere Kontrolle über den Verlauf der Raserei. Die Raserei endet, wenn der Charakter auf 1 oder weniger Lebenspunkte fällt.

Marsie beantwortet keine Fragen. Wenn sie bei Bewusstsein ist, ist sie nur an der Flucht interessiert und setzt ihre Kräfte frei ein, um zu entkommen. Dazu gehört auch, Menschen auf der Straße in Raserei zu versetzen, um Verfolger abzulenken. Wenn die Charaktere die Frau gefangen nehmen und sie bewusstlos schlagen, haben sie es immer noch mit einer besinnungslosen Mutantin zu tun. Sogar die Shallyaner schrecken vor einem solchen Ungeheuer zurück, und die Kraft der Kreatur wäre für Kultisten in der Stadt und Mutantenplünderer in den Wäldern sehr nützlich.

Den Charakteren fällt vielleicht nicht viel mehr ein, als Marsie zu töten, aber das dürfte nicht gut ankommen. Wenn sie darauf zurückgreifen, sie zu töten, verärgern sie die barmherzige Shallya und sammeln entsprechend Sündenpunkte. Wenn sie einen Weg finden, ihre Macht zu neutralisieren und ihre Mutationen zu entfernen, belohnt Shallya diejenigen, die das getan haben, mit je einem Schicksalspunkt.

FLAMMENDÄMONEN DES TZEENTCH

Die Flammendämonen des Tzeentch sind seltsame Kreaturen und ein Beweis dafür, dass der Wandler der Wege zu wahrhaft bizarren Schöpfungen fähig ist. Die Flammendämonen des Tzeentch ähneln eher einem wandelnden Pilz als einer sterblichen Kreatur und treiben sich selbst an, indem sie giftige Gase aus zahlreichen, sich ständig verändernden Öffnungen ausstoßen.

NEUE KREATUREN-EIGENSCHAFT: ODEM (WARPFLAMMEN)

Aktiviert und aufgelöst wie jede andere Attacke mit Odem (**WFRS** Seite 341), sind Warpflammen rohes Chaos, durchdrungen von der unbeständigen Macht des Tzeentch. Wenn eine Kreatur dieser Attacke nicht ausweichen kann, muss sie sofort einen **herausfordernden (+0)** ***Ausdauer***-Wurf ablegen. Ob bestanden oder nicht, zählt dies als moderate Exposition gegen Korrumpierung (**WFRS** Seite 182).

Wenn eine Kreatur diesen Wurf nicht besteht, erleidet sie durch die Attacke normalen Schaden und erhält zusätzlich 1 *Brennend*-Zustand. Solange sie unter diesem Zustand leidet, muss sie jede Runde einen Wurf auf Geringe Exposition gegen Korrumpierung ablegen.

Wenn die Kreatur den Ausdauer-Wurf besteht, erleidet sie keinen Schaden. Stattdessen gewähren die unbeständigen Mächte des Chaos dieser Kreatur für 1W10 Runden die Eigenschaft *Regenerieren*. Wunden, die durch die Eigenschaft *Regenerieren* geheilt werden, heilen nicht anders. Die Wunden verschließen sich, aber das neue Fleisch sieht anders aus, mit Geburtsmalen oder Tätowierungen, die vorher nicht da waren. Zerstörte Augen haben eine andere Farbe, und wiederhergestellte Gliedmaßen erscheinen länger, kürzer oder muskulöser als zuvor. Diese Veränderungen haben keine spielerischen Auswirkungen, sollen aber dazu dienen, den Charakter zu verunsichern und die verzerrende Macht des Chaos zu unterstreichen.

FLAMMENDÄMON DES TZEENTCH

Die Flammendämonen des Tzeentch sind pilzartige Wesen von seltsamer und wechselnder Gestalt, die ihren Namen von ihrer Hauptattacke haben: sie ergießen große Flammen, die alles, was sie berühren, verbrennen oder verändern. Sie sind ein gefürchteter Feind, und selbst diejenigen, die eine Begegnung mit ihnen überleben, werden durch die Erfahrung verändert.

B	KG	BF	ST	WI	I	GW	GS	IN	WK	CH	LP
6	40	65	40	40	40	30	–	35	55	10	17

Eigenschaften: Ablenkend, Dämonisch 9+, Furcht 2, Instabil, Korrumpierung (moderat), Nachtsicht, Odem (Warpflammen), Rüstung 1, Waffe +8

Brunnen der Flammen: Wenn ein Flammendämon des Tzeentch zu Beginn seines Zuges nicht genug Vorteile hat, um seine Eigenschaft Odem einzusetzen, wirf 1W10. Bei einem Wurf von 8 oder mehr setzt er sie dennoch ein.

Trotz ihres abstrusen Aussehens sind sie zu rasanten Bewegungen fähig, und wer schon einmal mit ihnen zu tun hatte, ist dankbar, dass sie seltener vorkommen als die Rosa und Blauen Horrors, die besonders in Tzeentchs Gunst zu stehen scheinen.

Die Kreaturen sind zwar nicht besonders groß, aber ihre Hauptattacke besteht darin, dass sie große Stöße aus vielfarbigen Flammen versprühen. Es handelt sich dabei nicht um Feuer im herkömmlichen Sinne, sondern um intensive Warpflammen, die dem Chaos selbst entspringen. Es ist eine unbeständige Macht, die oft den Zielen zugute kommt, aber sie bringt den verderblichen Fluch der Korrumpierung mit sich, so das Tzeentch auf jeden Fall zufrieden ist.

Ein Flammendämon des Tzeentch wäre in der Tat schrecklich für Altdorf, ein einzigartiges Zeichen dafür, dass dies wirklich seltsame Tage sind. Alle, die ihn sahen, würden eingehend befragt werden, und jeder, der von seinen Flammen berührt würde, wäre verdächtig.

EREIGNISSE UND BEGEGNUNGEN

Der Einfluss eines Herrschers des Wandels wirkt sich sowohl auf den Geist der Altdorfer als auch auf ihre physische Umgebung aus. Hier sind einige Ideen für Ereignisse und Begegnungen, die im Laufe der Zeit noch extremer werden können.

Ruhelose Einheimische

Noch bevor Dinge geschehen, die den Gesetzen der Natur und des gesunden Menschenverstandes trotzen, öffnen sich die Seelen der Stadtbewohner für mögliche Veränderungen. Ziele und Ressentiments werden deutlicher spürbar und Agitatoren stacheln die Bevölkerung zu Unruhen und sogar zu Gewalt an. Unruhen brechen auf den Straßen aus, egal aus welchem Grund oder ohne ersichtlichen Grund. Die aufgebrachte Menge marschiert durch verschiedene Teile der Stadt, attackiert jeden, der sich ihr in den Weg stellt, und plündert manchmal die Gebäude entlang ihrer Route.

Angeführt werden diese Gruppen von Menschen, die unter den Einfluss von Tzeentch geraten sind und sich von den Charakteren angezogen fühlen. Während man die Gruppen im Großen und Ganzen zur Vernunft bringen kann, sind die Agitatoren, die sie anführen, viel schwerer einzuschüchtern.

AGITATOR - MESSING 2

B	KG	BF	ST	WI	I	GW	GS	IN	WK	CH	LP
4	30	35	30	30	30	30	30	35	30	35	12

Eigenschaften: Rüstung 1, Waffe (Keule) +7

Fähigkeiten: Anführen 35, Ausweichen 30, Besonnenheit 70*, Charme 35

Talente: Leidenschaftlicher Eifer, Redeschwall, Rhetorik, Straßenkatze, Wortgewandt

Ausrüstung: Flugblatt gegen eine geplante Steuer auf Stirland-Käse, Handwaffe (Keule), Lederwams, 1W10 Messinggroschen

*Die Agitatoren, die diese Gruppen anführen, verfügen über eine ungewöhnlich hohe Besonnenheit, wenn sie einen großen Menge anführen und dämonische Einflüsterungen in ihrem Kopf lauern.

Rasende Altdorfer

Die Charaktere gehen durch einen der vielen Märkte Altdorfs, als ein Käufer plötzlich eine Hammelkeule als improvisierte Waffe ergreift und zu einer wilden Attacke ansetzt. Es gibt keine Warnung: Die Charaktere können nicht vermeiden, überrascht zu werden.

In jeder weiteren Runde schließt sich ein weiterer gewöhnlicher Bürger der mörderischen Raserei an. Theoretisch könnten die Charaktere überwältigt werden, aber in der Praxis ist es fast sicher, dass sie die Angreifer so schnell außer Gefecht setzen, wie sie entstanden sind.

Die rasenden Stadtbewohner und Diener haben kaum eine Chance, den altgedienten Charakteren Schaden zuzufügen. Das Hauptproblem ist, dass diese Leute ganz normale Stadtbewohner sind, und sie wie Dämonen niederzustrecken ist nichts, was heldenhafte Abenteurer tun sollten.

RASENDE ALTDORFER

B	KG	BF	ST	WI	I	GW	GS	IN	WK	CH	LP
4	15	25	38	37	30	31	28	19	47	33	13

Die Altdorfer haben keine relevanten Fähigkeiten oder Talente und tragen keine Rüstung. Sie sind rasend und attackieren mit improvisierten Waffen, die STB - 4 Schaden verursachen.

Auch wenn die Charaktere annehmen, dass der erste Angreifer seine Wut nur verbergen wollte, solltest du dafür sorgen, dass in der nächsten Runde ein junger Bürger, der bereits auf der Flucht war, stehenbleibt, sich mit einem mörderischen Blick umdreht und zum Angriff übergeht. Charaktere, die in den darauffolgenden Runden **herausfordernde (+0)** ***Wahrnehmungs*-Würfe** ablegen, sehen, wie das Gleiche noch einmal und noch einmal und noch einmal passiert. Die Charaktere sollten erkennen, dass etwas die ehrlichen Bürger Altdorfs in eine mörderische Raserei treibt.

Die Raserei erlischt automatisch, wenn ein Angreifer auf 1 oder weniger Lebenspunkte fällt. Die Vernunft kehrt plötzlich zurück, und wenn sie sich noch bewegen können, versuchen sie zu fliehen. Das können auch die Charaktere bemerken.

Schlaue Charaktere können sich auf die Suche nach der Ursache für diesen Ärger machen. Dies erfordert einen **schweren (-20)** ***Wahrnehmungs*-Wurf**. Wenn dieser gelingt, sieht der Charakter eine Gestalt, die sich zwei Bürgern nähert, gerade als sie der Raserei verfallen. Sie trägt unauffällige Kleidung und eine tief ins Gesicht gezogene Kapuze bedeckt ihren Kopf. Die Frau bemerkt nicht, dass sie entdeckt wurde, bis die Charaktere in ihre Richtung handeln. Wenn es ihnen gelingt, sie zu packen, können sie den Grund für die Kapuze sehen: Die Frau hat Würmer anstelle von Haaren. Jeder Charakter, der sie in einer Runde berührt, in der sie bei Bewusstsein ist und keine andere Handlung ausführt, wird von ihrer Fähigkeit Raserei auslösen getroffen (siehe S. 20). Die Frau beginnt mit dem Charakter, der sie festhält.

Instabile Fundamente

Die Charaktere kommen an einem Haus oder einem kleinen Laden vorbei, der eindeutig einem Zauberer gehört. Woran das genau zu erkennen ist, bleibt dir überlassen: Das Haus kann ein Schild tragen, das für magische Dienste wirbt, es kann einem NSC-Zauberer gehören, mit dem sie sich angefreundet haben, oder es kann von mystischen Symbolen umgeben sein, die in die Wände geritzt oder gemalt sind.

Wenn die Charaktere sich dem Gebäude nähern, beginnen seine Umrisse zu wabbern. Es wird erst etwas durchsichtig, dann ganz transparent und nach ein paar Sekunden gibt es einen hörbaren Knall, als es durch einen Riss in der Realität in das Reich des Chaos gezogen wird. Der Spalt besteht nur für ein oder zwei Sekunden, aber wer ihn direkt ansieht, muss wegen der Dinge, die er darin sieht, einen **Entsetzen-Wurf** der Stufe 4 ablegen.

Ein erfolgreicher **herausfordernder (+0)** *Wissen (Chaos* **oder** *Magie)* **Wurf** deutet darauf hin, dass das Gebäude magisch instabil wurde und deshalb in das Reich des Chaos gesaugt wurde. Aber eigentlich geschieht das nur Dämonen ...

Zeichen der Zeit

Wie jede Siedlung, egal welcher Größe, ist Altdorf voller Schilder. Nicht alle Bürger können lesen, deshalb ist ein Schild mit einem Bild der Waren, die ein Laden verkauft, oder mit einem Symbolbildes des Gasthausnamens viel nützlicher als ein ausgeschriebener Name. In Zeiten wie diesen sind die Buchstaben jedoch vorzuziehen, da Bilder dazu neigen, lebendig zu werden.

Ein Huhn auf einer Wetterfahne könnte zum Beispiel herunterflattern und in den Straßen für Unruhe sorgen. Ein Drache könnte sich aus einem Gasthausschild herausziehen, um feurige Panik zu verbreiten, oder eine Statue könnte von ihrem Sockel herunterklettern und mit steinernen Waffen um sich schlagen. Die Möglichkeiten sind endlos.

Die Kreaturen können die gleiche Größe wie ihre gemalten oder gemeißelten Originale behalten oder sie können auf ihre natürliche Größe wachsen (oder schrumpfen, je nachdem). Ihre Profile sind die gleichen wie die der Originale, mit den folgenden Anpassungen:

Werte: Intelligenz, Willenskraft und Charisma sind alle 0.

Füge die folgenden Eigenschaften hinzu: Konstrukt, Korrumpierung (Gering), Immunität (Kritische Treffer), Immun gegen Psychologie, Instabil. Belebte Statuen fügen Rüstung 3 (Metall) oder Rüstung 4 (Felsen) hinzu.

Fahrerflucht

Eine Kutsche rattert die Straße hinunter, ohne dass sie von Pferden gezogen wird. Sie überfährt jeden, der sich ihr in den Weg stellt, was als Sturmangriff und Stampfen einer Enormen Kreatur zählt. Sie kann nur durch einen erfolgreichen **sehr schweren (-30) Stärke-Wurf** aufgehalten werden, der **5 EG** in einer Runde erreicht. Bis zu sechs Charaktere können bei diesem Test zusammenarbeiten (siehe Unterstützung, **WFRS**, Seite 155).

Zusätzlich zu ihrer Stampfattacke schlägt die Kutsche mit ihren beiden Stangen zu. Jeder von ihnen zählt als Keule (Handwaffe) mit langer Reichweite und STB + 6 Schaden. Das **Der Feind im Schatten Kompendium** enthält Trefferzonen für Kutschen und andere Fahrzeuge.

ANIMIERTE KUTSCHE

B	KG	BF	ST	WI	I	GW	GS	IN	WK	CH	LP
3	33	-	25	25	25	20	-	-	-	-	40

Eigenschaften: Größe (Enorm), Immun gegen Psychologie, Konstrukt, Rüstung 3, Schmerzfrei, Waffe +8

Der Umzug steht an

Inmitten eines großen Tumultes rennt eine Reihe von belebten Möbeln die Straße hinunter, verfolgt von seinem verständnislosen, aber entschlossenen Besitzer. Langbeinige Esstische rennen wie Hirsche; Stühle gehen oder watscheln, je nach Konstruktion; ein Bett trampelt wie ein aufgebrachter Ochse durch die Menge; und überall wuseln niedrige Beistelltische, Fußhocker und andere kleine Objekte herum. Wenn sie nicht aufgehalten werden, stürzen sich die Möbel in den Reik und schwimmen zum anderen Ufer, um in den Wald zurückzukehren, wo ihr Holz einst als Bäume wuchs. Jemand, der den Jadewind beherrscht, kann vielleicht *Tiere bezirzen*, um die herumtollenden Möbel zu beruhigen, aber ansonsten rasen sie frei durch die Straßen.

Das ist natürlich ziemlich surreal, und du kannst diese Szene humoristisch spielen, wenn du willst. Für die Bewohner von Altdorf ist das natürlich alles andere als lustig. Unnatürliche Vorkommnisse sind selten harmlos und selbst wenn die Möbel es aus der Stadt schaffen sollten, werden diejenigen, denen sie vorher gehörten, wahrscheinlich selbst als potenzielle Hexer untersucht. Wenn du die Szene eher zum Gruseln als humoristisch spielen willst, dann lass ein Himmelbett einige Wächter auf dem Weg zum Fluss zu einem blutigen Brei zertrampeln oder ein schwimmender Vorhang einen Feuerzauberer erwürgen, der versucht hat, ihn in Brand zu setzen. Denke daran, dass es durchaus möglich ist, die Spieler in Lachanfälle zu versetzen und gleichzeitig das Leben ihrer Spielercharaktere zu bedrohen.

Du kannst entscheiden, wie viele Möbelstücke in diesen bizarren Vorfall verwickelt sind und welche Art von Möbeln. Die Profile rechts sind für große, mittlere und kleine Möbel.

Animiertes Möbelstück, groß

Dieses Profil kann für große Gegenstände wie Betten, Schränke, Esstische und andere Stücke ähnlicher Größe verwendet werden. Der Bewegungswert geht von kurzen Beinen aus, wie die eines Bettes oder Schranks: Möbel mit längeren Beinen erhöhen ihre Bewegung um 1-2 Punkte und erhalten die Eigenschaft *Geschwind.*

ANIMIERTES MÖBELSTÜCK, GROSS

B	KG	BF	ST	WI	I	GW	GS	IN	WK	CH	LP
2	59	-	40	50	49	20	-	-	-	-	28

Eigenschaften: Größe (Groß), Immun gegen Psychologie, Konstrukt, Rüstung 1, Schmerzfrei, Waffe +8

Animiertes Möbelstück, mittelgroß

Dieses Profil kann für kleinere Tische und Schreibtische, Stühle und andere Stücke von ähnlicher Größe verwendet werden. Möbel mit kürzeren Beinen, wie z. B. massive Schreibtische mit schweren Schubladen, reduzieren ihre Bewegung um 1 und verlieren die Eigenschaft *Geschwind.*

ANIMIERTES MÖBELSTÜCK, MITTELGROSS

B	KG	BF	ST	WI	I	GW	GS	IN	WK	CH	LP
4	39	-	25	35	49	35	-	-	-	-	10

Eigenschaften: Geschwind, Immun gegen Psychologie, Konstrukt, Rüstung 1, Schmerzfrei, Waffe +5

Animierte Möbelstück, Zierlich

Dieses Profil kann für Beistelltische, Hocker, Fußbänke und andere Stücke ähnlicher Größe verwendet werden. Möbel mit kürzeren Beinen, wie z.B. Fußhocker, reduzieren ihre Bewegung um 1 und verlieren die Eigenschaft *Geschwind.*

ANIMIERTES MÖBELSTÜCK, KLEIN

B	KG	BF	ST	WI	I	GW	GS	IN	WK	CH	LP
4	35	-	15	20	49	35	-	-	-	-	3

Eigenschaften: Geschwind, Immun gegen Psychologie, Konstrukt, Rüstung 1, Schmerzfrei, Waffe +4

Gericht des Tages

Die Charaktere kommen an einer Metzgerei oder einem Verkaufsstand vorbei, als einige der Kadaver mit unheiligem Leben erfüllt werden und sich von ihren Haken und Platten winden, um die nächsten Lebewesen zu attackieren. Sie sind etwas beeinträchtigt, weil sie gehäutet und teilweise zerteilt wurden, aber sie sind trotzdem in der Lage, einen beachtlichen Kampf zu liefern.

Kuhkadaver

Einst ein erstklassiges Stück teuren Rindfleischs, läuft dieser Kadaver jetzt die Straße hinunter, als wäre er eine besessene Kuh, was höchstwahrscheinlich der Wahrheit entspricht.

KUHKADAVER

B	KG	BF	ST	WI	I	GW	GS	IN	WK	CH	LP
3	35	-	33	35	25	15	-	-	-	-	12

Eigenschaften: Geschwind, Immun gegen Psychologie, Immunität (Durchbohrend, Kritische Treffer, Pfeile/Bolzen, Stumpfe Waffen), Instabil, Konstrukt, Korrumpierung (Gering), Waffe (Hieb) +6

Optional: Infiziert, Magisch, Nicht totzukriegen, Regenerieren

Schafskadaver

Die teilweise geschlachteten Überreste eines Schafes blöken mit einer Verzweiflung, die wirklich beunruhigend ist und Wolle und Eingeweide mit sich führt. Der Hals der Kreatur sitzt in einem merkwürdigen Winkel, und diese schiefe Perspektive lässt sie in Menschenmengen hineinlaufen und in weiten Kreisen rennen, während sie läuft. Entlaufene Schafe sind in den Straßen Altdorfs keine Seltenheit, und viele Bürger versuchen zunächst, das Tier für ihren eigenen Tisch einzufangen. Ihre Schreie des Entsetzens hallen durch die Stadt, als sie es das Wesen näher betrachten können.

SCHAFSKADAVER

B	KG	BF	ST	WI	I	GW	GS	IN	WK	CH	LP
3	33	-	25	25	25	20	-	-	-	-	8

Eigenschaften: Geschwind, Größe (Zierlich), Immun gegen Psychologie, Immunität (Durchbohrend, Kritische Treffer, feile/Bolzen, Stumpfe Waffen), Instabil, Konstrukt, Korrumpierung (Gering), Waffe (Hieb) +4

Optional: Infiziert, Magisch, Nicht totzukriegen, Regenerieren

Schweinekadaver

Dieses schweinische Monstrum wurde vom Metzger der Länge nach durchgeschnitten, bevor die seltsame Magie es wieder zu etwas annähernd Lebendigem machte. Obwohl es ihm an vielem mangelt, macht es seine Mängel durch seine wilde Begeisterung für das Rennen durch die Straßen mehr als wett.

Da die Kreatur in zwei Hälften geteilt wurde und ihr der Kopf fehlt, gehen alle Treffer auf den linken Arm, das linke Bein oder den Kopf des Ziels automatisch daneben. Wenn die Kreatur auf irgendeine Weise zu ihrer „anderen" Hälfte zurückgebracht werden kann (die wahrscheinlich anderswo Amok läuft), wird sie sich deutlich beruhigen.

SCHWEINEKADAVER

B	KG	BF	ST	WI	I	GW	GS	IN	WK	CH	LP
3	32	-	30	30	30	15	-	-	-	-	12

Eigenschaften: Geschwind, Größe (Zierlich), Immun gegen Psychologie, Immunität (Durchbohrend, Kritische Treffer, Pfeile/Bolzen, Stumpfe Waffen), Instabil, Konstrukt, Korrumpierung (Gering), Waffe (Hieb) +5

Optional: Infiziert, Magisch, Nicht totzukriegen, Regenerieren

Unnatürliches Wetter

Zu jedem Zeitpunkt der Geschichte werden seltsame Wetterereignisse mit bösen Vorzeichen in Verbindung gebracht. Das **Der Feind im Schatten Kompendium** enthält ein einfaches System für den Umgang mit Wetter, aber angesichts der zunehmend chaotischen Natur der Ereignisse in Altdorf könntest du auch beschließen, das Wetter zu ändern, wie du willst und wann du willst, vor allem, wenn die Spieler eine neue Herausforderung brauchen. Du könntest ein paar Würfel würfeln, nur um einen Effekt zu erzielen, oder du könntest einfach ankündigen, dass der Wetterwechsel stattgefunden hat.

Um die Dinge unter Kontrolle zu halten, ist es empfehlenswert, dass ein chaotischer Wettereffekt ziemlich lokal begrenzt ist: nicht mehr als, sagen wir, 100 Meter weit. Aber wenn du dich der Herausforderung stellen willst, die ganze Stadt zu beeinflussen, kannst du das gerne tun!

Hier sind einige Vorschläge für chaotische Wettereffekte, aber lass deiner Fantasie freien Lauf und erfinde mehr. Erinnere dich daran, was die Charaktere in den früheren Teilen der Kampagne erlebt haben: Wenn sie mit etwas kontronftiert werden, das eine Erinnerung weckt oder einen Nerv trifft (egal ob es Würstchen oder Kätzchen sind) wird die Erfahrung umso einprägsamer sein!

Blitze: Verwandelt alles, was sie treffen, in Eis, Felsen oder eine andere Substanz, ahmt einen Zaubereffekt nach, Rosa Horros oder andere kleine Dämonen erscheinen dort, wo sie einschlagen

Donner: eine Zeile aus der Prophezeiung (siehe Seite 17), Gelächter, klirrende Waffen, Musik, Schreie, Tiergeräusche

Hagel: Diamanten, Haselnüsse, Kieselsteine, Pfennige, Warpstein, Zähne

Nebel: Mondblumendämpfe, Schlafgas (**herausfordernder (+0)** ***Ausdauer*-Wurf** oder *Bewusstlos*-Zustand), verflüssigtes Ranalds Entzücken, Weihrauch

Regen: Bier, Blut, Eiter, Fische, Frösche

KAPITEL 3
DER TOLLKROPF-KLAN

Der Tollkropf-Klan ist ein großes Hindernis auf dem Weg der Charaktere, um Ghal Maraz zurückzuerlangen. Wie groß dieses Hindernis ist, hängt davon ab, wie gut die Gruppe mit den verschiedenen Persönlichkeiten des Stammes verhandeln kann, vom prophetischen Gackerspuck bis zu seinen verschiedenen illoyalen Untergebenen.

DEN KLAN WEITER NUTZEN

Mit dem Stamm könnte man jedoch noch mehr anfangen. Gackerspucks Einsicht hat dem Goblin Einblicke in Dinge gegeben, die weit über das Wissen der meisten Goblins hinausgehen. Während Ghal Maraz für den durchschnittlichen Ork oder Goblin eine schreckliche Kraft der Zerstörung ist, weiß ein gerissener Anführer wie Gackerspuck, dass eine solche Kraftquelle vielseitig genutzt werden kann. Vielleicht kann er die Charaktere anweisen, einige seiner bekannteren Feinde in anderen Ork- und Goblin-Klans zu erschlagen, oder er lässt die Charaktere die Waffe zurückholen, damit er sie für sich selbst stehlen kann.

Goblins in Gackerspucks Position planen oft weit über ihre bescheidenen Möglichkeiten hinaus, und es wäre gar nicht so unpassend für ihn, so etwas zu versuchen. Ungeachtet der Vorteile, die Ghal Maraz den Charakteren in der Schlacht, die aus einem solchen Versuch resultieren würde, gewähren würde.

Wie geschrieben, wird der Tollkropf-Klan von der reinigenden Flut, die nach der Wiedererlangung des Hammers ausgelöst wird, fast weggespült. Wenn du dieses Material oder den Squigkoloss auf Seite 63 verwenden möchtest, solltest du das Ausmaß der Flut verringern. Die Tollkropf-Tunnel sind mehr oder weniger intakt, und wer auch immer den Charakteren geholfen hat, wartet auf ihre Rückkehr. Dies ist entweder Gackerspuck selbst oder einer seiner Untergebenen, der von seiner Planung, den Hammer zu beschlagnahmen, erfuhr und beschloss, dass es einen Versuch wert sei.

Damit haben die Spieler die Möglichkeit, die Fähigkeiten von Ghal Maraz zu testen und herauszufinden, ob er seinem Khazalid-Namen „Schädelspalter" gerecht wird.'

Olle Zeltsams Incunabulum

Gedanken über einige höchst merkwürdige Goblins

Ich gebe zu, dass ich manchmal nach mehreren Bechern Portwein aus dem ‚Tanzenden Zwerg' zurückgetorkelt bin und Frau Zeltsam ein Ständchen mit alten Ostmarker Volksliedern gebracht habe. Aber niemals würde ich ein stärkeres Rauschmittel anrühren, schon gar nicht, nachdem ich Otto Prachtmann, einen Nulner Kaufmann, getroffen habe, der von einer schrecklichen Episode mit einem Goblinstamm im Schwarzen Gebirge erzählte. Prachtmann war in Altdorf und suchte Trost in der Großen Kathedrale von Sigmar. Dort traf er Professor Pfaff, der ihm von meinem weitreichenden Interesse an den vielen Völkern der Alten Welt erzählte und ihm vorschlug, seine Sorgen bei mir abzuladen.

Prachtmann reiste in einem Handelszug durch den Nachtfeuerpass, als eines Nachts sein Wagen attackiert wurde. Er versteckte sich in einer großen Truhe mit Seide, aber sein Versteck wurde als Beute eingefordert. Er blieb unentdeckt, bis die plündernden Grünhäute ihr Versteck erreichten.

Seine Entführer waren Nachtgoblins, ein Volk nachtaktiver Grünhäute, die dunkle Roben tragen, um ihre Haut vor dem Sonnenlicht zu schützen. Als die Truhe geöffnet wurde, sah Prachtmann schreckliche Gesichter auf ihn herabblicken, mit langen Nasen, die unter grausamen roten Augen hervorlugten. Er wurde aus der Truhe in eine schummrige Höhle gezerrt, in der ein Goblin-Schamane auf einem großen Pilz saß, der vom unheimlichen blauen Licht der Leuchtpilze erleuchtet wurde. Später erfuhr er, dass dies Gackerspuck war, ein Schamane, der über den Stamm herrscht. Mehrere weitere Schamanen lugten aus den Schatten hervor, während andere Nachtgoblins gackerten und brummten, wobei ihnen halbgekaute Pilze aus ihren schlaffen Mündern fielen. (Der Gestank von Mundgeruch und erdigen Pilzen und das Geräusch von tiefem Glucksen verfolgt ihn bis heute bisweilen spät in der Nacht.)

Ein stämmiger Goblin sprang vor, um Prachtmann den Kopf abzuschlagen, aber Gackerspuck gebot ihm Einhalt. *„Mänschenzplätta"*, murmelte der große Goblin und spuckte, aber Mänschenzplätta tat, was sein Meister befahl.

„Ich habe dich schon einmal gesehen", sagte Gackerspuck in gebrochenem Reikspiel. *„Ich habe dich in meinen Visionen gesehen. Du bist mein Reittier."*

Und so wurde Otto Prachtmann aus Bänkerzeil, Nuln, zum Reittier für Cruzzik Gackerspuck vom Tollkropf-Klan. Der Schamane ließ ihn entkleiden und mit wirbelnden roten und grünen Mustern bemalen. Prachtmann zeigte mir ein Brandzeichen auf seiner Brust, einen großen stilisierten Vogelkopf, der die Stammesglyphe ist. Von da an kletterte Gackerspuck auf Prachtmanns Schultern, wenn er seinen Thron verlassen wollte, und ritt große Töne spuckend seinem Ziel entgegen. (Das körperliche Gefühl ist immer noch akut, Prachtmann musste aufstehen und seine Schultern bewegen und seinen Rücken aufrichten, als er sich daran erinnerte, und sich manchmal hinknien, als ob er seinem Reiter erlauben wollte, abzusteigen.)

Es war eine schreckliche Zeit für den Kaufmann aus Nuln und er hat mein größtes Mitgefühl. Andererseits hat er viel über den Tollkropf-Klan gelernt, was für einen Gelehrten wie mich natürlich sehr faszinierend ist. Aber er reagierte erbost, als ich ihm sagte, dass seine Erfahrungen auch eine positive Seite hätten. Ich habe das Thema nicht weiter vertieft.

Der Stamm wohnt in einer versteckten Schlucht irgendwo östlich des Nachtfeuerpasses. Sie verehren die grünhäutigen Gottheiten Mork und Gork, haben aber auch eine gewisse Beziehung zu den Raubvögeln des Schwarzen Gebirges. Als spiritueller Anführer erlangte der Schamane Gackerspuck seine hohe Stellung durch Visionen und Prophezeiungen, die dem Stamm ein wichtiges Schicksal vorhersagten.

Es gibt mehrere verschiedene Gruppen innerhalb des Tollkropf-Klans. Gackerspuck war der Anführer der Schamanen und hatte einen kleinen Zirkel von unterwürfigen Schamanen, die ihm zu Diensten waren. Diese Zauberer nutzen die gewalttätige Magick, die den Grünhäuten eigen ist. Die meisten waren nur Handlanger, aber „Mondgobba" war Gackerspucks Leutnant und selbst für Goblin-Verhältnisse ein verschlagener Charakter.

Die Führung des Klans bestand aus Nachtgoblins, die Gackerspuck abwechselnd fürchteten und einschüchterten. Sie waren ein streitlustiges Gesindel und Prachtmann bemerkte, dass sie Spaß an bösartigen Streichen und unprovozierten Gemeinheiten hatten. Bei mehreren Gelegenheiten versuchten sie, ihn zu quälen, aber Gackerspuck behielt sich dieses Recht vor. Mehr als ein Goblin verlor einen Finger oder ein Auge, weil er das Reittier des Kriegsherrn verspottete.

Dann gibt es noch die sogenannten „Bekloppten". Diese Fanatiker verschlingen Pilzsorten, die sie in einen Rausch und eine Raserei versetzen. Im Tollkropf-Klan glauben sie, dass sie damit ihrem Anführer nacheifern können, aber vor allem haben sie sich selbst und anderen damit großen Schaden zugefügt. Wäre ich weniger fromm, würde ich sie vielleicht mit den Flagellant-Banden vergleichen, die hinter unseren eigenen Armeen herziehen.

Mänschenzplättas Bande von Schlägern sind die Narbenzgobbos. Stärker und größer als die anderen Goblins, setzen sie sich durch und tyrannisieren den Rest des Stammes. Wenn der Klan einen Handelszug überfällt, Reisende attackiert oder Krieg mit anderen Grünhäuten führt, stehen Mänschenzplätta und seine Bande an der Spitze.

Gackerspuck klingt nach einem faszinierenden Charakter. Er behauptet, unter dem Einfluss eines seltenen lilafarbenen Pilzes Visionen von der Vergangenheit und der Zukunft zu sehen. (Die Purpurkappenpilze gibt es nur in der Nordschlucht und sie verströmen einen Geruch nach starkem Regen.) Nachdem er diese Pilze gegessen hat, fällt er in Trance und plappert in vielen Sprachen wie Reikspiel, Khazilid, Klassisch und mehrere, die Prachtmann nicht kannte. Wenn er aus seinem Delirium erwacht, bemalt der Schamane die Wände mit Visionen von seltsamen Szenen, die von wirbelnden Mustern umgeben sind. Gelegentlich rief er den Stamm zusammen, um zu erzählen, was er gesehen hatte, und peitschte sie in eine brüllende Hysterie.

Prachtmann bemerkte, dass Mondgobba die Purpurkappenpilze begehrte, aber Gackerspuck sorgte dafür, dass kein anderer Goblin sie aß. Eines Abends in der Dämmerung reisten die Schamanen zur Mündung der Nordschlucht, dem einzigen Ort, an dem die Purpurkappen sprossen. Der Stamm fürchtet diese Gegend und hält sich fern, aber um vor seinen Akolythen zu prahlen, ritt Gackerspuck Prachtmann in das Tal und pflückte eine Handvoll Purpurkappen von der Wand. Zurück in seinem Thronsaal aß er sie vor den Schamanen und schob Prachtmann zu allem Übel auch noch eine in den protestierenden Mund.

In der warmen Behaglichkeit von Prachtmanns Haus hörte ich ungläubig und traurig zu, als ich erkannte, dass der Verstand des Mannes gebrochen war. Die Visionen, von denen er erzählte, waren absurd: Frösche die vom Himmel fielen, Sigmar im Kampf mit einem Riesenvogel, ein dreiäugiger König ... Kauderwelsch. Der Verstand des armen Mannes war dauerhaft verdreht.

Als Prachtmann zu sich kam, war Gackerspuck immer noch in Trance und Mondgobba hielt das Ende der Kette des Kaufmanns fest. Er ließ sie fallen und zwinkerte. Das war ein Akt der Bosheit seitens des Schamanen, aber es war auch die Gelegenheit, die Prachtmann brauchte. Er flüchtete ins Tageslicht, blinzelte und stolperte, aber kam schließlich heraus und floh durch die Berge. Tage später wurde er von einer zwergischen Patrouille halbtot in einem Bach gefunden.

Eine fantastische Geschichte, vielleicht, aber sie stimmt mit dem überein, was ich über die Nachtgoblins weiß. Sigmar stehe uns bei, sollten Gackerspuck und seine Tollkropf-Goblins jemals ihren Wahnsinn ins Imperium bringen.

DER TOLLKROPF-KLAN

Cruzzik Gackerspuck hält sie mit einer Mischung aus hinterhältiger Gewalt und verrückten Prophezeiungen in seinem Bann, die ein glorreiches und unbestimmtes Schicksal für den Stamm versprechen. Doch die Position des Schamanen ist prekär, denn Mondgobba und Mänschenzplätta wetteifern um seine Stellung als Kriegsboss.

In **Das Imperium in Trümmern** trifft die Gruppe in der Verlorenen Schlucht, die zur Ruhestätte von Sigmars Hammer führt, auf den Tollkropf-Klan. In diesem Kapitel erfährst du mehr über die Hintergründe und Optionen für den Einsatz des Stammes in deiner Kampagne.

Die Ursprünge des Tollkropf-Klans

Die Goblins haben wenig Interesse daran, wie sie in die Verlorene Schlucht gekommen sind. Manchmal erzählen sie Geschichten über einen großen Vogel, den „Mork" geschickt hat und der sie ins Tal gebracht hat, eine volkstümliche Erinnerung an ihre Ursprünge. Wenn die Charaktere einen Purpurhutpilz essen, können sie zeitverändernde Visionen erleben, die ihnen die Ursprünge des Stammes zeigen.

Die Vorfahren des Tollkropf-Klans waren Bosse vom Stamm der Krummklingen, die im Weltrandgebirge wohnen. Nach Streitigkeiten zwischen den Stämmen flohen sie nach Nordwesten ins Imperium. Im Schwarzen Gebirge wurden sie vom Stamm der Blutigen Nase gefangen genommen, einer besonders fiesen Bande mit einer Vorliebe für Opferungen, um die Götter zu besänftigen. Doch gerade als den Bossen die Herzen entfernt werden sollten, stürzte ein riesiger Bussard herab und verschlang ihre Entführer.

Überzeugt, dass Mork den Vogel geschickt hatte, folgten die Bosse dem Bussard zu seinem Nest in der Verlorenen Schlucht. Sie zeigten ihre ewige Dankbarkeit, indem sie den Vogel fingen und sein Fleisch aßen und sich dann in seinem Haus niederließen. Der neue Tollkropf-Klan machte das Bild des Bussards zu seinem Symbol, ein gemein aussehender Vogel mit offenem Schnabel und herausragender Zunge.

Der Stamm wuchs im Laufe der Jahre und obwohl er nicht sehr erfolgreich war, etablierte er sich in der Schlucht. Die Nachtgoblins lernten, den nördlichen Teil des Tals zu fürchten, da sie spürten, dass von der Höhle etwas Verdrehtes und Falsches ausging. Als der junge Schamane Gackerspuck seine Gefährten beeindrucken wollte, wanderte er weiter nach Norden als je zuvor.

In der Nordschlucht fand er die Purpurkappenpilze und rannte nach Hause. In dieser Nacht probierte er zum ersten Mal einen und erlebte seine erste Vision: der Tollkropf-Klan über den Ruinen von Averheim. Innerhalb weniger Monate nutzte er seine mystische Weitsicht, um den ganzen Stamm unter sein Kommando zu bringen.

Beziehungen

Der Klan ist nicht auf die Verlorene Schlucht beschränkt. Sie ziehen über die vielen Bergpässe und Täler im Schwarzen Gebirge östlich des Nachtfeuerpasses, auf der Suche nach leichten Opfern und anderen Stämmen als Verbündete oder Feinde.

Der Tollkropf-Klan begehrt die Reichtümer der Kaufleute, die von und ins südliche Imperium reisen; diese sind eine Quelle für Waffen, edle Lebensmittel und farbenfrohe Schmuckstücke. Sie kundschaften die Karawanen mit dem schwächsten Schutz aus und überfallen sie im Schutz der Dunkelheit, indem sie die Wächter mit Hilfe von List und ihrer Nachtsicht überwältigen.

Gackerspuck und seine Gefolgsleute versuchen, den Zwergen auszuweichen und sie von der Schlucht fernzuhalten. Wenn zwergische Grenzläufer zu Nahe kommen, haben sich die Kundschafter des Tollkropf-Klans als gerissen genug erwiesen, sie zu anderen Grünhäuten zu lenken.

Diese anderen Stämme sind abwechselnd Handelspartner und Feinde. Der Mondfang-Stamm besteht aus zähen Hügelgoblins im Süden, die gelegentlich mit dem Tollkropf-Klan Handel treiben oder Raubzüge unternehmen. Die Blutigen Nasen hegen eine uralte Abneigung gegen den Stamm und hoffen immer noch, seine Anführer in einem ihrer Aderlassrituale zu opfern. Der Kriegsboss Gnashrukk ist einer der Orks von Kriegsherr Blutfang Fusel. Er ist damit beauftragt, mit seiner Bande den Nachtfeuerpass zu bewachen. Der Tollkropf-Klan fürchtet ihn und geht ihm lieber aus dem Weg.

VERZEHR VON PURPURKAPPEN

Diese Pilze sind von der Magie aus der Höhle verdorben und ihr Verzehr gewährt mächtige Visionen der Vergangenheit und der Zukunft. Innerhalb von 1W10 Zügen nach dem Verzehr einer Purpurkappe muss der Charakter einen Wurf ablegen, als hätte er ein Stück Hexenwurzel verzehrt. Wirkt die Droge, wird sein Sehvermögen getrübt und er sieht bunte Muster um sich herum, die an die Gemälde von Gackerspuck erinnern. Vage Formen, fast wie Lebensformen, schwimmen durch die Luft. Allmählich beginnen die Charaktere, lebhafte Visionen zu erleben.

1W100	Ergebnis
01-10	**Die Ersten.** Die Welt besteht aus Eis. Glühende Lichtgestalten steigen in die Schlucht hinab und alles beginnt zu schmelzen.
11-20	**Müde Wanderer.** Eine endlose Reihe von Zwergen zieht durch die Schlucht auf den Charakter zu, gewandet in goldene Rüstungen. Sie sind ermüdet und während sie marschieren, sinken sie langsam in den Boden ein. Es liegt eine überwältigende Melancholie in der Luft.
21-30	**Die letzte Schlacht beginnt.** Sigmar schreitet müde durch die untere Schlucht, begleitet von einem Wolf und einem Wildschwein. Eine geflügelte Gestalt taucht über ihm auf und er erhebt seinen Hammer. Der Charakter fühlt sich heiß und aufgewühlt.
31-40	**Die Schatten kehren zurück.** Der Charakter ist zurück in Bögenhafen, Teil von Teugens Ritual. Er weiß, was passieren wird, aber er kann es nicht aufhalten. Alles geschieht wie zuvor, aber das Ritual wird durch den Charakter verhindert, der ein Gebet zu Sigmar vorträgt. Teugen stirbt in einem heiligen Licht. *(Anmerkung: Wenn der Charakter nicht an Der Feind im Schatten teilgenommen hat, würfle eine neue Vision aus.)*
41-50	**Das Große Grün.** Der Charakter findet sich in einer endlosen felsigen Ebene wieder, in der Orks und Goblins kämpfen. Über diesen Grünhäuten ragen zwei riesige Orks in den Himmel, die ihren eigenen Faustkampf austragen. Eine der Figuren (Mork... oder vielleicht Gork) bemerkt den Charakter, beugt sich herunter und schnippt ihn mit einem gewaltigen Finger weg und brüllt „MACH'N ABGANG. DAT HIER IS' NICH' FÜR DICH".
51-60	**Die fliegen nun auch?** Horden von Tollkropf-Goblins strömen die Schlucht hinauf wie eine grüne Flut, die den Charakter überspült. Während sie vorbeiziehen, wächst jedem von ihnen ein Paar schwarze, schmierige Flügel und sie fliegen nach Süden.
61-70	**Die Rückkehr.** Der Charakter schaut die Schlucht hinauf zum Wasserfall und sieht sich und den Rest der Gruppe aus der Höhle heraustreten. Sie sehen gequält und leicht hysterisch aus.
71-80	**Die Wächter.** Neun unmenschliche Augen erscheinen brennend am Himmel, jedes anders als die anderen. Sie drehen sich im Kreis und der Charakter wird schwindlig und ekstatisch.
81-90	**Die gefaltete Welt.** Der Charakter steht still, während seine Mitstreiter sich wie Papier zusammenfalten. Die Schlucht faltet sich zusammen, der Himmel faltet sich zusammen und sie bleiben allein in der Leere zurück. Eine Stimme spricht zu ihnen aus dem Nichts: *„Es ist im Gleichgewicht."*
91-00	**Altdorf in Flammen.** Der Charakter spürt, wie er in die Luft schießt und über Altdorf schwebt. Lila und rosafarbene Tentakel breiten sich über die Stadt aus, die ihren Ursprung in der Kathedrale des Sigmar haben.

TOLLKROPF-CHARAKTERE

Cruzzik Gackerspuck, der schamanische Anführer der Tollkropf-Goblins. **Slik Mondgobba**, ein weiterer Schamane; der große Mondgobba will Gackerspuck entmachten und die Purpurkappenpilze für sich selbst. **Globnak Mänschenzplätta**, der zähe Boss der Narbenzgobbos. Er hat wenig Geduld für mystisches Geschwätz und will den Klan unbedingt in den Krieg führen. Diese Stammesmitglieder werden in **Das Imperium in Trümmern** beschrieben. Im Folgenden findest du weitere Charaktere und Typen von Nachtgoblins im Tollkropf-Klan.

Die Grünen Halunken

Die Grünen Halunken sind fünf Nachtgoblin-Musiker, die als Gackerspucks Herolde und Spielleute fungieren. Sie begleiten ihn auf seinen Reisen und spielen manchmal in der Thronhöhle zu seiner Unterhaltung, wobei sie einen furchtbaren Lärm veranstalten.

Die Grünen Halunken spielen eine Reihe von kruden, disharmonischen Instrumenten: Messinggongs aus geplünderten Schilden, ein verbeultes Eisenhorn, Dudelsäcke, die aus einem aufgeblasenen Adlerkadaver hergestellt wurden und Zwergenschädeltrommeln. Urk Bleezug ist der hässlichste Goblin, der nur heult und brüllt. Die daraus resultierende Wand aus unharmonischem Lärm erregt die Goblins und hilft Gackerspuck, seine Visionen zu konzentrieren.

DIE GRÜNEN HALUNKEN

B	KG	BF	ST	WI	I	GW	GS	IN	WK	CH	LP
4	35	38	30	36	30	39	30	30	30	30	12

Eigenschaften: Animosität (alles), Furcht (Elfen), Infiziert, Nachtsicht, Waffe (Schwert) +7

Fähigkeiten: Athletik 44, Ausdauer 41, Ausweichen 44, Besonnenheit 35, Klettern 37, Musizieren (Instrument) 35, Nahkampf 43

Ausrüstung: ‚Musikinstrument', Robe, Schwert,

Die „Musik" der Grünen Halunken verursacht bei jedem im Umkreis von 10 Metern den Zustand *Ertaubt* (**WFRS**, Seite 169), es sei denn, er besteht einen **schwierigen (-10) Widerstand-Wurf**.

Olgog Knorpelfang

Olgog glaubt, er sei tief im Dschungel, gequält von blaugestreiften Elefanten und juwelenbesetzten Tigern. Von Zeit zu Zeit schwimmt ein dünner Goblin in Sichtweite und liefert eine dringend benötigte Mahlzeit. Der Oger kann den Dschungel nicht verlassen; immer wenn er den Rand der Bäume erreicht, findet er sich dort wieder, wo er angefangen hat.

Vor einigen Monaten haben die Tollkropf-Goblins einen erfolglosen Angriff auf einen Handelszug gestartet. Ein Ogerwächter verfolgte die flüchtenden Goblins bis in die Berge, wo dessen Kameraden ihn mit giftigen Pilzbomben bewarfen, bis er bewusstlos wurde. Jetzt ist Olgog in einer Höhle gefangen, dauerhaft betäubt von dem halluzinationsdämpfenden Pilz, der an den Wänden wächst. Gackerspuck schickt gelegentlich unerwünschte Goblins als Olgogs Mahlzeiten. Der Schamane weiß, dass es eine Verwendung für den Oger gibt, aber die Visionen müssen sie ihm noch offenbaren.

OLGOG KNORPELFANG

B	KG	BF	ST	WI	I	GW	GS	IN	WK	CH	LP
6	40	20	55	55	30	35	20	20	45	20	38

Eigenschaften: Größe (Groß), Hungrig, Immun gegen Psychologie, Kampflustig, Nachtsicht, Waffe (Keule) +9

Fähigkeiten: Ausweichen 39, Besonnenheit 62, Einschüchtern 63, Nahkampf 50

Ausrüstung: Dreckiger Lendenschurz, Große Knochenkeule

Die Kamikazegoblins

Der Klan der Tollkröpfe hat viele Fanatics, die von Grünkappigen Wahnpilzen und den reißerischen Bildern von Gackerspucks Prophezeiungen halb verrückt gemacht werden. Die meisten schleudern sich mit schweren Eisenkugeln an Ketten herum (siehe **Das Imperium in Trümmern**, Seite 144), aber einige glauben, dass sie dazu bestimmt sind zu fliegen, angetrieben von Morks Willen.

Die Kamikazegoblins basteln sich Flügel aus Fellen und Federn. Ihre liebste Beschäftigung ist es, sich mit ohrenbetäubendem Gekreische von den Höhen der Schlucht zu stürzen, während sie versuchen zu fliegen. Die Überlebenden lernen zu gleiten und haben sogar ein Katapult gebaut, das von Vogeldärmen gespannt wird, die über ein Holzgestell gespannt sind. Wenn der Stamm in die Schlacht zieht, versuchen die Kamikazegoblins, sich gegenseitig auf den Feind zu schießen.

KAMIKAZEGOBLIN

B	KG	BF	ST	WI	I	GW	GS	IN	WK	CH	LP
4	30	35	35	43	46	42	31	32	25	18	13

Eigenschaften: Animosität (alles), Nachtsicht, Waffe (Messer) +4

Fähigkeiten: Athletik 50, Ausdauer 40, Besonnenheit 37, Nahkampf 38

Ausrüstung: Messer, spitzer Stock unter der Kapuze, wackelige Flügel

Gitg'sicht

Nachtgoblins sind boshafte Störenfriede, aber selbst sie halten Gitg'sicht für einen nervigen kleinen Fiesling.

Gitg'sicht mag Streiche. Er mischt eine starke Säure aus Vogelguano und Pilzabfällen zusammen. Wenn er diese Säure auf einen anderen Goblin schüttet, wird dessen Haut bis auf die Knochen durchgefressen und Gitg'sicht bricht in schallendes Gelächter aus. Ein anderer beliebter Streich ist es, sich an einen Goblin heranzuschleichen, während er sich entleert, und ihm mit einer scharfen Klinge einen Teil seines Körpers abzuschneiden.

Nur Gitg'sichts Geschwindigkeit und seine Gewandtheit halten ihn am Leben. Er haust allein in einer kleinen Höhle hoch über der Schlucht, braut seine Säure, schärft seine Klinge und denkt sich weitere Streiche aus.

GITG'SICHT

B	KG	BF	ST	WI	I	GW	GS	IN	WK	CH	LP
5	25	35	25	28	45	52	49	38	35	41	7

Eigenschaften: Animosität (alles), Fernkampf (Säurebomben-Spezial), Größe (Zierlich), Heimlich, Nachtsicht, Waffe (Schwert) +6

Fähigkeiten: Ausweichen 61, Fernkampf 45, Klettern 59, Nahkampf 39

Ausrüstungen: Acht Säurebomben, Roben, Vergiftete Klinge (wirkt wie Schwarzer Lotus)

Gitg'sicht stellt seine Säurebomben aus Lehm und Häuten her, die zerbrechen, wenn sie ihr Ziel treffen und es mit Säure bespritzen.

Waffe	TP	Reichweite	Schaden	Qualitäten
Säurebombe	0	STB	Spezial*	Gefährlich, Radius 2, Rüstungsbrechend

* Alle getroffenen Ziele verlieren 1W10 Lebenspunkte, modifiziert durch WIB und Rüstung

ENTFESSELT DEN SQUIG!

Auch wenn die Charaktere genauso leicht Ziel eines von Gitg'sichts Streichen werden können wie seine Gefährten, ist der geniale Nachtgoblin nicht abgeneigt, Außenstehende für seine gefährlichen Streiche zu benutzen. Anstatt die Gruppe zu attackieren, wie auf Seite 34 beschrieben, versucht Gitg'sicht stattdessen, sie für seinen bisher gefährlichsten Streich zu rekrutieren. Tief in den Höhlen, so erklärt er, hat jemand einen großen alten Squig gefüttert (Seite 63), nur dass Gitg'sicht das Futter mit seiner eigenen (für einen Squig) verlockenden Mischung aus Pilzen und Säure versetzt hat. Wenn man irgendetwas mit „Gitg'sichts Schepezialsoße" bespritzt, wird es für den Squig unwiderstehlich, da ist er sich sicher.

Gitg'sicht versorgt die Charaktere mit etwas Säure, um die Ketten zu schmelzen, die das Tor zur Höhle des Squigs geschlossen halten, und geht dann los, um alle und jeden mit seiner Soße zu bespritzen. Wenn die Charaktere ihn darum bitten, gibt er ihnen auch eine Flasche mit dem Zeug, *„das kann nur noch lustiger werden"*.

Gitg'sicht wird es versäumen, ihnen zu sagen, wie groß der Squig ist, und die Kreatur hält sich so weit im Dunkeln, dass sie keine Ahnung von seiner Größe haben, bevor sie ihn freilassen. Der Squig verschlingt Dutzende von Goblins (mehr, wenn die Charaktere ihre Soße großzügig dosieren) bevor er in die Berge springt, um jemand anderen zu terrorisieren.

TAKTIKEN

Das Imperium in Trümmern bietet verschiedene Kampftaktiken, die der Tollkropf-Klan im Kampf einsetzen wird. Hier sind noch ein paar mehr, mit Vorschlägen, wann und wo sie am besten geeignet sind:

VOGELSCHLAG

(Dämmerung oder Abenddämmerung, Untere Schlucht oder Tiefe Schlucht)

Die Goblins ködern und fangen Bergvögel mit Futter, das auf dem Boden der Schlucht verstreut ist. Wenn sie sehen, dass sich eine feindliche Gruppe nähert, schlagen sie Gongs, um den Schwarm in ihre Feinde zu lenken. Wird als erfolgreicher *Schmaus der Krähen*-Zauber mit einem Wirkungsbereich von 8 Metern und einer Dauer von nur einem Zug behandelt (**WFRS**, Seite 245).

KAMIKAZEGOBLINEINSCHLAG

(Den ganzen Tag, Untere Schlucht)

Drei Kamikazegoblins springen von der Spitze der Klippen oder feuern sich selbst von ihrem Katapult ab. Sie brauchen zwei Züge, um ihr Ziel zu erreichen. Lege in jedem Zug einen **durchschnittlichen (+20)** ***Athletik*****-Wurf** für jeden Goblin ab. Wenn er scheitert, prallt er gegen die Wand der Schlucht, stürzt zu Boden oder seine Flügel fallen ab; er stellt keine Gefahr mehr dar. Jeder Kamikazegoblin, der nach zwei Zügen noch im Spiel ist, trifft ein zufällig ausgewähltes Ziel mit +12 Schaden, es sei denn, diesem gelingt ein **schwieriger (-10)** ***Athletik*****-Wurf**.

ENTFESSELT OLGOG!

(Tageslicht, Tiefe Schlucht)

Wenn eine feindliche Streitmacht die Tiefe Schlucht erreicht und viele Goblins auslöscht, befiehlt Gackerspuck, dass Olgog aus seiner Höhle befreit wird. Der halluzinierende Oger stolpert aus seiner Gefangenschaft, verzweifelt auf der Suche nach einer anständigen Mahlzeit. Er greift die Gruppe *Rasend* an. Wenn ein Goblin nahe genug herankommt, attackiert er auch ihn.

EKLEKTISCH GRAUSAME KLINGENSÄURE

(Abenddämmerung, Nacht und Morgengrauen, Tiefe Schlucht)

Die Charaktere sind ein perfektes Ziel für Gitg'sichts Streiche. In einem günstigen Moment versteckt er sich auf einem Vorsprung und wirft Säurebomben auf sie herab. Er befindet sich 10 m über ihnen und gilt als Zierlich in mittlerer Deckung, daher ist jeder Versuch, ihn mit Fernkampfwaffen zu treffen sehr schwer (-30). In der Nacht versucht er, sich anzuschleichen und sie mit seiner säurevergifteten Klinge aus dem Schatten heraus aufzuschlitzen. Wenn jemand die Chance bekommt, sich zu wehren, flieht er, lacht vor sich hin und ruft: *„Bist du verrückt?"* in der Sprache der Goblins.

WEITERE ENTWICKLUNGEN

In **Das Imperium in Trümmern** ist der Tollkropf-Klan ein Hindernis, das auf dem Weg zu Ghal Maraz überwunden werden muss, aber sie können auch in deiner Kampagne weiterleben.

Wenn die Flut durch die Verlorene Schlucht schwappt, ertränkt sie viele Goblins, aber sie legt auch einen Weg zum Nachtfeuerpass frei. Diejenigen, die überleben, fühlen sich in der Schlucht nicht mehr sicher und es kommt zu einem Exodus, angeführt von demjenigen, der das Sagen hat.

Wenn **Gackerspuck** einen Putschversuch niedergeschlagen hat, brät er den Verschwörer lebendig und verfüttert ihn an den Stamm. Er schreibt sein Überleben seinen prophetischen Kräften zu und der ganze Stamm folgt ihm voller Ehrfurcht. Er beschließt, dass die Zeit reif ist, sich mit Purpurkappenpilzen einzudecken und nach Norden zu reisen, um das Averland zu überfallen.

Wenn **Mänschenzplätta** Gackerspuck absetzt, spürt er die Anziehungskraft der Orks, die sich in den Düsterlanden sammeln. Die Tollköpfe wandern nach Süden in die Grenzgrafschaften und schließen sich nach Jahren der Raubzüge und Plünderungen Waaagh! Vorgaz an.

Wenn **Mondgobba** den Stamm anführt, nimmt er eine riesige Menge an Purpurkappenpilzen und verliert den Verstand. Auf seinen Befehl hin stoßen die anderen Schamanen alle Goblins in die Nördliche Schlucht, wo sie sich einer Orgie des Purpurkappenkonsums hingeben, was sie in den Wahnsinn treibt. Viele sterben, aber die langanhaltende Wirkung von Sheerargetrus Anwesenheit lässt einige Überlebende mutieren. Einigen wachsen kleine lila Federn, andere entwickeln sehr ausgeprägte lila Schnäbel oder ihre Gliedmaßen verwandeln sich in gummiartige Pilzwucherungen. Mondgobba fordert den verdrehten Stamm auf, sein Schicksal zu erfüllen und das Imperium zu erobern.

UNTERWEGS

Wenn sie nach Norden gehen, reist der Tollkropf-Stamm nachts in einem verdrehten feierlichen Festzug. Gackerspuck (oder Mondgobba) reitet in einem schattigen Gerüst auf Olgogs Rücken, während die Grünen Halunken hintermarschieren und von den großen Taten ihres Schamanen krakelen. Der Stamm folgt zu Fuß oder in groben Karren, die mit getrockneten Pilzen gefüllt sind und von Grots gezogen werden. Sollten sie auf andere Grünhäute treffen, versuchen sie, diese zu bekehren und Gackerspucks (oder Mondgobbas) Prophezeiungen zu folgen. Alle anderen werden sie attackieren, allen voran die Fanatiker.

Wenn sie die erste menschliche Siedlung (wie Grenzstadt) erreichen, warten sie bis zum Einbruch der Nacht, um die Brunnen mit Grünkappigen Wahnpilzen und anderen Rauschmitteln zu füllen. In der Abenddämmerung der nächsten Nacht schlagen sie zu und nutzen den Vorteil der vielen kampfunfähigen Städter.

KAPITEL 4
DIE IMPERIALEN OSTLÄNDER

Die Süd-, Ost- und Westgrenzen des Imperiums werden von hoch aufragenden Gebirgszügen bewacht, gewaltige Bollwerke gegen die vielen Feinde, die erobern oder plündern wollen. Die Imperialen Ostländer sind ein Regiment unter dem direkten Kommando des Imperators und haben den Auftrag, diese Grenzen nach Bedrohungen von außen auszukundschaften. Ihre Aufgabe ist es, die Grenzen zu überqueren und nach Bedrohungen Ausschau zu halten. Sollte eine Invasionsarmee das Gebirge überqueren, müssen sie aufklären und entsprechende Informationen nach Altdorf zurückschicken.

Seit den Tagen Wilhelms des Weisen (2429-2434 i.K.) haben die Imperialen Ostländer zähe Soldaten aus den östlichen Ausläufern der Middenberge rekrutiert. Wäre das Imperium stärker geeint, würden die einzelnen Kurfürsten und Anführer der Provinzen ihre Berichte mit dem Imperator teilen, aber die jahrelange Erfahrung hat die militärischen Befehlshaber im Reikland gelehrt, dass sie solch eine wichtige Verantwortung nicht den Adeligen anvertrauen können.

Oberst Reikhardt Sievers ist der aktuelle Anführer der Imperialen Ostländer. Sievers ist ein Mann bescheidener Herkunft, der sich im Einzelkampf mit einem brutalen Ork wohler fühlt als bei Verhandlungen über die Etikette im Palast des Imperators. Wie es sich für ein Kundschafterregiment gehört, sind die Ostländer eine kleine Truppe, aber ihre Professionalität und der sigmaritische Stolz machen ihre Zahl mehr als wett. Jahrzehntelange Feldzüge haben das Regiment abgehärtet und ein instinktives Gespür für potenzielle Feinde entwickelt, aber sie kennen sich besonders gut mit Grünhäuten aus, der häufigsten Bedrohung aus den Bergen.

GESCHICHTE

Als Grom der Fettsack mit seinen grünhäutigen Horden im Imperium zu wüten drohte, beklagte sich Prinz Wilhelm von Altdorf über die Unwissenheit seiner Befehlshaber. Keiner schien die Stärke der Goblinstreitkräfte zu kennen oder eine Ahnung von der Route zu haben, die die monströse Horde nehmen würde.

In dieser Zeit, als Grom und seine grünhäutigen Horden eine große Bedrohung darstellten, war Imperator Dieter IV. mehr daran interessiert, neue Wandteppiche auszuwählen, als an den zänkischen Kriegsratssitzungen mit den Kurfürsten teilzunehmen. Die Frustration kochte hoch, als Prinz Wilhelm die Unwissenheit des Militärs beklagte und die Situation so beschrieb, *„als würde man mit verbundenen Augen und einer Rübe gegen ein eingefettetes Schwein kämpfen“*. Der Graf von Ostland, Gerson von Tasseninck, versprach, dass er eine Truppe von Kundschaftern zusammenstellen könne, die im Spurenlesen und Jagen von Grünhäuten erfahren seien. Die anderen Kurfürsten waren ablehnend. Sie brauchten Bataillone und Artillerie, Zauberer und Bündnisse mit den Wehrstädten der Zwerge, keine schmuddeligen Wilden aus den Middenbergen.

Der Graf von Ostland war fest entschlossen, seinen Standpunkt zu beweisen. Er wies seine Barone an, die Hügelländer der östlichen Middenberge nach zähen Hochlandbewohnern zu durchsuchen. Die daraus resultierende Patrouille wurde in das Weltrandgebirge entsandt, um die Bedrohung durch Groms Armeen festzustellen, alle kleineren Banden ausfindig zu machen und auszuschalten, sowie die Bewegungen der Horden und ihre Ziele zu überwachen und zu berichten.

Die Patrouille griff Groms Streitkräfte nach der Schlacht am Eisentor (2410 i.K.) auf, wo die Zwerge die Grünhäute nicht aufhalten konnten. Die Ostländer beschatteten die eindringenden Orks von Karak Kadrin ins Imperium und beobachteten, wie Grom weitere Stämme vom Gipfelpass und darüber hinaus anlockte. Als die Horde an Zahl zunahm, gaben sie Warnungen an die Städte in Stirland und in Talabecland weiter. Groms Horde schien unaufhaltsam, aber die Handlungen der Imperialen Ostländer retteten Leben.

Als Groms Plünderer das Reikland erreichten, informierten die Ostländer Prinz Wilhelm über die Kriegsbanden, die in sein Land eindrangen. Unter seinem Kommando zogen sie ins Feld und der Legende nach rettete einer von ihnen Prinz Wilhelm vor einem Speer der Orks. Im Jahr 2429 i.K., als die Bedrohung durch Grom vorüber war und Wilhelm Imperator wurde, setzte er die Imperialen Ostländer ein, um zukünftige Invasionen im Namen des gesamten Imperiums abzuwehren. Die Patrouille wurde offiziell dem 2. Wolfenburger Infanterieregiment unterstellt, obwohl dies eher damit zu tun hatte, die Logistik für die Unterweisung und Ausrüstung auf ein Minimum zu beschränken.

Die Patrouille hat ihren Wert seitdem bei vielen Gelegenheiten bewiesen. Im Jahr 2465 i.K. spähten sie vor Antoine von Carsteins untoten Legionen aus. Dank ihres schnellen Handelns schmiedete Imperator Mattheus II. ein Bündnis der Kurfürsten, um den Vampir in der Schlacht auf der Schrolnetz-Ebene zu besiegen.

In jüngster Zeit wüteten Tamurkhan der Madenfürst und seine Armee des Chaos durch die Grenzgrafschaften in Richtung des südlichen Imperiums. Oberst Sievers und seine Männer beobachteten die Koalition aus Marodeurstämmen, Chaoszwergen und Ogern, als sie gegen die Söldner der Adlerkonföderation kämpften. Sie schalteten vereinzelte Kriegergruppen aus und nahmen eine Handvoll Kurgan gefangen, die Tamurkhans endgültiges Ziel Nuln verrieten.

Der Nachtfeuerpass war überflutet und die Ostländer wussten, dass er für die Kriegsmaschinen der Chaoszwerge unpassierbar war. Sie vermuteten richtig, dass Tamurkhans Streitkräfte stattdessen durch den Winterzahnpass reisen würden. Als die Mordgrinz-Nachtgoblinstämme die Chaosarmee am Pass in einen Hinterhalt lockten, eilten die Imperialen Ostländer nach Norden, um Gräfin Emmanuelle und Markgraf Olger Hoch von Whisenland zu warnen. Die Bevölkerung floh um ihr Leben und Nuln bereitete die Verteidigungsanlagen vor, um die Invasion zurückzuschlagen.

Die Imperialen Ostländer sind aber nicht unfehlbar. Sie scheiterten daran Bedrohungen aus dem Grauen Gebirge vorauszusehen und versäumten es etwa, die Truppen des Duc de Parravon im Fünften Parravon-Krieg 2474 i.K. auszukundschaften. Aktuell hat ihre Beschäftigung mit den Orks in den Düsterlanden sie von einer weitaus dringenderen Bedrohung abgelenkt: den sich sammelnden Streitkräften von Azhag dem Vernichter.

Heute

Die Patrouille kommt immer noch aus dem Hochland von Ostland, einem Ort mit kleinen Baronien, die dem Großfürsten untertan sind und wo die Menschen ein karges Leben im Schatten der großen Gipfel führen. Es gibt eine Handvoll Nicht-Ostländer im Regiment, aber sie sind selten und es wird nichts unternommen, um sie willkommen zu heißen.

Die Hauptkaserne befindet sich in Wolfenburg, wo die Rekruten in einem geheimnisvollen Ritual aufgenommen werden. Sie müssen dem Imperator die Treue schwören, Sigmar die Treue halten und dem Kommando beweisen, dass sie die Truppen und die Kriegsführung der Hauptfeinde des Imperiums verstehen: die Grünhäute, die Tiermenschen, die Krieger des Chaos. In Fielbach südlich von Altdorf gibt es eine kleine Nebenkaserne, in der einige Truppen überwintern, um für Einsätze im Frühjahr im Schwarzen oder Grauen Gebirge bereit zu sein.

Offiziell erhält das Regiment seine Befehle vom Imperator, der bestimmt, welche Grenzen oder potenziellen Bedrohungen sie auskundschaften müssen. In der Praxis ist es Reiksmarschall Kurt Helborg, der die Befehle erteilt. Im Einsatz haben die Imperialen Ostländer einen gewissen Freiraum, um auf eigene Initiative zu handeln. Die Befehlslinien können ihre abgelegenen Standorte oft nicht erreichen, und wenn sie etwas Interessantes entdecken, können sie ihre Mission ändern. Von den Imperialen Ostländern wird erwartet, dass sie kleinere Bedrohungen selbstständig neutralisieren und über größere Probleme berichten, z. B. über eine Armee oder eine große Kriegsbande, welche die Bergpässe bedroht.

Die Ostländer operieren in erster Linie als mobile Infanterieeinheit, die mit Kommandotaktiken gegen ihre Gegner vorgeht. Durch Verstohlenheit und Hinterhalt können sie eine kleine Anzahl von Gegnern auslöschen, ohne auf sich aufmerksam zu machen. Bei seltenen Gelegenheiten ziehen sie zusammen mit anderen Regimentern auf das Schlachtfeld, wobei die Kerneinheit mit Hellebarden bewaffnet ist und Jäger und Schwertkämpfer als unterstützende Abteilungen kämpfen.

Reputation

In Altdorf und im Reikland haben die Imperialen Ostländer einen guten Ruf. Das Militär sieht sie als zuverlässige, einfallsreiche Provinzler, die Professionalität und Loyalität gegenüber dem Haus des Dritten Wilhelm verkörpern. Der Hochadel schätzt die Ehrerbietung der Provinzen gegenüber der Herrschaft Reiklands. Im Reikland ist Oberst Sievers eine kleine Berühmtheit, um die sich viele Gerüchte ranken, wenn er von seinen Heldentaten oder Entdeckungen an weit entfernten Orten berichtet, was dem Oberst äußerst peinlich ist.

Die Imperialen Ostländer sind in ihrer Heimatprovinz sehr beliebt. Ostland hat traditionell die imperiale Einheit unterstützt, daher ist es eine Frage des Stolzes, wenn ein Sohn oder eine Tochter den Schilling des Imperators annimmt. Im Jahr 2506 i.K. alarmierte das Regiment den Imperator und den Kurfürsten von Ostland über eine Armee von Grünhäuten, die sich in den Middenbergen sammelte. Dank ihrer Warnung beendete eine kombinierte Streitmacht aus Truppen von Ostland und Altdorf unter der Führung von Reiksmarschall Kurt Helborg die Bedrohung in der Schlacht auf der Ebene südlich von Wolfenburg. Durch das Eingreifen der Imperialen Ostländer wurden sie in den Augen ihrer Provinz geehrt.

Kurfürst von Tasseninck ist zwiegespalten. Das Regiment zeigt die Verbundenheit seiner Provinz mit dem Imperium und Sigmar, aber die Aufstellung von Truppen für den Imperator ist eher wie eine Steuer, die auf sein Gebiet erhoben wird. Er wies Oberst Sievers an, dass die Imperialen Ostländer keine Zeit damit verschwenden sollten, an den Grenzen feindlicher Staaten zu patrouillieren. Deshalb konzentriert sich Sievers auf Patrouillen im Schwarzen Gebirge, um das Averland bei Laune zu halten und Konflikte mit Talabecland zu vermeiden.

Die anderen Provinzen sehen die Imperialen Ostländer wohlwollend, wenn sie ihre eigene Verteidigung gegen Invasionen verstärken. Aber die lokalen Adeligen sind nicht überzeugt. Manchmal wird angenommen, dass das Regiment eine Machtdemonstration des Imperators ist oder Spione, die Informationen für Altdorf suchen. Seit der Annexion Übersreiks ist dieses Gefühl weiter verbreitet. Die Herrscher von Nordland, Middenland und Talabecland weigern sich nicht, mit den Imperialen Ostländern zusammenzuarbeiten, aber es herrscht eine deutliche Feindseligkeit, wenn sie ihre Ländereien durchqueren. In einigen Grenzstädten und -dörfern haben die Imperialen Ostländer den Ruf, ihr Gewicht in die Waagschale zu werfen, weil sie sich der Unterstützung des Imperators sicher sind. Gelegentlich werden Einheimische, die nützliche Informationen zurückhalten, grob behandelt.

Einsatzgebiete

Die Imperialen Ostländer patrouillieren hauptsächlich im Schwarzen Gebirge und im Weltrandgebirge, wobei sie den Nachtfeuerpass, den Winterzahnpass und den Gipfelpass passieren, um jenseits der Berge auszukundschaften. Seltener werden sie im Grauen Gebirge, im Schattenwald und in den Middenbergen eingesetzt.

Vor Ort suchen sie nach Anzeichen für feindliche Banden, die durch das Gebirge ziehen. Das Regiment verbringt Wochen auf Expeditionen und überlebt in den Bergen mit ihrem Verstand und ihrer Erfahrung. Sie sprechen mit Reisenden, Einheimischen und Söldnern, um alles Ungewöhnliche oder Unklare zu erfahren. Sie haben sich mit den Zwergen des Schwarzen Gebirges und Karaz Ankor zusammengetan, um interessante Informationen auszutauschen. Die zwergischen Thane erinnern den Imperator gerne an alte Loyalitäten

Jüngste Entwicklungen

Seit einem Jahr patrouillieren die Imperialen Ostländer in den südlichen Ausläufern des Schwarzen Gebirges, immer auf der Hut vor möglichen Übergriffen der Grenzgrafschaften. Von den Patrouillen der Zwerge erfuhren sie, dass sich östlich von Barak Varr Orks versammeln, und unternahmen einen gefährlichen Ausflug in die nördlichen Düsterlande, wo sie die aufstrebende Horde von Kriegsboss Vorgaz Eisenkiefer entdeckten.

Oberst Sievers weiß, dass ein Ork Waaagh! mit der Aggression und dem Ehrgeiz ihres Anführers wächst. Eisenkiefer hat bereits mehrere Stämme in der Gegend unterworfen, nachdem er und sein Gefolge Blutfang Fusel verärgert haben, der sie aus dem Land der Bruchzähne vertrieben hat. Die Goblins der Rotgesichter und Blutigen Speere, die Stinkfaust-Orks und die Schlangenblut-Wildlinge sind alle unter Eisenkiefers Herrschaft geraten. Andere Stämme in der Nähe werden unruhig und aggressiv, ein sicheres Zeichen dafür, dass sich ein Waaagh! zusammenbraut.

Die Imperialen Ostländer glauben, dass eine schnelle Handlung in den Düsterlanden oder den Grenzgrafschaften eine Invasion stoppen könnte, lange bevor sie stattfindet. Doch die Herrscher des Imperiums sind dafür nicht empfänglich. Großgräfin Ludmilla Alptraum von Averland ist mit politischen Angelegenheiten in ihrer Provinz beschäftigt. Der verrückte Graf Marius Leitdorf war anfangs begeistert, wurde dann aber von Plänen für eine neue Kutschenflotte abgelenkt und verlor das Interesse.

Bei seiner Ankunft in Altdorf eilte Oberst Sievers zum Palast, um eine Audienz beim Imperator zu erhalten. Karl-Franz wich aus und als der Oberst ihn schließlich traf, war er abgelenkt und distanziert. Er schien den Befehlshaber der Imperialen Ostländer nicht zu erkennen und tat seine Besorgnis über die Invasion der Orks als *„nur eine von vielen Angelegenheiten, um die ich mich zu gegebener Zeit kümmern werde“* ab. Sievers fand, dass Karl-Franz' Akzent nicht ganz richtig war. Er hatte in der Tat den Doppelgänger des Imperators getroffen.

Kämpfe und Politik haben Sievers' Warnungen gedämpft, aber auch die Violette Hand ist daran beteiligt. Yann Zuntermein deutete gegenüber verschiedenen imperialen Würdenträgern an, dass die Imperialen Ostländer in den Diensten der Zwerge stehen, die die Armeen des Imperiums für ihre eigenen Zwecke ablenken wollen, um Karaz Ankor wiederherzustellen.

Während Sievers in Altdorf bleibt und vergeblich versucht, das Interesse der militärischen Befehlshaber zu wecken, patrouilliert der Rest der Imperialen Ostländer weiter am Nachtfeuerpass und sucht bei den durchziehenden Handelszügen nach weiteren Informationen.

DAS REGIMENT

Im Feld tragen die Imperialen Ostländer das Schwarz-Weiß ihrer Heimatprovinz mit einem marineblauen Besatz, ihrem Wappenrock schmückt der Greif aus dem Wappen des Imperators. Wenn sie als Kundschafter oder im Gefecht unterwegs sind, tragen sie dunkelgraue Mäntel, um sich an die Umgebung anzupassen.

Oberst Reikhardt Sievers

Einen Sievers gibt es seit ihrer Gründung bei den Imperialen Ostländern. Die Familie stammt aus dem einfachen Volk, aber Generationen von treuen Dienern haben eine tiefe Loyalität zum Regiment entwickelt. Schon als Kind erzählte Reikhardts Vater Geschichten von der Orkjagd und brachte seinem Sohn das Kämpfen bei. Er stieg in den Rängen auf, bewies sein Können im Feldzug und erwarb sich das Vertrauen und den Respekt seiner Mitstreiter.

Nachdem er in eine Führungsposition aufgestiegen ist, hat Sievers mehr mit dem Adel und den Militärbehörden des Imperiums zu tun, als ihm lieb ist. Er ist ein Mann der Handlung, ein zermürbter Veteran, der sich am lebendigsten fühlt, wenn er in den Bergen Grünhäute jagt und mit seinem Verstand überlebt, anstatt um Unterstützung zu werben oder die herrschenden Klassen zu bezirzen.

Sievers ist besorgt über die Entwicklungen südlich des Schwarzen Gebirges und das seltsame Verhalten von Karl-Franz. Seine Sorgen haben ihn für den sich anbahnenden Bürgerkrieg blind gemacht.

Nach den Ereignissen in **Das Imperium in Trümmern** hat der Oberst vielleicht die Suche nach dem Hammer erfüllt und ist ein Held geworden ... oder wurde bei dem Versuch getötet.

OBERST REIKHARDT SIEVERS
OFFIZIER (GOLD 1)

B	KG	BF	ST	WI	I	GW	GS	IN	WK	CH	LP
4	60	56	37	58	60	33	33	30	62	25	19

Eigenschaften: Fernkampf (Bogen) +6, Rüstung (Kettenhemd) 2, Waffe (Schwert) +7, Waffe (Stangenwaffe) +7

Fähigkeiten: Athletik 53, Ausdauer 78, Ausweichen 53, Besonnenheit 77, Feilschen 30, Fernkampf (Bogen) 71, Glücksspiel 45, Heilen 45, Klatsch 30, Klettern 57, Nahkampf (Standard 70, Stangenwaffe 65), Navigation 45, Schleichen (Land) 53, Sprache (Schlachtenzunge) 50, Überleben 55, Wahrnehmung 70, Wissen (Kriegsführung 45, Ostland 45), Zechen 78

Talente: Beherzt, Etikette (Soldaten), Kampfsinn, Mitreißender Anführer, Unkenruf (*Du sollst nicht suchen, was andere vergessen haben*)

Ausrüstung: Schwert, Bogen, Hellebarde, Uniform, Grauer Wappenmantel, Umhang

Fahnenjunker Borys Zielin, Zweiter Befehlshaber

Zielin ist Sievers' rechte Hand, ein hochgewachsener Ostländer mit kurzgeschorenen grauen Haaren und einem markanten Kiefer. Er trägt das Banner des Regiments im Feld und ist sehr stolz auf seinen Dienst für den Imperator. Zielin ist ein wortkarger Mann, aber erstaunlich redegewandt, der nur mit einen leichten Ostländer Akzent spricht. Abgesehen von Vater von Tunz ist er wahrscheinlich der gläubigste Sigmarit im Regiment. Wenn der Priester nicht anwesend ist, leitet er die Ostländer beim Gebet an.

Zielin wurde während des Tamurkhan-Feldzugs vor zwei Jahren von einer Donnerbüchse der Chaoszwerge am Bein getroffen. Er geht mit einem ausgeprägten Hinken und einer gewissen Zielstrebigkeit.

Fahnenjunker Borys Zielin – Pfadfinder (Silber 1)

B	KG	BF	ST	WI	I	GW	GS	IN	WK	CH	LP
4	49	38	46	33	32	41	27	37	29	24	12

Eigenschaften: Fernkampf (Bogen) +7, Rüstung (Kettenhemd) 2, Waffe (Hellebarde) +8, Waffe (Schwert) +8

Fähigkeiten: Athletik 33, Ausdauer 38, Besonnenheit 38, Klatsch 29, Klettern 56, Nahkampf (Stangenwaffe 68, Standard 70), Navigation 40, Schätzen 45, Schleichen (Land) 50, Spurenlesen 41, Tiere bezirzen 35, Überleben 42, Wahrnehmung 42, Wissen (Ostland) 49

Talente: Inspirierend, Lesen & Schreiben, Nachtsicht, Scharfer Sinn (Sicht), Trittsicher (Hochgebirge), Unkenruf (*Eine zweite Explosion und ein schwindelerregendes Schicksal*)

Ausrüstung: Regimentsbanner, Schwert, Kettenhemd, Bogen, Umhang, Uniform, Grauer Wappenrock, Seil, Landkarten

Vater Eduard von Tunz, Regimentspriester

Die Imperialen Ostländer sind überzeugte Sigmariten. Vater Eduard von Tunz hat die feierliche Aufgabe, sie in ihrer Andacht zu führen. Als dritter Sohn einer kleinen Dunkelpfader Adelsfamilie hat er eine edle Gesangsstimme und einen trockenen Sinn für Humor.

Vater von Tunz ist muskulös, wie es sich für ein kämpfendes Mitglied der sigmaritischen Priesterschaft gehört. Die Schlacht führt er von der Front aus, aber in der Stadt ist er eher zurückhaltend und fühlt sich bei den Stadtbewohnern nicht wohl.

Er hat eine geheime Vergangenheit: bevor er ein Ininiat Sigmars wurde, war Vater von Tunz ein mörderischer Räuber auf der Straße von Ferlangen nach Wolfenburg. Er erhielt eine spektakuläre Vision Sigmars und wandte sein Leben dem Glauben zu. Keiner seiner Mitstreiter weiß von seiner Vergangenheit und er zieht es vor, es dabei zu belassen.

Vater Eduard von Tunz – Priester (Silber 1)

B	KG	BF	ST	WI	I	GW	GS	IN	WK	CH	LP
4	35	33	36	37	35	38	34	40	38	34	12

Eigenschaften: Rüstung (Körper) 2, Waffe (Kriegshammer) +9

Fähigkeiten: Anführen 39, Athletik 45, Ausdauer 42, Ausweichen 42, Besonnenheit 45, Beten 40, Charme 36, Einschätzen 45, Einschüchtern 45, Heilen 42, Klatsch 39, Nahkampf (Standard 55, Zweihändig 57), Schleichen (Land) 42, Sprache (Schlachtenzunge) 42, Überleben 43, Unterhalten (Reden halten) 47, Wissen (Sigmar) 44, Zechen 44

Talente: Etikette (Kultisten), Segen (Sigmar), Heiliger Hass, Inspirierend, Lesen & Schreiben, Segen (Sigmar), Streuner, Unkenruf (*Zweifel sät einen Samen, das Kind Krakenroks fährt die Ernte ein*)

Ausrüstungen: Kürass, Kriegshammer, Umhang, Gebetbuch, Symbol des Sigmar

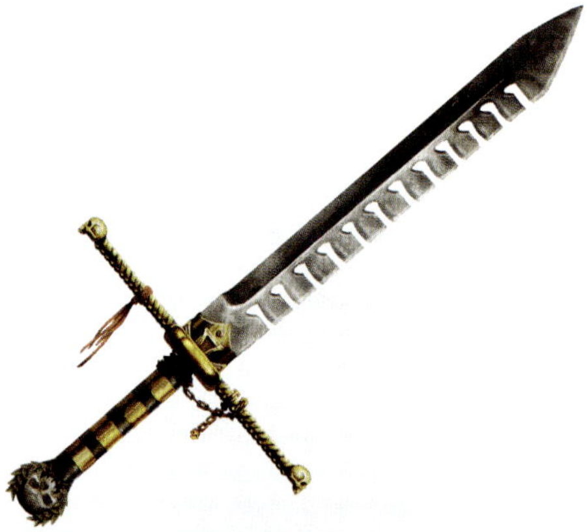

Kundschafter-Feldweibel Alicja Bohun, Anführerin der Vorhut

Alle Imperialen Ostländer sind fähige Kundschafter, aber die Vorhut besteht aus erfahreneen Freisassen, scharfsichtige Meister des Spurenlesens. Bohun ist eine drahtige Anführerin, eine Frau mit einem kalten, brennenden Hass auf Grünhäute, die sie mit beeindruckender Genauigkeit und gutem Zeitgefühl aufspüren und zur Strecke bringen kann. Sie ist auch die Musikerin des Regiments und trägt dasselbe Kriegshorn, mit dem die ursprünglichen Imperialen Ostländer im Kampf gegen Groms Horden zur Ordnung gerufen wurden.

Bohun wird von den Jägern unter ihrem Kommando respektiert, aber die Ostländer flüstern, dass ihre Abneigung gegen Grünhäute sie rücksichtslos machen kann.

Kundschafter-Feldweibelin Alicja Bohun, Anführerin der Vorhut - Erkunderin (Silber 5)

B	KG	BF	ST	WI	I	GW	GS	IN	WK	CH	LP
4	34	45	35	47	41	43	28	32	28	37	13

Eigenschaften: Fernkampf (Bogen) +6, Rüstung (Leder) 1, Schwert +7

Fähigkeiten: Anführen 42, Athletik 53, Ausdauer 57, Ausweichen 48, Besonnenheit 33, Feilschen 44, Fernkampf (Bogen) 67, Geheimzeichen (Kundschafter) 41, Heilen 35, Intuition 43, Klatsch 47, Klettern 48, Musizieren (Kriegshorn) 30, Nahkampf (Standard) 54, Navigation 51, Schleichen (Land) 53, Schwimmen 40, Spurenlesen 50, Tierpflege 43, Überleben 49, Wahrnehmung 51, Wissen (Ostland) 39

Talente: Etikette (Soldaten), Hass (Grünhäute), Kampfsinn, Meisterschütze, Schnelles Nachladen, Trittsicher (Hochgebirge), Unkenruf (*Wenn die Sonne untergeht, verdorrt der Körper und kehrt zur Erde zurück*)

Ausrüstung: Kriegshorn, Uniform, Umhang, Seil, Bogen, Schwert, Grauer Mantel, Landkarten

Bengt Livmatz, Regimentskartograph

Die Imperialen Ostländer befinden sich oft in undurchsichtigen Grenzregionen, und es ist Livmatz' Aufgabe, die Position potenzieller Feinde und ihren Platz auf der Karte festzuhalten. Er ist Mitglied der Imperialen Geographischen Gesellschaft und pflegt einen regen Briefwechsel mit anderen Kartographen in Altdorf.

Ursprünglich aus Grenzstadt, ist Livmatz kein gebürtiger Ostländer und fühlt sich vom Rest des Regiments ausgeschlossen. Trotz seiner Verpflichtungen als Gelehrter ist er ein überraschend bösartiger Kämpfer und ein ausgezeichneter Bogenschütze.

Bengt Livmatz - Handwerker (Silber 1)

B	KG	BF	ST	WI	I	GW	GS	IN	WK	CH	LP
4	37	37	37	38	34	32	41	36	29	28	11

Eigenschaften: Fernkampf (Bogen) +6, Rüstung (Leder) 1, Schwert +7

Fähigkeiten: Athletik 37, Ausdauer 44, Ausweichen 38, Besonnenheit 34, Feilschen 31, Fernkampf (Bogen) 63, Handwerk (Kartograph) 50, Klatsch 37, Klettern 40, Nahkampf (Standard) 57, Navigation 44, Schätzen 47, Sprache (Handwerker Gildenzunge) 45, Sprache (Khazalid) 43, Überleben 38, Wahrnehmung 41, Wissen (Geographie) 43, Wissen (Reikland) 42

Talente: Beidhändigkeit, Künstlerisch, Lesen & Schreiben, Richtungssinn, Unkenruf (*Der große Fisch schwimmt in verschiedenen Gegenden gegen den Strom*), Verhandlungsgenie

Ausrüstungen: Handwerkszeug (Kartograph), Uniform, Grauer Mantel, Schwert, Bogen

Renia Grünewald, Abgesandte

Die Imperialen Ostländer müssen auf ihren Feldzügen mit verschiedenen und ungewöhnlichen Quellen in Verbindung treten. Oberst Sievers rekrutierte Renia, um mit den Einheimischen über Informationen und Unterschlupf zu verhandeln und mögliche Konflikte zu schlichten.

Renia wurde als Tochter eines tileanischen Vaters und einer ostländischen Mutter in Wolfenburg geboren. Mittlerweile ist sie eine erfahrene Veteranin in ihren 50ern und kennt sich mit der Sprache und Kultur der Zwerge, Bretonen, verschiedenen Grenzfürstentümern und Ogern aus. Außerdem hat sie persönliche Kontakte zu vielen Söldnerregimentern, die an den Grenzen des Imperiums ihr Unwesen treiben.

Renia Grünewald - Gesandte (Silber 4)

B	KG	BF	ST	WI	I	GW	GS	IN	WK	CH	LP
4	31	27	31	39	33	36	29	46	32	42	12

Eigenschaften: Schwert +7

Fähigkeiten: Athletik 41, Ausdauer 46, Ausweichen 41, Ausweichen 50, Besonnenheit 37, Bestechen 44, Charme 51, Feilschen 51, Intuition 38, Nahkampf (Standard) 48, Reiten (Pferd) 42, Sprache (Grumbarth 48, Khazalid 50, Ödländisch 49, Schlachtenzunge 49, Tileanisch 59), Wissen (Ostland 47, Politik 52, Reikland 49, Zwerge 50), Überleben 49, Wahrnehmung 37

Talente: Attraktiv, Etikette (Adel, Soldaten, Zwerge), Lesen & Schreiben, Redeschwall, Resistenz (Chaos), Unkenruf (*Es beginnt mit einem Rinnsal*), Zahlengenie

Ausrüstung: Schwert, Umhang, Reisekleidung, Edle Kleidung (im Rucksack)

Sebastian, Esmer, Jozef - Feldweibel

Die Feldweibel sind mit der Führung der Imperialen Ostländer betraut und werden von den Truppen (in der Regel) sowohl für ihre Erfahrung als auch für ihre Zähigkeit und ihre Kampffähigkeiten respektiert. Wie ihre Truppen beherrschen auch die Feldweibel den Umgang mit Schwert, Stangenwaffe und Bogen.

Sebastian ermutigt seine Soldaten zu verschiedenen Geldgeschäften. Er ist gut gelaunt und im Regiment beliebt.

Esmer ist streng mit ihren Truppen, aber unheimlich loyal. Obwohl nur wenige sie mögen, ist sie im Kampf besonders wertvoll. Wenn Esmer hört, dass jemand gegen den Adel wettert, wird sie extrem aggressiv.

Jozef ist insgeheim verärgert, dass Ostländer für das Imperium sterben müssen, wo es doch zu Hause genug Entbehrungen gibt. Er behält seine Ansichten für sich, aber wenn sich die Gelegenheit bietet, verrät er das Regiment für Münzen oder um Ostlands Ansehen zu verbessern.

Sebastian, Esmer, Jozef - Feldweibel (Silber 1)

B	KG	BF	ST	WI	I	GW	GS	IN	WK	CH	LP
4	40	40	34	42	40	31	32	30	47	27*	15

Eigenschaften: Fernkampf (Bogen) +6, Rüstung (Kettenhemd) 2, Waffe (Hellebarde +7, Schwert +7)

Fähigkeiten: Anführen 32, Athletik 40, Ausdauer 52, Ausweichen 41, Besonnenheit 52, Charme (nur Sebastian) 41, Feilschen 32, Fernkampf (Bogen) 58, Glücksspiel 40, Heilen 39, Intuition 43, Klatsch 37, Klettern 41, Nahkampf (Standard 60, Stangenwaffe 60), Schleichen (Land) 37, Sprache (Schlachtenzunge) 36, Überleben 40, Wahrnehmung 43, Wissen (Ostland) 33, Zechen 48

Talente: Etikette (Soldaten), Kampfsinn, Mitreißender Anführer

Ausrüstung: Schwert, Hellebarde, Bogen, Uniform, Grauer Wappenrock, Hut mit Feldweibelabzeichen

Soldaten

Die Truppen sind eine Mischung aus Männern und Frauen, die aus den Städten und Dörfern in den Ausläufern der östlichen Middenberge rekrutiert wurden. Sie sind in der Regel stolz darauf, dem Regiment beizutreten, denn das ist in vielen Fällen die einzige Möglichkeit, einem entbehrungsreichen Leben als Bauer oder Jäger zu entkommen. Sie trainieren den Kampf mit dem Schwert, der Hellebarde oder dem Bogen; letztere werden den Armbrüsten vorgezogen, da sie billiger und einfacher instand zu halten sind, wenn man wochenlang fernab der Zivilisation lebt. Jeder von ihnen ist in der Lage, unabhängig voneinander zu kämpfen, aber die Infanterie wird gedrillt, um bei Bedarf lose Formationen oder eng formierte Einheiten auf dem Schlachtfeld zu bilden.

Die meisten Imperialen Ostländer haben die typischen dunklen Haare und langen Schnurrbärte ihrer Landsleute. Sie sind loyal, beharrlich und pragmatisch. Die meisten von ihnen haben einen tiefen, aufrichtigen Glauben an Sigmar und eine Hingabe an den Imperator und das Imperium; jeglicher Zynismus oder Humor auf Kosten der gehobenen Klasse wird mit Feindseligkeit betrachtet.

Die Jahre in den Bergen haben unter den Soldaten viele Aberglauben entstehen lassen. Sie tragen kleine Dinge bei sich, die Sigmars Schutz bringen sollen: Greifen-Talismane, geschnitzte Eberkopf-Anhänger und Messergriffe, die aus Orkknochen gefertigt sind. Sie haben einen eigenartigen, trockenen Humor voller Witze über Ostland und die Dummheit der Kisleviten und Talabecländer. Wer nicht aus Ostland kommt, muss mit leichtem Spott rechnen, aber wenn er selbst mit gutem Humor reagiert, wird herzlich zurück gelacht.

Soldat

B	KG	BF	ST	WI	I	GW	GS	IN	WK	CH	LP
4	40	35	35	35	40	30	30	30	35	30	12

Eigenschaften: Fernkampf (Bogen) +6, Rüstung (Kettenhemd) 2, Waffe (Schwert +7, Stangenwaffe +7)

Fähigkeiten: Athletik 35, Ausdauer 40, Ausweichen 33, Ausweichen 35, Fernkampf (Bogen) 45, Glücksspiel 33, Klatsch 37, Klatsch 38, Klettern 38, Nahkampf (Standard 45, Stangenwaffe 45), Schleichen (Land) 34, Sprache (Schlachtenzunge 32, Ödländisch 33), Überleben 33, Wahrnehmung 43, Wissen (Ostland) 33, Zechen 37

Talente: Etikette (Soldaten), Geborener Krieger

Ausrüstung: Schwert, Bogen, Hellebarde, Uniform, Grauer Mantel, Umhang

Die Vorhut

Auf einem Marsch decken die erfahrensten Freisassen des Regiments die Vorhut und die Flanken der anderen Truppen. Sie sind versiert im Umgang mit Bogen und Schwert, aber ihre Hauptaufgabe ist es, das Land vor ihnen auszukundschaften.

Die Vorhut ist weniger gesellig als die anderen Soldaten und neigt dazu, ruhiger und einsamer zu sein. Sie alle verehren Sigmar, zollen aber auch Taal den gleichen Respekt. Einige der gläubigeren Sigmariten im Regiment sind darüber nicht erfreut.

Soldat der Vorhut

B	KG	BF	ST	WI	I	GW	GS	IN	WK	CH	LP
4	35	40	30	38	40	38	30	30	35	28	12

Eigenschaften: Fernkampf (Bogen) +6, Rüstung (Leder) 1, Schwert +7

Fähigkeiten: Athletik 41, Ausdauer 44, Besonnenheit 38, Feilschen 35, Fernkampf (Bogen) 60, Klatsch 31, Klettern 35, Nahkampf (Standard) 48, Navigation 45, Schleichen (Land) 45, Spurenlesen 44, Tiere bezirzen 35, Überleben 36, Wahrnehmung 47, Wissen (Ostland) 36

Eigenschaften: Kampfsinn, Trittsicher (Hochgebirge)

Optional: Schwert, Bogen, Uniform, Grauer Mantel, Umhang

BEGEGNUNGEN MIT IMPERIALEN OSTLÄNDERN

In **Das Imperium in Trümmern** trifft die Gruppe im Nachtfeuerpass auf die Imperialen Ostländer, aber wenn du dich entscheidest, sie in anderen Zusammenhängen einzusetzen, können sie für Lokalkolorit sorgen, die Gruppe unterstützen oder sogar als Widersacher auftreten. Die Gruppe kann die Imperialen Ostländer in jeder Grenzstadt in den Ausläufern des Grauen, Midden-, Schwarzen oder Weltrandgebirges treffen. Wenn sie beurlaubt sind, trinken sie viel, werden aber nie übermäßig laut. Die Ostländer nehmen immer an der Versammlung im örtlichen Sigmartempel teil und die Gruppe könnte ihnen überall dort begegnen, wo sich Sigmariten versammeln.

Wenn die Gruppe Informationen über eine abgelegene Gebirgsregion erhalten möchte, könnte das Herumfragen im Reikland, Ostland oder an den Grenzen zu den Imperialen Ostländern führen. Sie können Ratschläge geben, Karten zur Verfügung stellen und die Gruppe sogar führen, wenn sie mit imperialen Edikten kommen oder vorschlagen, nützliche Informationen an das Regiment weiterzugeben. Man könnte ihnen in der Wildnis oder auf einem Bergpass begegnen. Das Kommando der Imperialen Ostländer wird die Gruppe grüßen, wenn sie nicht wie eine Bedrohung aussehen, denn sie sind immer daran interessiert zu erfahren, was Reisende auf ihren Reisen gesehen haben. Wenn ein Charakter sich dem Imperium gegenüber verdächtig oder feindlich verhält, werden die Ostländer versuchen, ihn gefangen zu nehmen und zu verhören, um herauszufinden, ob er eine Bedrohung darstellt.

Charaktere können sich sogar den Imperialen Ostländern anschließen, wenn sie sich in den Bergen als geschickt oder einfallsreich erweisen. Sie werden in Wolfenburg oder Fielbach in das Regiment aufgenommen und sollen dann auf dem Feldzug dienen. Wenn Sievers oder die anderen Kommandeure der Meinung sind, dass sie dem Charakter vertrauen können, können sie jedoch auch unabhängig vom Rest der Gruppe auf eine Mission geschickt werden.

Wenn die Gruppe einen Gönner aus der imperialen Oberschicht hat, kann dieser sie zur Begleitung des Regiments abstellen. Der Gönner wird seine eigenen Gründe haben: vielleicht, um Regionen zu erkunden, in denen die Imperialen Ostländer auf Feldzug sind, um Informationen in ihrem Namen zu suchen.

Kampagnenaufhänger

In den fernen Düsterlanden sind die Orks in Aufruhr. Der große Kriegsherr Vorgaz Eisenkiefer zieht marodierend durch das Land und bringt die Stämme der Grünhäute unter sein Banner. Je mehr sein Ruf wächst, desto mehr Grünhäute schließen sich ihm an und desto mehr Ansehen und Macht gewinnt er.

Oberst Sievers' Warnungen an den Imperator wurden während des Aufruhrs ignoriert und als das Imperium einen stabileren Zustand erreicht, sind nur wenige bereit, Zeit und Mühe auf eine entfernte Bedrohung zu verwenden. Wenn die Gruppe den Oberst oder die Altdorfer Militärbehörden während **Der Innere Feind** beeindruckt, kann sie gebeten werden, zu überprüfen, ob Vorgaz Eisenkiefer etwas ist, worüber man sich Sorgen machen muss. Im Folgenden findest du einen möglichen Kampagnenentwurf.

Paranoia oder Ahnungslosigkeit?

Oberst Sievers (oder Feldweibel Zielin) tritt an die Gruppe heran, um sie zu bitten, dabei zu helfen, den Reiksmarschall davon zu überzeugen, dass Waaagh! Eisenkiefer eine echte Bedrohung ist. Wenn sie sich entschließen zu helfen, müssen sie durch die Korridore der Macht navigieren, um sich die Unterstützung des Sigmarkultes und der Hohen Stände zu sichern. Wenn sie sehr erfolgreich sind, könnten sie eine Armee nach Süden führen, aber wahrscheinlicher ist, dass sie Ressourcen für eine Expedition mit den Imperialen Ostländern in die Düsterlande erhalten. So oder so gibt es in Altdorf Kräfte, die es lieber sähen, wenn die Expedition verloren ginge ... und sie arbeiten daran, Agenten im Regiment zu platzieren, um das zu gewährleisten.

Der Weg nach Süden

Auf der Reise nach Süden trifft die Gruppe auf Marius Leitdorf, den neuen Kurfürsten von Averland. Abhängig von ihren früheren Begegnungen und ihrer Überzeugungskraft können sie vielleicht zusätzliche Ressourcen oder Truppen für die Expedition sichern. Der Weg führt weiter über den Nachtfeuerpass (wo sie vielleicht wieder auf den Tollkropf-Klan treffen) und hinunter zu den Grenzgrafschaften. In diesen gesetzlosen Ländern müssen sie mit einer Reihe von eklektischen lokalen Herrschern verhandeln, bevor sie Barak Varr erreichen, die Wehrstadt der Zwerge.

Ein Maß an Bosheit

Am Rande der Düsterlande müssen die Ostländer mit den Zwergen und verschiedenen verrufenen Söldnerregimentern zusammenarbeiten, um das Gebiet auszukundschaften und die Gefahr, die Vorgaz darstellt, zu erkennen. Sie werden herausfinden, wie mächtig der Kriegsherr geworden ist und seine Ziele entdecken, in das Imperium einzufallen. Vielleicht decken sie auch die Schwachstellen in seiner Stammeskoalition und die Rivalitäten auf, die ihm zum Verhängnis werden könnten.

Wir müssen etwas tun

Die dritte Schlacht am Nachtfeuerpass findet im Jahr 2520 i.K. statt, in der Marius Leitdorf sein Leben verlieren wird und der Imperator die Invasion von Vorgaz Eisenkiefer aufhält, bevor sie ins Averland eindringt. Aber die Fäden des Schicksals oder die Handlungen der Charaktere können die Zukunft verändern. Die Gruppe kann die Bedrohung durch Waaagh! Eisenkiefer beseitigen oder ihre Handlungen könnten der Grund dafür sein, dass seine Horde das Imperium im Jahr 2520 i.K.und nicht erst in ein paar Jahren überfällt.

Es gibt mehrere Optionen - sie könnten Vorgaz Eisenkiefer ermorden, die Spaltung unter den Grünhäuten fördern oder einen anderen mächtigen Kriegsherrn gegen ihn ausspielen. Skarsnik, Blutfang Fusel oder die Skaven könnten heimlich angeworben werden, um den wachsenden Waaagh! zu behindern oder aufzuhalten.

Wenn sie keinen Erfolg haben, wächst Waaagh! Eisenkiefer, wütet im Norden und reißt dabei weitere Stämme mit. Der Tollkropf-Klan schließt sich an und erfüllt endlich seine Prophezeiungen. Auf der Route werden die Gelbaugen-Goblins, die Blutaxt-Allianz und der Schwarzgift-Stamm zusammen mit vielen anderen unterworfen. Die grünhäutige Horde hinterlässt Verwüstungen in den Grenzgrafschaften, bevor sie das südliche Ende des Nachtfeuerpasses erreicht ...

Abenteueraufhänger

Wenn du keine ganze Kampagne leiten möchtest oder deine Gruppe **Der Innere Feind** noch nicht abgeschlossen hat, können die Imperialen Ostländer andere Abenteuer inspirieren, in denen die Charaktere sie auf ihren Missionen begleiten:

Der Eroberungswurm

Vor zwei Jahren nahmen die Imperialen Ostländer mehrere Kurgan-Anhänger Tamurkhans gefangen und verhörten sie. Was sie erfuhren, half, unzählige Leben in Whisenland zu retten, aber der Preis dafür war unbekannt. Der Soldat Ewald Huthaler verhörte einen Kurganhäuptling, der lachend starb, als er Tamurkhans Ziele verriet. Als er starb, entwich eine winzige dämonische Fliege aus seinem Mund und setzte sich auf den Hals des Imperialen Ostländers, wo sie ihre Eier ablegte und starb.

Im Laufe des nächsten Jahres schlüpfte aus dem Ei eine Made, die sich in Huthalers Gehirn eingrub. Der alte Soldat ist jetzt kaum mehr als eine Marionette dämonischen Befalls. Langsam aber sicher arbeitet die Kreatur daran, das Regiment mit Dahinsiechendem Schütteln zu infizieren und die Krankheit in jeder Siedlung zu verbreiten, durch die sie kommt. Kann die Gruppe die Quelle der Krankheit entdecken, bevor sie selbst ihr erliegt?

Ein diplomatischer Zwischenfall

Der bretonische Botschafter ist wütend. Louis Rochelle hat sich im imperialen Palast beschwert, dass das Regiment des Imperators unter den Bauern des Herzogtums Montfort einen Aufstand anzettelt. In Wahrheit haben die Imperialen Ostländer auf Befehl von Graf von Holzkrug das Vorgebirge nach Anzeichen für einen militärischen Aufbau ausgekundschaftet. Mehrere von ihnen wurden von bewaffneten Männern gefangen genommen und unter Druck gesetzt, ihre Anwesenheit zu erklären. Jetzt werden sie als politische Schachfiguren zwischen Altdorf und Couronne eingesetzt und haben kaum eine Chance zu entkommen. Die Gruppe wird von einem Gönner um Hilfe gebeten, der sich für friedliche Beziehungen zwischen dem Imperium und Bretonia einsetzt; können sie die Ostländer befreien und dabei helfen, die Situation in Montfort zu entschärfen?

Maschinen der Massenvernichtung

Der Grenzfürst Durant von Akendorf schickt einen Abgesandten nach Averheim, um um Hilfe zu bitten. Die Goblins verfügen über Schießpulver-Artillerie! Sicherlich wird es nicht mehr lange dauern, bis sie sie gegen das Imperium einsetzen. Die Imperialen Ostländer werden ausgeschickt, um mit der Gruppe zu ermitteln.

Als sie in den Grenzgrafschaften ankommen, stellen sie fest, dass Grenzfürst Durant ein wenig übertrieben hat, aber nicht ohne Grund. Eine kleine Gruppe von Goblins der Zerbrochenen Nase hat eine Waffe der Zwerge beschaffen können, die sie „Bleibrecher" nennen. Es ist eine Orgelkanone, und obwohl Bogrub und Gutbug die technischen Details noch nicht ganz verstanden haben, ist es ihnen gelungen, sie auf genügend Menschen und Zwerge abzufeuern, um zu wissen, dass sie etwas Großem auf der Spur sind. Dementsprechend gewaltig sind nun auch ihre Pläne ...

Cui Bono?

Bei der Erkundung des Schwarzen Gebirges in der Nähe der alten Provinz Solland erfahren die Imperialen Ostländer, dass ein Trupp Orksöldner die Siedlungen in den Ausläufern überfallen hat. Die Beschreibungen der Überlebenden passen auf Rugluds Rüstige Schützen, einer bösartige Bande, die geplünderte schwere Rüstungen trägt und Armbrüste mit sich führt, die sie gelegentlich sogar einsetzen. Feldweibel Bohun würde die Hilfe der Gruppe zu schätzen wissen, denn die Orksöldner scheinen es auf bestimmte Güter der Baronin Katarina von Heisenberg abgesehen zu haben. Es gibt mehrere Parteien, die die Baronin zu Fall bringen wollen: der Baron Vicentus Preiss aus dem benachbarten Scharmbeck, Solland-Traditionalisten und Nulner Kaufleute, die gehört haben, dass in der Region Gold entdeckt wurde.

Wer wäre verzweifelt genug, Orks als Söldner anzuheuern? Und was werden sie den Imperialen Ostländern sagen, wenn sie entdecken, dass es die Baronin selbst ist?

Grenzwertiges Scheitern

Vor drei Tagen wurde eine Karawane auf dem Weg in die Grenzgrafschaften auf Befehl des Obersts gestoppt. Obwohl die Gruppe nicht ganz in seinem Zuständigkeitsbereich liegt, ist sie besonders schlecht ausgerüstet, und Sievers befürchtet das Schlimmste, wenn er sie weiterziehen lässt. Die Karawane besteht aus mehreren jungen Adeligen, von denen Liebmund von Trollensatz der auffälligste ist, ein feuriger junger Mann, der sich einen Namen machen will. Dahinter folgen eine Handvoll kaum bewaffneter Gefolgsleute und ihre Familien mit ein paar mageren Vorräten, die auf zwei Karren und eine Kutsche gepackt sind, die eher für die gepflasterten Straßen von Nuln als für einen harten Bergpass geeignet sind.

Sievers hat sich jeden erdenklichen Grund ausgedacht, um die Gruppe aufzuhalten, und ihm gehen schnell die Ausreden aus. Von Trollensatz behauptet, Verbindungen zu mächtigen Leuten zu haben, und der Oberst ist vorsichtig, um nicht noch mehr Ärger auf sich und die Ostländer zu ziehen, und sucht verzweifelt nach einer Lösung, die nicht beinhaltet, dass zwei Dutzend Menschen in den Tod laufen.

Die meisten, die zu den Grenzgrafschaften aufbrechen, fliehen vor irgendetwas. Wenn die Charaktere herausfinden könnten, warum diese Gruppe das Imperium verlässt, könnten sie versuchen, von Trollensatz zur Umkehr zu bewegen.

Alternativ könnten sie auch einige von Trollensatz' Gefolgsleuten oder die anderen niederen Adeligen zur Meuterei überreden, indem sie ihnen vielleicht ein paar Geschichten über die Schrecken erzählen, die in den wilden Gegenden der Welt lauern. Wenn die Charaktere einer beginnenden Meuterei ihre Klingen zur Verfügung stellen, wird sie mit Sicherheit erfolgreich sein.

Schließlich können sie beschließen, die Gruppe zu begleiten und sie sicher auf ihrem Weg zu sehen. Das könnte eine Möglichkeit sein, eine Kampagne in der Wildnis zu starten, vielleicht eine attraktive Idee für einige Abenteurer, die der Politik im Imperium überdrüssig sind.

KAPITEL 5
DIE NORDLAND-FRAGE

DER WIEDERGEBORENE WEISSE WOLF

Seit vielen Jahrhunderten gibt es Zwietracht zwischen Middenheim und seinem Vasallen Nordland. Der Aufruhr hat alte Wunden aufgerissen, tief verwurzelte Ressentiments kommen wieder zum Vorschein und neue Ambitionen erblühen. Jetzt rebellieren die stolzen, unabhängigen Bewohner des Nordlandes gegen die Vorherrschaft der Stadt des Weißen Wolfes, und einige treiben es auf die Spitze.

EINE UNRUHIGE ALLIANZ

Vor 767 i.K. war das Nordland ein rückständiges Grenzland, das von den geheimnisvollen Waldlandenklaven der Eonir beherrscht wurde und nur spärlich von den Nachkommen des Stammes der Was Jutonen bevölkert war, die nie wirklich Teil von Sigmars ursprünglichem Bündnis waren. Erst als Wilhelm 'Siternacken' von Middenland die kleinen Königreiche im nordwestlichen Imperium zusammenführte, vereinigte sich Nordland unter einem Herrscher. Wilhelm war der zweite Sohn des Grafen von Middenland und die neue Provinz war nicht mehr als eine Erweiterung der Domäne seines Vaters.

Seitdem hat die Provinz immer am Rande des Imperiums gestanden, ihr Glück und ihr Einfluss schwankten wie die Gezeiten. Als Nordland dem Joch Middenheims entkam, hatte es Kurfürsten, die neben den anderen Herrschern des Imperiums standen. Der Titel ging zwischen den Adelsgeschlechtern über: Namen wie Salzwedel, von Moltke, Ostrein und Gausser gingen in die Geschichte ein. In den letzten Jahrhunderten sind die Nikses in den Vordergrund getreten, nachdem Baron Adolphus Nikse die Provinz im Zeitalter der drei Imperatoren beherrschte, vor allem dank der Unterstützung durch den Wolfsimperator.

Seitdem steht Nordland fest unter Middenheims Fuchtel und es gab immer wieder Menschen, die sich nach Unabhängigkeit sehnten. In den letzten Jahrzehnten häuften sich die norsischen Überfälle auf die Küste und die Küstensiedlungen baten Middenheim um Hilfe. Diese blieb aus und die Nordländer wurden immer unruhiger.

Zwei Ereignisse im Jahr 2502 i.K. spitzten die Lage zu. Im Norden verheiratete Baron Werner Nikse seine Tochter Anike-Elise mit Graf Boris von Wüterich, wodurch das Bündnis zementiert und die Unterordnung Nordlands betont wurde. Im Süden strebte Karl-Franz danach, Imperator zu werden und brauchte Unterstützung, nicht nur von den Kurfürsten. Während Nikse die von Wüterichs unterstützte, bot Nordmarschall Theodoric Gausser Karl-Franz die Unterstützung des nördlichen Adels an, wenn er versprach, sich der norsischen Bedrohung zu stellen.

Die erste Handlung des neuen Imperators bestand darin, seine Zusage einzuhalten. Ein großes Heer ritt nach Norden, begleitet von Magiern des Himmelsordens, der Reichsgarde und kislevitischen Verbündeten. In der Schlacht am Nordland Fjord schlugen sie eine Armee der Skaeling. Gausser wurde vom neuen Imperator ins Abseits gedrängt, erkannte aber den Vorteil, die Bindungen zu Middenheim zu lockern, um engere Bündnisse mit dem Süden der Sigmariten zu schließen.

Seitdem haben Gausser, Baron Ludolf Köhler von Dietershafen und der Kult von Manann von einer neuen Souveränität für das Nordland gesprochen. Sie sicherten sich in Altdorf die stillschweigende Unterstützung der Imperialen Marine und des Sigmarkultes, die mehr politische Macht im Norden wollen. Die Unruhen von 2512 i.K. und die Violette Hand schürten gewalttätige Separatisten gegen Middenheim. Der Nordmarschall und seine Verbündeten haben keine Verbindung zu den offenen Rebellionen, aber sie versuchen auch nicht, sie aufzuhalten.

Zurückliegende Ereignisse

Großherzog Gausser plant einen Staatsstreich, geleitet vom taktischen Genie seiner ehrgeizigen Mutter, Herzogin Ingrid Gausser. Die mächtigsten Adeligen des Nordlandes und der Sigmarkult haben Gaussers Aufstand Unterstützung zugesagt. Die Staatsarmee von Nordland steht angeblich loyal zu Baron Nikse, aber mehrere namhafte und angesehene Adelige aus der Region sind bereit, sich für Gausser zu entscheiden und werden wahrscheinlich einen großen Teil der Staatsarmee mitbringen. Obwohl beide Seiten an Laurelorn appellieren, hält sich die Elfenkönigin aus der Politik der Menschen heraus und schweigt.

Gausser erkennt nicht, dass die Separatisten von der Violetten Hand manipuliert wurden, vor allem von dem gefallenen Magister Karl-Heinz Wassmer. Der ehemalige Gesetzesrat rächt sich an Middenheim und benutzt die Separatisten als Marionetten, um Baron Heinrich zu attackieren, Katarina zu ermorden und andere Gräueltaten zu begehen.

Wichtige Persönlichkeiten

Nordmarschall Hochherzog Theodoric Gausser

Die Gausser sind eine alte Familie aus dem Nordland, die ihre Linie bis zu Gansser dem Geduldigen zurückverfolgt, der angeblich der erste Kriegshäuptling in den Silberhügeln war, der Sigmars Göttlichkeit anerkannte. Gausser hat in den letzten zwanzig Jahren mehrmals die Staatsarmee von Nordland befehligt; er wurde in einem fehlgeleiteten Versuch, eine rivalisierende Dynastie zu beschwichtigen, zum Nordmarschall Baron Helmut Nikse ernannt.

Nachdem er in den Jahren 2502-2503 an der Seite des Imperators und des Reiksmarschalls Helborg gekämpft hatte, mischte sich Gausser oft unter wichtige politische Persönlichkeiten in Altdorf, sodass viele im Süden immer noch fälschlicherweise glauben, er regiere Nordland.

Der Nordmarschall ist ungeduldig und ruppig, mit einem rastlosen Ehrgeiz zum Kurfürst ernannt zu werden und das Territorium von Nordland zu erweitern. Er hat keine starken religiösen Bindungen und zollt Ulric, Sigmar und Manann vor allem aus politischen Gründen Respekt.

Herzogin Ingrid Gausser

Die alternde Herzogin nimmt den Nikses übel, dass sie die „rechtmäßige" Herrschaft ihrer Familie über Nordland an sich gerissen haben. Sie hat den Feldzug gegen Middenheims Herrschaft angezettelt und die Politik ihres Sohnes Theoderich heimlich gelenkt. Ein zwielichtiger Kontakt, der für Wassmer arbeitet, hat ihr kompromittierende Informationen über zahlreiche Wähler gegeben. Jetzt wartet sie darauf, diese Geheimnisse zu nutzen, um Nordlands Kurfurstensitz zurückzuerhalten. Vor allem aber hat sie Beweise dafür, dass Anike-Elise Nikse eine Kultistin des Chaos war, und zwar in Form von abgefangenen Briefen, die zwischen der ehemaligen Frau des Grafen und ihren Mitstreitern im Kult des Jadezepters ausgetauscht wurden. Es ist nicht unbestreitbar, aber es ist mehr als genug, um die Nikses und damit auch die von Wüterichs in Verruf zu bringen.

Baron Werner Nikse

Baron Werner Nikse sieht sich selbst als stolzen Ulricianer Staatsmann, aber seine durchsichtige Unterwürfigkeit gegenüber dem Middenheimer Hof hat ihn zu einem Kriecher gemacht.

Der Stammsitz des Barons liegt an den Grenzen des Laurelorn-Waldes. Die Familie behauptet, dass ein Nikse im Jahr 630 i.K. mit den Eonir den Vertrag des Blattes (**Imperiales Archiv I**, Seite 85) unterzeichnet hat, in dem vereinbart wurde, dass Menschen das Recht haben, sich im Nordland niederzulassen. Jahrelange Mischehen zwischen den von Wüterichs und Nikses haben Werners Treue zur Stadt des Weißen Wolfs verflochten, und viele Ulricianer im Nordland schwören Baron Werner ihre Treue.

Baron Ludolf Köhler

Die Köhlers regieren Dietershafen und stellen traditionell erfolgreiche Admirale für die Imperiale Marine. Baron Ludolf spricht für die Küsten-Nordländer, die sich nicht mit Middenheim oder seiner Marionette Nikse verbunden fühlen. Der Baron ist ein pragmatischer Mann und hat sich die Stadt des Weißen Wolfs nicht zum Feind gemacht, aber er hat die Verbindungen der Familie zur Imperialen Marine genutzt, um sich Militäraufträge für die Werften in Dietershafen zu sichern. Obwohl niemand seine Verhandlungsgenie kritisieren kann, ist nicht unbemerkt geblieben, dass das Vermögen an imperialer Münze, das in den Hafen fließt, die wirtschaftliche Unabhängigkeit Nordlands von Middenheim gestärkt hat.

Hohepriester Erich Granholm

Granholm ist Nordlands herausragender Ulricpriester, der den Kult vom großen Ulrictempel in Salzenmünd aus beaufsichtigt. Er hegt ehrgeizige Ambitionen für Nordland und ist nicht von dem neuen Ar-Ulric überzeugt, den er eher für einen Politiker als für einen Ulricianer hält. Nikse geht davon aus, dass er den Hohepriester auf seiner Seite hat, aber Granholm weiß, woher der Wind weht und wird sich auf die Seite desjenigen schlagen, der verspricht, Nordlands Ehre wiederherzustellen.

Nach dem Aufruhr

Nach den Ereignissen von **Das Imperium in Trümmern** erzählen Agenten von Gausser, Graf von Holzkrug und anderen Machthabern diskret mit Hilfe von Beweisen von Wassmer, dass die Tochter von Baron Nikse eine Chaoskultistin war. Es folgt ein stiller Skandal, der damit endet, dass der kompromittierte Graf von Wüterich, Altdorf und Ostland Druck ausüben, um Nikse als Großbaron von Nordland und Prinz von Salzenmünd abzusetzen. Der offizielle Grund ist ein Legitimationsirrtum, der die schreckliche Wahrheit verbirgt.

Gleichzeitig erklärt die Mehrheit der Staatsarmee ihre Treue zu Gausser. Sie reiten mit dem Möchtegern-Kurfürsten an der Spitze nach Salzenmünd, wo er er die Nordland-Runenklinge *Krähenschmaus* an sich nimmt und dic Nordland Adligen, den Bürgmeister von Salzenmünd und den Ulricskult auf die Burg Salzenmünd beruft. Er verkündet großspurig, dass er die Mehrheit der Kurfürsten davon überzeugt hat, den kurfürstlichen Status von Nordland wiederherzustellen. Averland, Ostland, Stirland, Ostmark, Talabecland, Whisenland und zwei sigmaritische Erzlektoren hätten dies unterstützt.

Boris von Wüterich ist erzürnt, aber der Ar-Ulric rät ihm, geduldig zu sein; es sei nicht der Wille Ulrics, dass Nordland zu diesem Zeitpunkt unterworfen werden soll. Von Wüterich wartet ab, hegt aber immer noch Ambitionen, Nordland wieder unter seine Kontrolle zu bringen

Spät im Jahr 2512 i.K. trifft sich Gausser mit Karl-Franz und Baron Köhler, um eine neue Nordland-Flotte der Imperialen Marine zu gründen. Der neue Kurfürst übertreibt bald, als er aggressive Truppenbewegungen in Richtung Hochland unternimmt, Baron Nachtmann schickt, um die Grenze zu Ostland anzufechten und seinen Anspruch als Herzog von Marienburg zu bekräftigen.

Die separatistische Bewegung Nordlands reißt nicht ab. Die gewalttätigeren und anspruchsvolleren Mitglieder agitieren für mehr Aggression gegenüber den Nachbarprovinzen, begierig darauf, Nordland zu einer mythischen Vormachtstellung innerhalb des Imperiums „wiederhergestellt" zu sehen.

Die Nordland-Situation nutzen

Viele dieser Ereignisse sind eine Kulisse für **Das Imperium in Trümmern**, aber du kannst noch mehr davon in deinem Spiel verwenden. Eine ganze Kampagne könnte davon handeln, dass die Charaktere Gaussers Putsch unterstützen und durch das Nordland reisen, um Unterstützung für den Nordmarschall zu finden. Alternativ könnte Graf Boris sie aussenden, um die Unabhängigkeitsbewegung aufzudecken und die Rebellion niederzuschlagen.

Du kannst die folgenden Begegnungen in **Das Imperium in Trümmern** einbauen, um den Charakteren einige Nuancen der Situation im Nordland zu zeigen.

Kongress der Verschwörer

Auf dem Weg vom Güldenen Felsen zur Burg Reikwacht kommen die Charaktere durch Mittelweg. Das Dorfgasthaus ‚Hahn und Elster' wurde für ein unauffälliges Treffen zwischen den Mächtigen Nordlands und einem Unterstützer aus dem Süden ausgewählt.

Oben in einem Privatgemach trifft sich Baron Köhler (als Vertreter des Nordland-Küstenadels und der Imperialen Marine) mit Hochkapitular Werner Stolz, Wellenfürst Otto Sider vom Salzenmünder Tempel von Manann und Herzogin Ullana Velten vom Imperialen Staatsrat (**Altdorf**, Seite 20), die alle unauffällig reisen. Wenn die Charaktere einen **herausfordernden (+0)** ***Wissen (Heraldik)*-Wurf** bestehen, können sie sie anhand der Sattelmarkierungen ihrer Pferde in den Ställen und einigen im Gasthaus trinkenden Bediensteter identifizieren.

Wenn die Charaktere einen Weg finden, das Gespräch oben zu belauschen, erfahren sie die folgenden Punkte; Herzogin Velten ist die einzige, die keine eigene Meinung äußert.

- Die Marine und die Küstenbaronien wollen die Unabhängigkeit von Middenheim, da die von Wüterichs kein Interesse an maritimen Angelegenheiten oder seewärtigen Bedrohungen zeigen.
- Der Sigmarkult kann die Unabhängigkeit unterstützen, aber Stolz würde es vorziehen, einen offenen Konflikt mit Middenheim zu vermeiden.
- Wenn die Marine oder der Manannkult die Unabhängigkeit unterstützen sollen, muss die Gewalt durch die Separatisten enden.
- Keiner traut Gausser; er ist ehrgeizig und hat seine eigenen territorialen Obsessionen mit dem Ödland. Aber er hat ein Jahrzehnt lang politische Vorarbeit geleistet und ist die einzige Wahl, um Nikse abzulösen.
- Wenn Gausser handelt, werden sie ihn unterstützen, ihn aber verleugnen, wenn er versagt.

Als Werner Stolz die Treppe herunterkommt, erkennt er die Charaktere aus ihrer Zeit am Middenheimer Hof wieder. Er begrüßt sie entsprechend ihres bisherigen Verhaltens und versucht herauszufinden, ob sie etwas über das Treffen wissen, wobei er je nach vermuteter Zugehörigkeit die nötigen Erklärungen abgibt:

Ulricianer: Stolz versucht, die Charaktere davon zu überzeugen, dass er als Friedensvermittler zwischen den Separatisten aus Nordland und Middenheim arbeitet. Bei einem erfolgreichen **vergleichenden (+0)** ***Charme*-Wurf** gegen Stolz' **Charme** von 65 durchschauen die Charaktere dies.

Sigmariten: Er erklärt, dass bestimmte Parteien im Nordland eine friedliche Unabhängigkeit anstreben, um die Ulricianer-Aggression im Norden einzudämmen und separatistische Attacken zu reduzieren

Wenn die Charaktere den Verschwörern keine Schwierigkeiten machen, flüstert Stolz Baron Köhler etwas zu. Beeindruckt von ihrer Reputation, schlägt er ihnen vor, sich mit ihm in Verbindung zu setzen, sollten sie sich jemals in Dietershafen wiederfinden.

Eine Nacht für Handgreiflichkeiten

Wenn die Charaktere die Reikerbahn (**Altdorf**, Seite 133) oder die Straße der hundert Tavernen (**Altdorf**, Seite 181) in Altdorf durchschreiten, geraten sie in einen Tumult zwischen einer Handvoll Soldaten in den Farben Nordlands und einer bunten Ansammlung von Hafenarbeitern und Taugenichtsen. Die Handgreiflichkeit droht auf sie überzugreifen, als Betrunkene sie ebenfalls attackieren.

Das ist eine Straßenschlägerei und niemand benutzt Waffen, aber die Charaktere können sich zurückziehen, die Schlägerei beenden, sich für eine Seite entscheiden oder ganz unparteiisch bleiben und auf alle einschlagen. Schließlich schreiten einige stämmige Türsteher ein, um die Schlägerei zu beenden und auf die Kämpfer loszugehen. Wenn die Charaktere für jemanden Partei ergriffen haben, bekommen sie entsprechend betrunkenen Beifall und werden auf einen Absacker im Gasthaus ‚Sieben Sterne' eingeladen.

Nordländer: Wenn die Charaktere mit den Soldaten trinken, erfahren sie, dass sie von den Nordländer Fischadlern sind, einem Regiment der Staatstruppen, die von Nordmarshall Gausser oft in andere Regionen geschickt werden, um verschiedene Verträge zu erfüllen. Sie waren auf einem Manöver im Reikwald, werden aber morgen nach Nordland zurückkehren. Ulli, der lautstärkste Nordländer, lallt mit einem dicken Akzent, dass ein Kampf bevorsteht.

„Siehst du, sie brauchen uns wieder. Kümmern uns um Baron Niske ... Niske ... ich meine Nikse. Er ist kein richtiger Nordländer, er verbringt zu viel Zeit in Middenheim, oder? Gausser wird das schon richten. Er ist ein Mistkerl. Aber er ist unser Bastard, verstehst du? Er wird diese Südländer dazu bringen, Nordland ernst zu nehmen."

Die Nordländer sind freundlich und indiskret. Sie teilen alles über die Situation in Nordland mit, was ein gut vernetzter Soldat wissen könnte. Sie verabschieden sich von den Charakteren, indem sie ihnen alles Gute wünschen und versprechen, ihnen eine schöne Zeit zu bereiten, sollten sie es jemals nach Salzenmünd schaffen.

Hafenarbeiterabschaum: Wenn sich die Gruppe gegen die Nordländer stellt, sind ihre neuen Freunde Mitglieder der Haken (**Altdorf**, Seite 31). Sie erklären, dass die Nordländer aus dem Regiment der Fischadler kamen und den Kampf begonnen hatten, als jemand sie als Norse bezeichnete. Die Haken können ein wenig über die Nordländsichen Fischadler erklären: Sie hören, dass die Soldaten zurück nach Nordland gehen, um im Namen der Sigmariten und Fischer oder was auch immer dort oben ist, gegen den Ulricianer Baron Nikse zu kämpfen. Es gibt keinen Groll, das war eine gutmütige Schlägerei und die Haken respektieren die kämpferische Reputation der Fischadler.

KAPITEL 6
ALTERNATIVE IMPERIEN

In diesem Kapitel untersuchen wir mögliche Zukünfte für das Imperium und wie du als SL aus jeder einen Vorteil ziehen kannst.

ABER WAS WÄRE, WENN …?

Was, wenn die Charaktere den letzten Kampf mit Sheerargetru verhindern? Das wäre nicht wirklich ein spannendes Finale und könnte sich antiklimaktisch nach einer langen Kampagne anfühlen. In diesem Kapitel werfen wir einen genaueren Blick auf die in **Das Imperium in Trümmern** (siehe Seite 179) erwähnten alternativen Ausgänge, wie du sie in die Geschichte einbauen kannst, wie die nahe Zukunft des Imperiums aussehen könnte und präsentieren Abenteuervorschläge, die mächtigen Charakteren würdig sind. Jede Kampagne ist jedoch anders, also nutze diese Vorschläge als Inspirationen für deine eigenen alternativen Enden.

YANN ZUNTERMEIN DIE SPINNE IN SEINEM NETZ

Als Meisterspion mag Zuntermein ein Kultist des Chaos sein, aber er ist nicht blöd. Nach den Ereignissen von **Die Graue Eminenz** und **Die Gehörnte Ratte** machen ihn seine Informanten auf die wachsende Bedeutung der Charaktere aufmerksam. Als er sie am Güldenen Felsen trifft und sieht, wie sie auf den Mordversuch an Katharina reagieren, erkennt er sie als einfallsreiche Individuen und damit als mögliche Bedrohung für seinen Plan an. Wenn er schlau ist, könnten sie möglicherweise nützliche Werkzeuge sein.

WIE ZUNTERMEIN GEWINNT

Zuntermeins Plan sieht vor, dass der Kronprinz, der von seinen Lehrern der Neun Augen gut erzogen wurde, zunächst Prinzregent für den kranken Imperator wird und dann selbst den Thron besteigt.

Allerdings schweben drei Gefahren über seinen Plan: Gideon, Wassmer und die Gruppe. Erstens vermutet er, dass Gideon seine eigenen Pläne verfolgt und dass die Rückgewinnung von Ghal Maraz dafür entscheidend ist. Zweitens plant Wassmer, ihn an der Spitze der Altdorfer Violetten Hand zu ersetzen, was alles zunichte machen könnte. Und schließlich sind die Charaktere viel zu fähig für Zuntermein.

Zuntermein muss die Wiederbeschaffung des Hammers verhindern, um erfolgreich zu sein. Während der Versuch, ihn in Altdorf (**Das Imperium in Trümmern**, Seite 179) zu stehlen, ein letzter, verzweifelter Versuch ist, hat er vorher noch eine Karte auszuspielen: Wassmer.

Als klar wird, dass eine Mission zur Wiederbeschaffung von Ghal Maraz im Gange ist, platziert Zuntermein über Mittelsmänner die Information, dass Wassmer in Altdorf gesichtet wurde und dass er hinter dem Attentat steckt. Zuntermein selbst taucht nie auf, aber durch geschickte Ermittlungsarbeit der Charaktere sollte sich eine Spur zu ihm finden lassen.

Nachdem die Charaktere Zuntermeins Hinweisen gefolgt sind, finden sie den Unterschlupf, in dem sich Wassmer versteckt … sowie eine gefälschte Nachricht, die Quintus Fassbinder als Agenten der Violetten Hand ausweist. In der gleichen Chiffre, die sie in Middenheim kennengelernt haben, wird er beschuldigt, für den Kult nachzuforschen; etwas, das andere nur allzu gerne glauben würden. Da Wassmer ausgeschaltet und Fassbinder diskreditiert ist, findet die Suche nach dem Hammer und die Beschwörung nie statt und Yann Zuntermein gewinnt.

Das Imperium unter Zuntermein

Zuntermein muss zunächst seine Macht konsolidieren. Wenn die Charaktere seinen Plan nicht durchschaut haben, können sie trotzdem nützlich sein. Kurz nach den Ereignissen in **Das Imperium in Trümmern** verschlechtert sich der Zustand des Imperators, da der „Arzt“ der Violetten Hand ihn weiter vergiftet. Zuntermein manipuliert Liebmund von Holzkrug und veranlasst den Reiklandrat, Kronprinz Wolfgang zum Prinzregenten zu erklären, der in Karl-Franz' Namen sowohl als Großfürst als auch als Imperator regiert. Wolfgang nimmt unter Zuntermeins Einfluss die Charaktere als „Vertrauenspersonen“ auf. Schon bald entdecken sie von Zuntermein platzierte „Beweise“, die von Holzkrug in eine Verschwörung zur Thronbesteigung verwickeln, unterstützt von Else Barnhelm vom *Schattenkabinett* und General Erik Hoffman von den *Palisaden*. (**Altdorf**, Seite 209). Nachdem diese Rivalen ausgeschaltet sind, „reformiert“ der neue Prinzregent die Schwarze Kammer, indem er Zuntermein zu ihrem Leiter ernennt und ihm einen Sitz im Reiklandrat gibt, wo er de facto Premierminister wird.

Sofort wird im Palast bekanntgegeben, dass sich die Beschwerden von Luitpold, Prinz von Altdorf, verschlimmert haben. Er wird zur „Kur“ ins Große Hospiz gehen, und seine Mutter, Maria-Luise, wird sich um ihn kümmern, während der Prinzregent das Fürstentum Altdorf verwaltet. Dank eines großzügigen Geschenks von Wolfgang an das Hospiz für dessen ständigen Unterhalt ist Zuntermein zuversichtlich, dass ihm keiner von beiden Probleme bereiten wird.

Nun in Sicherheit, setzt Zuntermein den großen Plan der Violetten Hand um: „Reformen“, die die Säulen des Imperiums einreißen und es gegen das Chaos schwächen. Im Reikland befreit Wolfgang alle Städte von jeglichen feudalen Verpflichtungen, was zu Empörung beim Adel und Freude bei den Bürgern führt. Ein imperialer Erlass unterdrückt den Orden des Silberhammers als Feind des „freien Denkens“, schafft die Lizenzen für Zauberer ab und bekräftigt den Mutantenerlass. Der Sigmarkult zerbricht, als die Erzlektoren in Nuln und Talabheim sich dem Befehl widersetzen, die neuen Erlasse zu befolgen.

Während die neuen Erlasse im Reikland umgesetzt werden, stoßen sie in den anderen Provinzen des Imperiums auf starken Widerstand. Einige ignorieren sie einfach, während andere sie für „null und nichtig“ erklären und jeden bestrafen, der versucht, sie umzusetzen. Eine Sitzung des Kurfürstlichen Rates im nächsten Jahr, die die Angelegenheit regeln soll, scheitert völlig: Graf Boris erklärt die Abspaltung des Nordens und Großgräfin Emmanuelle von Nuln verkündet die Neutralität. Ein jahrelanger Bürgerkrieg wütet daraufhin im Imperium.

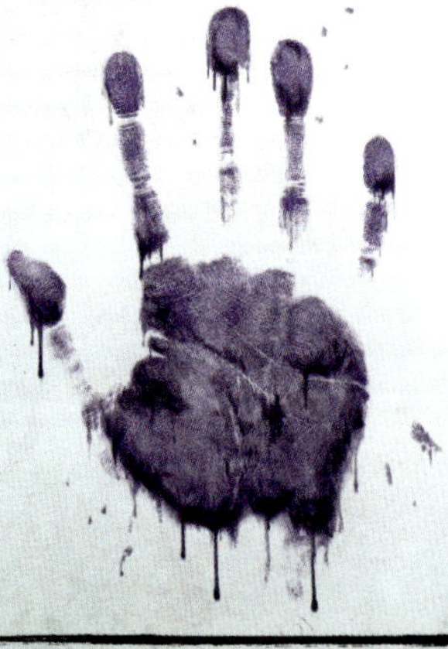

Agenten Nulns

Auch wenn sie in den anhaltenden Auseinandersetzungen ihre Neutralität erklärt hat, bleibt Emmanuelle Liebwitz nicht untätig, während das Imperium um sie herum zusammenbricht. Mehr als die meisten anderen weiß sie, was wirklich vor sich geht und hat Pläne für einen Aufstand geschmiedet, der die Holswig-Schliesteins wiederherstellen und Yann Zuntermein beseitigen soll. Um erfolgreich zu sein, braucht sie jedoch einen legitimen Anwärter, und der einzige ist Karl-Franz' Sohn, Prinz Luitpold, der sich derzeit mit seiner Schwester und ihrer Mutter, die auch Emmanuelles liebste Freundin ist, im Großen Hospiz aufhält.

Sie muss also Luitpold und seine Familie retten. Da Emmanuelle Agenten benötigt, die nicht mit ihr in Zusammenhang stehen und sich an die Charaktere erinnert, kontaktiert sie diese über Mittelsmänner mit einem Angebot: sie sollen Maria-Luise und ihre Familie aus dem Großen Hospiz retten und sie im Gegenzug für Adelstitel und Ländereien nach Nuln bringen.

Die Aufgabe ist nicht einfach. Zuntermein hat viele Mitarbeiter des Großen Hospizes durch Spionwerber ersetzt und eine „zuverlässige“ Einheit der Reichsgarde als „Ehrenwächter“ in der Nähe stationiert. Die Großgräfin besteht auch darauf, dass möglichst wenig Blut vergossen wird. Wenn ihre Agenten eine der dortigen Shallya-Priesterinnen verletzen würden, wären die politischen Auswirkungen katastrophal.

Die Mission ist also nicht nur eine Extraktion, sondern auch eine Verfolgungsjagd, bei der die Charaktere den Schergen Zuntermeins ausweichen müssen, ganz zu schweigen von den feindlichen lokalen Mächten. Vielleicht führt ihre Route durch Marienburg zum Meer oder über die Gebirgspässe und durch die Zwergenfestungen des Grauen Gebirges nach Bretonia, von wo aus sie nach Tilea gelangen und Wochen später Nuln durch den Alimento-Tunnel erreichen (**Imperiales Archiv I, Seite 17**).

Wassmers Rache

Einst das Oberhaupt der Violetten Hand in Middenheim, ist Karl-Heinz Wassmer auf der Flucht vor dem Kult in Altdorf tief gefallen. Aber er hat Pläne, und die Anwesenheit der Charaktere gibt ihm die Chance, sie zu verwirklichen ... und sich zu rächen.

Wie Wassmer gewinnt und Wie die Charaktere helfen können

Wassmer will Zuntermein ausschalten und die Kontrolle über die Violette Hand übernehmen, indem er Zuntermeins Pläne überimmt und "korrigiert". Aber er muss seinen Rivalen besiegen, ohne Zuntermein zu alarmieren und den Kult zu zerstören. Zuntermein weiß zwar nichts von Gideons Plänen, aber seine Ablehnung der Mission der Charaktere, Ghal Maraz zurückzuholen, bietet ihm eine attraktive Gelegenheit, eine Gruppe von Feinden zu benutzen, um eine andere zu zerstören.

Seine Pläne beginnen nach der Ankunft der Charaktere in Altdorf. Nach dem Attentat auf Katharina lässt Wassmer durch Strohmänner Hinweise fallen, die vor Verrat in der Schwarzen Kammer und im Umfeld von Wolfgang warnen. Auf dem Notkonklave der Kurfürsten (**Das Imperium in Trümmern**, Kapitel 7) steckt ein Kultist, der Wassmer treu ergeben ist, einem Charakter einen Zettel ins Essen oder in die Tasche und warnt ihn vor einem Treffen von „Verschwörern und Kultisten", das in dieser Nacht in der Nähe der Universität stattfindet.

Der Zettel ist echt. Die Nacht ist für die Violette Hand von ritueller Bedeutung und Zuntermein leitet die Zeremonie, die Wassmer wegen einer „plötzlichen Krankheit" verpasst. Wenn die Charaktere das Treffen überfallen, wird Zuntermein entlarvt, wenn nicht sogar getötet. Wassmer übernimmt dann das Kommando über die Violette Hand.

Unabhängig davon, wie die Charaktere Zuntermein ausschalten, gibt es immer noch das Problem der Beschwörung; ihr Erfolg würde Wassmers Pläne zunichte machen. Obwohl er nicht alles weiß, weiß Wassmer, dass jemand angeordnet hat, die Reichsgarde am Reliquienschrein durch Kultisten zu ersetzen; er vermutet, dass dies ein wichtiger Teil von Zuntermeins Planung ist. Er lässt Befehle fälschen, die die Wächter erneut auswechseln, diesmal werden die Kultisten in letzter Minute durch echte, loyale Ritter der Reichsgarde ersetzt. Mit diesem Wechsel verschwindet der Hammer nicht durch die Falltür und die Opferung des Großtheogonisten und des Kronprinzen findet nicht statt.

Die Beschwörung schlägt fehl, und Wassmer gewinnt.

Ein zerbröckelndes Imperium

Auch wenn er gewonnen hat, hat Karl-Heinz Wassmer nicht die Fähigkeiten und Ressourcen von Yann Zuntermein. Er kontrolliert weder die Schwarze Kammer noch die Spionwerber. Er erhält keinen Sitz im Reiklandrat, kann also nicht die Richtung der reichsten Provinz des Imperiums vorgeben. Obwohl seine Pläne umfassend sind, sind seine Mittel begrenzt, und sein Bedürfnis nach Rache an den Charakteren trübt sein Urteilsvermögen.

Aber Wassmer hat einige Fäden in der Hand und ist immer noch ein erfahrener Verschwörer. Wenn mindestens drei der Neun Augen überlebt haben, dann behält Wassmer den Einfluss des Kults auf die Erziehung des Kronprinzen. Wenn einer von ihnen von den Charakteren eliminiert wurde, findet er Ersatzlehrer mit tadellosen Referenzen, was die Sache nur kurz verzögert. Trotzdem nimmt er unter einem angenommenen Namen den Platz des Rechtslehrers ein, wodurch er direkten Zugang zu Wolfgang erhält. Die Vergiftung des Imperators geht weiter, was dazu führt, dass der Kronprinz Prinzregent wird. Wenn die Charaktere das Komplott des Arztes aufdecken, werden Wassmers Pläne nur gestört; der Schaden, der im Namen des Imperators angerichtet wurde, hat sein Ansehen bei den Kurfürsten stark geschwächt.

Durch den Einfluss der Neun Augen überredet er Wolfgang, die Justiz Reiklands zu „reformieren". Durch einen imperialen Erlass wird ein „Oberster Gerichtshof des Reiklands" eingerichtet, das alle Richter ernennen und alle Fälle im Kurfürstentum verhandeln darf und das Recht hat, lokale Gesetze „im Interesse einer einheitlichen Justiz" aufzuheben. Ein weiterer Erlass verleiht diesem Gericht Befugnisse im gesamten Imperium. Der oberste Richter dieses neuen Tribunals ist natürlich Karl-Heinz Wassmer, der vertrauenswürdige Berater des Kronprinzen.

Die Reaktionen sind wutentbrannt. Der Adel empört sich darüber, dass seine „alten Privilegien" usurpiert werden, die freien Städte wehren sich dagegen, dass sie ihre gerade erst errungenen Rechte verlieren, und die Religionsvertreter sind empört darüber, dass sie dem weltlichen Recht unterworfen werden. Sogar die uralte Freundschaft mit den Zwergen zerbricht, als das neue Hohe Gericht entscheidet, dass alle Zwerge innerhalb der Grenzen des Reiches dem imperialen Recht und nicht dem des Zwergenreiches unterworfen sind und damit langjährige Verträge bricht.

Der Zerfall des Imperiums ist noch schlimmer als unter Zuntermein. Graf Boris erklärt sich selbst zum „Wolfsimperator", während Middenheim und der Norden sich abspalten, Großgräfin Emmanuelle sich zur Imperatorin krönen lässt und ein abtrünniges Imperium mit Stirland und Ostmark bildet. Die anderen Großprovinzen entscheiden sich für eine Seite, nur das ferne Ostland bleibt Altdorf treu, und sogar einige innere Provinzen rebellieren gegen ihre Kurfürsten, die von Wassmers Agenten subtil beeinflusst werden. Die Kontrolle über die Magischen Orden bricht zusammen, da einige Zauberer vor dem neuen Regime fliehen und bei anderen Kurfürsten Schutz und Schirmherrschaft suchen.

Ausländische Feinde sehen ebenfalls ihre Chance. Der Herzog von Parravon beginnt einen sechsten Krieg, in dem er Übersreik und das Vorbergland annektieren will. Marienburg verlangt weitreichende Zugeständnisse, um jeden mit den benötigten Mitteln zu versorgen. Grünhäute überfallen das Schwarze Gebirge, und das neue Südliche Imperium hat alle Hände voll zu tun mit einer Orkinvasion vom Nachtfeuerpass und dem Bürgerkrieg. Das Chaos hält Jahrzehnte lang an.

UMWÄLZUNGEN IN ÜBERSREIK

Auch wenn er damit beschäftigt ist, das Imperium umzugestalten, hat Wassmer die Charaktere nicht vergessen. Im Gegenteil, er ist besessen von Rache. Die gefährliche Situation in Übersreik gibt ihm die Gelegenheit, sie auszuüben.

Die Charaktere müssen wahrscheinlich aus Altdorf fliehen, wenn Wassmer immer mehr Kontrolle erlangt. Vielleicht gehen sie zu Graf Boris nach Middenheim oder zur Großgräfin nach Nuln. Wie auch immer, am Hof ihres Gastgebers treffen sie auf einen überraschenden Gast: Leopold von Jungfreud. Er hatte sich in Averheim versteckt, musste aber wegen der Unruhen dort wieder fliehen. Die übrigen von Jungfreuds sind entweder verhaftet oder tot, was Leopold zum rechtmäßigen Erben der Grafschaft Schwarzfels macht, dem Stammsitz, der jetzt unter Altdorfs Kontrolle ist.

Aus Übersreik ist die Nachricht eingetroffen, dass die Wut über die neuen Gesetze bereits zu Unruhen geführt hat und dass die Bürger bereit sind, die von Jungfreuds wieder aufzunehmen. Sie bieten an, sich gegen Altdorf zu erheben, aber nur, wenn Leopold kommt und sie anführt. Der Regent ist an allem interessiert, was den Prinzregenten schwächen könnte. Vor allem Emmanuelle würde Übersreik ihren Schutz gewähren, wenn die von Jungfreuds ihr im Gegenzug die Treue schwören.

Es ist eine Falle. Auch wenn die altdorffeindliche Stimmung echt ist, haben Spione des Kults in Wassmers Diensten die Rebellengruppen infiltriert und die Idee des Aufstands eingepflanzt, wohl wissend, dass die Charaktere diejenigen sein würden, die geschickt werden. Der Plan sieht vor, sie bei einem Treffen mit den „Rebellen" festzunehmen, bei dem letzte Absprachen getroffen werden sollten. Da er sich nicht wehren kann, wird Wassmer selbst die Razzia anführen.

Wenn sie entkommen, haben die Charaktere die Möglichkeit, zwei Dinge auf einmal zu tun: Übersreik aus Altdorfs Fängen zu befreien und Karl-Heinz Wassmer endlich zu töten.

LIEBERUNG SIEGT (POSTHUM)

Auch wenn er zu diesem Zeitpunkt schon lange tot ist, könnten Kastor Lieberungs Pläne immer noch Früchte tragen und zur düstersten aller Zukünfte führen.

Kastor Lieberung

Damit Lieberungs Plan gelingt, müssen alle anderen scheitern. Die Neun Augen müssen überleben, um ihr Werk zu vollenden. Ghal Maraz hingegen ist unwichtig.

Ironischerweise sind die Charaktere in der besten Position, um das zu erreichen, wenn auch unwissentlich. Während es in **Das Imperium in Trümmern** für die Charaktere Möglichkeiten gibt, sowohl Zuntermein als auch Wassmer zu entlarven und zu neutralisieren, birgt die Beschwörung mehr Schwierigkeiten. Die Übergabe von Ghal Maraz setzt die letzten Schritte von Gideons Plan in Gang. Selbst Sheerargetrus Niederlage bedeutet, dass Lieberung verloren hat, denn seine Beschwörung kostet den Kronprinzen das Leben.

Wenn Kastor Lieberungs Doppelgänger überlebt hat, wird einem der Neun Augen klar, dass es sich nicht um ihren Anführer handelt, aber dennoch um jemanden, der nützlich sein könnte. Ähnlich wie beim Szenario „Wassmer gewinnt" hat diese Person von der Ablösung der Reichsgarde erfahren, was nicht Teil der Planung war. Da er ein doppeltes Spiel vermutet, gibt der Kultist vor, ein unschuldiger Gelehrter zu sein, der gerade erst die Wahrheit erfahren hat. Er informiert den Charakter über die Auswechslungen und bittet ihn, nachdem er von seinen „großen Taten" gehört hat, etwas zu tun. Wie auch immer die Charaktere mit dem Problem umgehen, die Beseitigung des falschen Ehrenwächters und die Verhinderung von Yorris Tod führen dazu, dass die Beschwörung scheitert.

Wenn auch Zuntermein und Wassmer erledigt sind, dann gewinnt der verstorbene Kastor Lieberung.

Lieberungs Ziel: Der Chaos-Imperator

Im Falle eines Sieges von Lieberung endet der Aufruhr schnell, sofern wenn er überhaupt startet. Von seinen Lehrern klug beraten und zu einem inspirierenden Anführer geworden, stellt Wolfgang seinen kränkelnden Onkel schnell als De-facto-Herrscher des Imperiums, wenn nicht sogar als Imperator in den Schatten. Langsamer als Zuntermein oder Wassmer beschwichtigt er zunächst Graf Boris, indem er die Verantwortlichen für die Ermordung Katharinas ausfindig macht und sie hinrichtet. Er vermittelt zwischen den Kulten von Sigmar und Ulric und schließt Frieden zwischen ihnen. Er setzt Reformen zum Wohle der Bürger und des Landvolks im Reikland um, schlägt sie aber anderswo nur vor. Sie werden jedoch so populär, dass die anderen Kurfürsten nicht widerstehen können. Schließlich schlägt er auf einer förmlichen Wahlversammlung der Kurfürsten Änderungen an der Struktur des Imperiums selbst vor, gibt Graf Boris und Großgräfin Emmanuelle, was sie wollten, und überzeugt die anderen, sich damit einverstanden zu erklären. Mit der Wiederherstellung von Frieden und Wohlstand scheint ein goldenes Zeitalter begonnen zu haben.

WOLFGANG HOLSWIG-ABENAUER
DER CHAMPION IM SCHATTEN

B	KG	BF	ST	WI	I	GW	GS	IN	WK	CH	LP
4	57	31	54	58	68	57	58	65	65	65	21

Eigenschaften: Ablenken, Furcht 1, Regenerieren, Rüstung 4, Schwanzhieb +8, Waffe (Korrumpierende Klinge) +11

Fähigkeiten: Anführen 85, Athletik 77, Ausdauer 78, Ausweichen 77, Besonnenheit 85, Bestechen 70, Charme 80, Einschüchtern 74, Feilschen 73, Fingerfertigkeit 78, Glücksspiel 80, Heilen 75, Intuition 88, Kanalisieren (*Dhar*) 85, Klatsch 75, Nachforschen 85, Nahkampf (Fechten 77, Standard 77), Reiten (Pferd) 77, Schleichen (Land 77, Stadt 72), Sprache (Bretonisch 75, Dunkelzunge 85, Khazalid 80, Klassisch 80, Magick 85), Unterhalten (Geschichtenerzählen 75, Schauspielerei 75), Wahrnehmung 88, Wissen (Geologie 75, Geschichte 80, Gesetze 75, Heraldik 80, Magick 85, Politik 75, Reikland 85, Technicus 75, Theologie 80, Tzeentch 85, Wissenschaft 80)

Talente: Ablenken, Anführer, Attraktiv, Beängstigend, Bedrohlich, Beharrlich, Blaublütig, Bücherwurm 2, Doppelzüngig, Eiserner Wille, Etikette (Adelige 2, Dämonen, Diener 2, Gelehrte, Kultisten, Soldaten, Tiermenschen), Fachwissen (Tzeentch), Finte, Geschickte Finger, Gesellig, Glückspilz 2, Inspirierend, Instinktive Aussprache 4, Intrigant, Kampfzauberer, Kontrollierte Korrumpierung, Leidenschaftlicher Eifer, Lesen & Schreiben, Mächtiger Schlag 2, Magiegespür, Meisterredner, Niedere Magie, Rasender Angriff, Redeschwall 3, Resistenz (Krankheit), Rhetorik, Schnellleser, Slayer, Spieß umdrehen, Sprachbegabung, Turm der Erinnerungen, Tzeentchs Segen, Unkenruf (*Muschel, die ein embryonales Wesen beherbergt, das inmitten eines Ritus freigesetzt wird und durch wiederholte Äußerungen Zutritt erhält*), Verhandlungsgenie 5, Verletzender Schlag, Verwandlungskünstler, Wortgewandt

ZAUBER

Niedere Magie: Geräusche, Lauschen, Öffnen, Pfeil, Saugen, Warnung

Arkan: Ablenken, Beißendes Blut, Explosion, Fesseln, Fliegen, Geschoss, Niederen Dämon manifestieren, Oktogramm, Schutz, Teleportieren

Lehre der Schatten: Illusion

Lehre des Tzeentch: Blaues Feuer des Tzeentch, Die Ader spüren, Die flackernden Flammen des unbeständigen Schicksals, Die Violette Hand, Fluch des Tzeentch, Gedankenfeuer, Geschoss der Veränderung, Rosa Feuer des Tzeentch, Segen des Tzeentch, Tzeentchs Feuersturm, Tzeentchs Goldene Aura, Verrat des Tzeentch, Verwandlung des Tzeentch, Wort des Tzeentch

Ausrüstung: Chaos-Rüstung, Jadeamulett (gewährt dem Träger die Kreaturen-Eigenschaften *Regenerieren*), Korrumpierende Klinge (jedes Ziel, das durch diese Waffe Schaden erleidet, sollte einen Wurf ablegen, als wäre es einer moderaten Quelle der Korrumpierung ausgesetzt)

Mutationen: Betäubender Schrei, Gefleckte Federn (Kopf und Körper), hervortretende Augen, Schnabelgesicht, Schwanz, Umgestaltetes Gesicht

Der Schein trügt jedoch. Nach ein paar Jahren kündigt Wolfgang, der die meisten Schlüsselmitglieder der Regierung durch seine Berater der Neun Augen ersetzt hat, an, dass er auf eine Pilgerreise gehen wird, um den Rat der Götter zu suchen. In Wahrheit begibt er sich zum Silbernen Turm, wo er Schüler des Chaoszauberers Egrimm van Horstmann wird. Als er nach drei Jahren zurückkehrt, sieht Wolfgang genauso aus wie vorher und ist jetzt der Champion im Schatten, Tzeentchs größter Diener.

Er erlässt neue Reformen, um die „alten, erdrückenden Wege" zu beseitigen, und verkündet Toleranz für alle Religionen, einschließlich der Chaoskulte. Als die Hierarchien von Sigmar und Ulric Einspruch erheben, sterben sie in mysteriösen Feuern, die ihre Haupttempel verwüsten. Die Magie wird im Namen der „freien Forschung" dereguliert, was den Obersten Patriarchen dazu veranlasst, direkt bei Wolfgang zu protestieren. Gerüchten zufolge soll er den Palast einmal betreten haben und nie wieder herausgekommen sein. Obwohl sich einige Kurfürsten auflehnen, werden sie von der übernatürlichen Macht der Armeen des neuen Imperators niedergeschlagen.

Nach ein paar Jahren wird das Imperium zu einem alptraumhaften Ort. Die alte Ordnung wird niedergerissen, das Chaos wandelt offen auf den Straßen und die Menschen leben in völligem Elend unter dem Chaos-Imperator.

MISSION IN ULTHUAN

Monate nachdem Wolfgang die letzten Aufstände niedergeschlagen hat, werden die Charaktere in ein kleines Dorf bei Middenheim gerufen, wo sie auf alte Bekannte treffen: Janna Eberhauer, die jetzt Ehrenwerte Obermagierin von Middenland ist, und einen stark vernarbten Thyrus Gormann, den ehemaligen Obersten Patriarchen der Magischen Orden, der sich jetzt versteckt hält und von den Spionen des Imperators gejagt wird.

Nachdem er den Kampf mit Wolfgang nur knapp überlebt hat und entkommen konnte, hat Gormann die letzten Monate damit verbracht, den Kontakt zu denjenigen wiederherzustellen, die noch bereit sind, sich zu wehren. Als sie erkannten, dass sie weitaus mächtigere Magie brauchen, um den Champion im Schatten zu besiegen, kamen sie zu dem Schluss, die Elfen um Hilfe zu bitten, so wie es zu Zeiten von Magnus dem Frommen geschehen war. Nur dann hätte eine Rebellion eine Chance, erfolgreich zu sein.

Aber die Elfen zogen sich mit dem Aufstieg Wolfgangs aus dem Imperium zurück, sodass Gormann und Eberhauer möchten, dass die Charaktere für diese Mission nach Ulthuan aufbrechen. Ein Schiff, ein Navigator und eine Mannschaft warten in Marienburg auf sie, aber sie müssen in die Stadt und dann aufs Meer hinaus, während sie Wolfgangs Agenten und den Schergen von Jaan van de Kuypers ausweichen müssen. Als Oberhaupt der mächtigsten der Zehn, der Familien, die Marienburg kontrollieren, hat van de Kuypers enorm von seinen Geschäften mit Wolfgang profitiert und wird vor nichts Halt machen, um seine Interessen zu schützen.

In Ulthuan werden die Charaktere bestenfalls kühl empfangen, denn die meisten am Hof Sapherys haben die Alte Welt als verloren abgeschrieben. Der Phönixkönig weigert sich zwar, eine Armee zur Verfügung zu stellen, aber mit geschickter Diplomatie können sie Teclis und Anurion den Grünen (**Altdorf**, Seite 164) von der Notwendigkeit überzeugen, Wolfgang zu besiegen und ihre Zustimmung zur Hilfe zu erhalten.

Das Problem ist, ins Imperium zu gelangen. Wolfgangs Spione sind scheinbar überall, und keiner der beiden Zauberer kann seine Magie einsetzen, aus Angst, ihre Anwesenheit zu früh zu verraten. Es liegt an den Charakteren, einen Weg nach Middenheim zu finden, wo Gormann, Eberhauer und der Graf auf sie warten.

Vielleicht durch die kleineren Häfen Nordlands, vielleicht über Norsca und Kislev, um von Osten her zu kommen ... der Heimweg wird auf jeden Fall voller Gefahren sein. Wenn sie jedoch Erfolg haben, hisst der Graf das Banner der Rebellion und der Kampf um das Imperium beginnt.

DIE SIEGREICHEN CHARAKTERE

Aber was ist, wenn die Charaktere am Ende alle ihre Pläne durchkreuzen?

Nicht unwahrscheinlich, aber wie kann das passieren?

Bei all den Gefahren, mit denen die Charaktere konfrontiert sind, bei all den Feinden, stehen die Chancen für einen kompletten Sieg schlecht. Es ist möglich, aber es muss alles genau richtig zusammenkommen.

Sie müssen die Beschwörung aufhalten. Sheerargetru zu besiegen reicht nicht aus, denn das bedeutet mit ziemlicher Sicherheit, dass der Kronprinz oder der Imperator (oder beide) gestorben sind, um den Dämon hervorzubringen. Selbst wenn sie beschützen werden können, bedeutet das nur, dass andere, wenn auch unvollkommene, Gefäße wie Zuntermein oder die Neun Augen stattdessen eingesetzt werden. Eine Möglichkeit wäre, zu verhindern, dass der Hammer in Gideons Hände fällt, indem man vielleicht die Falltür zum Weinkeller vom Reliquienschrein aus entdeckt. Das würde zur Verhaftung, zum Verhör und zum Geständnis von Ermine Liebwitz führen (**Das Imperium in Trümmern**, Seite 192). So gewarnt, verlegen die Behörden die Übergabe des Hammers in die Große Kathedrale zu Sigmar (**Altdorf**, Seite 95), wo sie reibungslos abläuft, da die Anwesenheit des Hammers eine Beschwörung verhindert.

Sie müssen auch Zuntermein ausbremsen. Wenn er getötet wird, nachdem er versucht hat, seine Spione anzuweisen, die Charaktere zu töten, ist seine Bedrohung vorbei. Sie können ihn auch jederzeit entlarven, nachdem sie ihn am Güldenen Felsen getroffen haben. Sie könnten von seinen Machenschaften erfahren, indem sie das Komplott zur Vergiftung des Imperators aufdecken, oder die Entdeckung der Wahrheit über die Neun Augen könnte sie zu ihm zurückführen. Selbstbewusst und arrogant hat Zuntermein jede Bedrohung durch Wassmer abgetan. Wenn die Charaktere Wassmer gefangen nehmen, könnte er das, was er über Zuntermein weiß, im Gegenzug für Gnade eintauschen.

Wassmer zu stoppen, ist am einfachsten. Angesichts ihrer Erfahrungen in Middenheim könnten die Charaktere ihn sofort töten. Es ist auch möglich, dass er die Charaktere aus Wut über sie attackiert, was wiederum zu seinem Tod führt. Und Zuntermein selbst könnte ihm eine Falle stellen, um die Charaktere abzulenken, falls sie der Wahrheit über den Meister der Spionwerber näher kommen sollten.

Die Lehrer der Neun Augen sind der Schlüssel zu Kastor Lieberungs Plänen. Wenn sie getötet oder bloßgestell werden, endet ihr Einfluss auf Wolfgang. Wolfgang von der Wahrheit zu überzeugen, könnte schwierig sein, aber wenn sie Karl-Franz retten und ihm die Beweise vorlegen, würde er die Verhaftung der Tutoren und Wolfgangs „Umerziehung“ durch den Sigmarkult anordnen.

Wenn all diese Teile zusammenpassen, haben die Charaktere gewonnen.

Ein wiedergeborenes Imperium ... Sozusagen

Obwohl das Imperium vor den Machenschaften eines Dämons, eines Meisterspions, eines Zauberers und eines Toten sicher ist, bleibt es schwer angeschlagen und steht vor einer wackeligen Zukunft. An der Spitze ist das Vertrauen in Karl-Franz als Imperator und Großfürst fast vollständig zerbrochen. Die Enthüllung, dass er vergiftet und von einem Chaos-Kult kontrolliert wurde, trägt wenig dazu bei, die guten Beziehungen wiederherzustellen, während die Aufdeckung der Verschwörung der Neun Augen Wolfgang für die anderen Kurfürsten als Kronprinz untragbar macht.

Die Kurfürstentümer selbst sind im Umbruch. Unabhängigkeitsbewegungen erschüttern das Nordland; Ostland und Talabecland befinden sich weiterhin im Krieg; Nuln steht kurz davor, Sudenland einzunehmen; und die Adligen des Reiklands befürchten, dass sie das „nächste Übersreik" sein könnten. Unterdessen bricht zwischen den Kulten von Ulric und Sigmar weiterhin Gewalt aus, da sich unter den Ulricianern Gerüchte verbreiten, dass der Kult von Sigmar mit dem Chaos verkehrt.

Um einen totalen Bürgerkrieg zu verhindern, beruft Karl-Franz eine weitere Kurfüstliche Wahlversammlung ein, die erfolgreich ist. In der größten Neuordnung seit Magnus dem Frommen werden Hochland, Nordland und Ostmark zu Kurfürstlichen Provinzen. Um ihre früheren Herrscher zu entschädigen, schließt sich Middenland wieder mit Middenheim zusammen, wobei Graf Boris beide regiert. Ebenso wird Talabheim durch die Heirat von Elise Krieglitz-Untern mit Helmut Feuerbach Teil von Talabecland, und Nuln absorbiert Sudenland, um die Großprovinz Whisenland zu bilden. Die früheren Herrscherfamilien werden entweder abgesetzt (die Krieglitzes, Toppenheimers, Bildhofens und Alptraums) oder nach dem Aussterben ihrer Linie ersetzt, wie die Tasseníncks.

Um seine Herrschaft zu stabilisieren, heiratet Karl-Franz Maria-Luise und ernennt die gemeinsame Tochter Alia zur Erbin, deren Erziehung von einem Ausschuss überwacht wird, dem die Kulte von Sigmar, Ulric und Verena angehören. Der frühere Kronprinz wird zum Prinzen des Vorberglandes ernannt. Diesen Titel und die Ländereien kann er übernehmen, sobald er seine Umerziehung abgeschlossen hat. Karl-Franz bestätigt Übersreik als freie Stadt, entschädigt aber die von Jungfreuds.

Obwohl vom Schlimmsten verschont, bleibt das Imperium in einem heiklen Zustand. Ausländische Feinde versuchen, seine Schwäche auszunutzen, verbitterte Verlierer wollen sich zurückholen, was ihnen einst gehörte, und im Schatten lauern die Violette Hand und andere Kulte, die das Imperium in ein Reich des Chaos verwandeln wollen.

Lang leben die von Wittgendorfs!

Auch wenn im Imperium relativer Frieden herrscht, gibt es immer noch Probleme, die die Charaktere auf die Probe stellen. Nachdem sie die unzähligen Intrigen vereitelt und Karl-Franz gerettet haben, wird einer der Charaktere (der Doppelgänger Kastor Lieberungs, sofern noch am Leben) zum Baron ernannt und erhält die Ländereien und die Burg der verstorbenen Familie von Wittgenstein sowie 20.000 *GK*. Es liegt jedoch an ihnen, das Land wiederherzustellen und es profitabel zu machen. Benachbarte Adelige könnten ihnen das übelnehmen, auch wenn sie Helden sind. Während Privatkriege nach dem Aufruhr verpönt sind, gibt es andere Möglichkeiten, jemandem das zu nehmen, was er hat, vor allem wenn er beginnt, das Gebiet wieder aufzubauen und Begehrlichkeiten zu wecken.

Abgesehen von der imperialen Politik hat die lange, dunkle Herrschaft der Familie von Wittgenstein ihre Spuren in der neuen Wehrstadt der Charaktere hinterlassen. In den Ruinen der alten Burg mögen noch viele Geheimnisse schlummern, und vielleicht haben die Skaven nicht das Interesse verloren, sie zu finden. Viele der Wittgensteiner waren selbst Mutanten, und ihre Provinz wurde zum willkomenen Ort für viele Verdorbene. Reinigen die neuen Herren sie mit Feuer, oder haben ihre Erfahrungen ihr Herz zumindest für einige der Betroffenen erweicht? Und was, wenn eifersüchtige Rivalen Gerüchte über ihre Toleranz an die Hexenjäger weitergeben?

KAPITEL 7
DER WECHSELBALG

DER WECHSELBALG IN DAS IMPERIUM IN TRÜMMERN

In **Der Feind im Schatten** wurde versprochen, dass der Wechselbalg in **Das Imperium in Trümmern** eingesetzt werden könnte, um die Dinge weiter zu verkomplizieren. Dass ein Dämon des Tzeentch kapriziös ist, sollte sich von selbst verstehen, aber von allen Dienern des Großen Mutators ist der Wechselbalg vielleicht der spitzbübischste und einfallsreichste, mit einem Talent für Gestaltwandeln und das Annehmen alternativer Identitäten, das selbst Gideons vielfältige Metamorphosen in den Schatten stellt. Aber wenn man bedenkt, dass der Wechselbalg ein Diener des Tzeentch ist und über Fähigkeiten zur Gestaltveränderung verfügt, was könnte er dann zum Verlauf des Abenteuers beitragen, was Gideon nicht kann?

DER WECHSELBALG

Der Wechselbalg verkörpert den Betrüger-Aspekt Tzeentchs. Er kann die Gestalt anderer Wesen annehmen, von winzigen Insekten bis hin zu Großen Dämonen. Niemand außer Tzeentch kennt die wahre Gestalt des Wechselbalgs, selbst der Wechselbalg hat sie vergessen.

Der Wechselbalg ist ein vollendeter Schelm, der die Götter des Chaos durch seine Streiche und Pläne gegeneinander aufhetzt. Einmal förderte er den Krieg zwischen Nurgle und Slaanesh, indem er die Gestalt einer Dämonette annahm und die silbernen Äpfel des Wissens aus dem Palast der Freude stahl. Dann verwandelte sie sich in die Gestalt eines Pestträgers und ließ die Früchte in Nurgles Garten verfaulen. Er versiegelte den Eingang zu Khornes Zitadelle, als der Blutgott auf einem Feldzug war, und zwang Khorne dazu, seine eigenen stolzen Tore zu zerschlagen, als er zurückkehrte.

Auch wenn Tzeentch gerne die Lorbeeren für die Pläne des Wechselbalgs einheimst, werden nur wenige der Abenteuer des Dämons auf Anweisung seines Gönners durchgeführt. Dass viele seiner Streiche zu schrecklichen Kriegen geführt haben, ist dem Wechselbalg egal. Er liebt die Zwietracht des Konflikts, denn sie bietet die Gelegenheit zur Bestürzung. Er gibt sich als Boten und Generäle aus, um die Strategie zu stören, wo immer es geht.

DER WECHSELBALG VON TZEENTCH

B	KG	BF	ST	WI	I	GW	GS	IN	WK	CH	LP
4	60	40	30	30	65	60	35	75	70	20	16

Eigenschaften: Ablenkend, Dämonisch 8+, Dunkelsicht, Formloses Schrecken, Furcht 2*, Instabil, Korrumpiert (moderat), Waffe +11, Zauberer (Tzeentch)

FORMLOSER SCHRECKEN

Diese Eigenschaft besitzt nur der Wechselbalg. Kein anderes Wesen irgendwo besitzt sie, außer vielleicht Tzeentch selbst. Einmal pro Runde kann sich der Wechselbalg augenblicklich in eine exakte Kopie einer anderen Kreatur verwandeln; entweder in eine typische Kreatur seines Volkes, wie sie im Bestiarium des **WFRS** beschrieben ist, oder in ein bestimmtes Individuum, das der Wechselbalg eine Anzahl von Stunden lang studiert hat, die dem Intelligenz-Bonus der Kreatur entspricht.

Wenn der Wechselbalg eine Gestalt annimmt, erhält er sofort alle Standard-Eigenschaften dieser Kreatur. Darüber hinaus kann er die Werte der Zielkreatur anstelle seiner eigenen verwenden. Wenn er sich als ein Individuum ausgibt, hat er vollen Zugriff auf alle Fähigkeiten des Individuums, aber nicht auf seine Erinnerungen.

GIDEON ALS ASPEKT DES WECHSELBALGS

Der einfachste Weg, den Wechselbalg in **Das Imperium in Trümmern** zu nutzen, wäre, Gideon als Aspekt des anderen Dämons einzusetzen. Gideon ist ein mächtiger Gestaltwandler-Dämon des Tzeentch, aber er ist weit weniger mächtig als der Wechselbalg.

In diesem Fall könnte der Wechselbalg selbst kompromittiert worden sein, von Tzeentch verflucht oder durch das Wirken eines anderen Chaosgottes behindert worden sein. In diesem Szenario ist Gideon eine schwache Projektion des Wechselbalgs und arbeitet relativ inkognito. Das Ritual am Ende von **Das Imperium in Trümmern** zielt nicht nur darauf ab, Sheerargetru zu befreien, sondern den Wechselbalg wieder in seine volle Macht zu bringen. Sein Erscheinen in der Volkshalle wird dem Finale noch mehr Chaos und Verwirrung verleihen.

DER WECHSELBALG ALS RIVALE VON GIDEON

Eine andere Möglichkeit, wie der Wechselbalg eingesetzt werden könnte, ist als Rivale von Gideon. Tzeentch mag zwar der Schutzherr beider Dämonen sein, aber das bedeutet nicht, dass sie zwangsläufig für dieselben Ziele arbeiten. Tzeentchs Pläne sind so unaussprechlich und labyrinthisch, dass es plausibel ist, dass selbst seine dämonischen Diener gegeneinander ausgespielt werden, um einem größeren Plan zu dienen.

Als Rivale von Gideon könnte der Wechselbalg die Beschwörung von Sheerargetru verzögern, unterlaufen oder verhindern wollen. Es gibt mehrere Möglichkeiten, wie er das tun könnte.

Er kann die Gestalt eines Besatzungsmitglieds der ‚Carroburg' annehmen und dafür sorgen, dass das Schiff mit Problemen, Lecks, Versorgungsengpässen, mysteriösen Todesfällen und anderen Pannen zu kämpfen hat.

Er kann die Gestalt von Wächtern oder Soldaten annehmen, die im Dienst von Marius Leitdorf oder Gräfin Emmanuelle von Liebwitz stehen. Diese Leute können versuchen, die Charaktere aufzuhalten, indem sie sie enttarnen, wenn sie versuchen, sich in Streissen oder Nuln durchzuschleichen oder zu verstecken. Sie können auch wilde Denunziationen ausstoßen und die Charaktere beschuldigen, mit dem Sudenland (bei Emmanuelle) oder den Alptraums (bei Leitdorf) zu sympathisieren.

Er könnte die Gestalt von Cruzzik Gackerspuck oder einem der anderen Anführer des Tollkropf-Klans annehmen und dafür sorgen, dass die Goblins den Charakteren auf ihrem Weg durch die Schlucht noch mehr Widerstand leisten.

DER WECHSELBALG ALS EIN VERBÜNDETER VON GIDEON

Der Wechselbalg könnte den größten Einfluss auf das Abenteuer haben, wenn er Gideon hilft und dafür sorgt, dass das Ritual zur Beschwörung von Sheerargetru so gut wie möglich abläuft. Der Wechselbalg wird versuchen, die Charaktere dazu zu bringen, während ihrer Reise verderbte Gegenstände zu finden, die Sheerargetru stärken, wenn er sich in der Volkshalle manifestiert.

Der Wechselbalg bekommt vier Gelegenheiten, die Charaktere während ihrer Rückreise mit dem Hammer auf diese Weise zu beeinflussen. Bei jeder dieser Gelegenheiten weicht der Wechselbalg dem Charakter mit Ghal Maraz aus und verlässt das Gebiet schnell, wenn Ghal Maraz aufgeladen wurde.

In jeder Taverne oder jedem Gasthaus, in dem die Charaktere auf dem Rückweg Halt machen, manifestiert sich der Wechselbalg als Glücksspieler namens Rudi Böttcher. Rudi sieht niedergeschlagen und verzweifelt aus, mit feuchten Augen, die ständig den Tränen nahe zu sein scheinen.

Er versucht, die Spieler zu einer Partie Rote Imperatorin zu verpflichten, aber er hat eine Pechsträhne und bald ist alles, was er zum Spielen hat, eine alte Medaille, die seinem Großvater von einem Estallianerherzog verliehen wurde. Die Medaille ist aus Gold, trägt ein magisches Symbol und ist 2 Goldkronen wert, wenn sie verpfändet wird. Die Medaille ist in Wirklichkeit ein magisches Artefakt, das die Winde der Magie anzieht und dem Träger +1 EG auf alle erfolgreichen Würfe zum Kanalisieren gibt.

Benni Kurzhügel ist ein reisender Kräuterkundiger der Halblinge, der die Charaktere auf der Straße oder am Fluss überholt. Er hat zerzaustes, rotes Haar, ihm fehlen alle Schneidezähne und er bietet ihnen einen Rabatt auf eine Kiste mit sechs Heiltränken an. Normalerweise würde das 3 Goldkronen kosten, aber Benni ist stolz auf sein neues Rezept und sagt, dass man die Kiste für eine einzige Krone kaufen kann. Wenn einer der Charaktere verletzt ist, demonstriert Benni sogar die Wirksamkeit seiner Tränke an ihm. Die Heiltränke sind alle wirksam, aber die fünfte Flasche in der Kiste ist mit dämonischem Wundsekret gefüllt und sollte auf keinen Fall getrunken werden.

Der Wechselbalg zeigt sich am Wolfshügel als alternder Veteran namens Gerd Heideck. Gerd ist ein Mann mit gebeugtem Rücken und Glatze und einem tief eingefallenen Gesicht. Seine rechte Wange ist eine Masse aus Narbengewebe und sein rechtes Auge fehlt. *„Explodierte Muskete"* erklärt er jedem, der fragt. Auf dem Hügel hat er ein Artefakt gefunden, einen zierlichen Stein, in den ein Spiraldiagramm eingraviert ist. *„Du solltest es aufbewahren"*, sagt er zu einem der Charaktere. *„Diese Dinger wurden von denen zurückgelassen, die diese Oghamsteine errichtet haben, es wird dir Glück bringen."* Der Stein bringt tatsächlich Glück, denn der Charakter, der es trägt, erhält bis zur Manifestation von Sheerargetru einen zusätzlichen Glückspunkt pro Sitzung.

Vroni Dachdecker ist eine junge Hausiererin, die in der Nähe von Altdorf unterwegs ist. Sie ist ein kurzgewachsenes Mädchen mit einem ausgeprägten Hinken, die Pfeile, Geschosse und Schleuderkugeln verkauft. Wenn die Charaktere Pfeile oder Geschosse benötigen, verkauft sie ihnen einen vollen Köcher, dessen Geschosse mit leuchtend blauen Federn geschmückt sind.

Diese Gegenstände haben alle eine rituelle Bedeutung für die Beschwörung eines Dämons, und wenn sie bei der Beschwörung von Sheerargetru dabei sind, beeinflussen sie die Beschwörung auf folgende Weise.

Gegenstand vorhanden	Punkte
Magisches Medaillon	+2
Fläschchen mit dämonischem Wundsekret	+1
Glückszeichen der Mystiker-Spirale	+1
Pfeile mit den Federn eines Herrschers des Wandels	+2

DER WECHSELBALG ALS HEROLD DES KRIEGES

Der Wechselbalg darf keinen direkten Anteil an den Ereignissen des Abenteuers haben, solange er noch beschäftigt ist. In vielen Provinzen des Imperiums sind die Diener des Tzeentch eingebunden, dafür zu sorgen, dass der Aufruhr so schnell und so intensiv wie möglich voranschreitet.

Der Krieg bahnt sich schon seit einiger Zeit an, aber trotzdem ist es nicht einfach, alte Bündnisse aufzubrechen, Pflugscharen zu Schwertern zu schmieden und Armeen ins Feld zu schicken. Dank der Bemühungen der Violetten Hand und ihrer Mitverschwörer in den verschiedenen Augenkulten im ganzen Imperium droht die Nation viel schneller in Gewalt zu versinken, als ein Beobachter es sich vorstellen kann, aber ein gestaltwandelnder Dämon kann die Lage noch verschlimmern.

Im Laufe von **Das Imperium in Trümmern** können die Charaktere in Gesellschaft vieler intriganter Adeliger sein, die Hinweise darauf fallen lassen könnten, dass sie oder die Menschen um sie herum von einem Gestaltwandler manipuliert wurden.

Auf der Himmelswolf

Baron Heinrich, kurz nachdem er die Figuren mit der Himmelswolf abgeholt hat: *„Es lief alles so gut. Ich hatte Hans von Tasseninck gerade davon überzeugt, dass die Krieglitzes es ernst meinten mit ihrem Wunsch, Brücken zu bauen und eine gründliche Untersuchung über den Tod des Kronprinzen durchzuführen. Ich hatte ihn dazu gebracht, ein Ende aller Grenzstreitigkeiten zu fordern und sogar jeden seiner Vasallen zu bestrafen, der sich weigerte, von weiterer Gewalt abzulassen. Dann, wie aus dem Nichts, stürmte Gustav von Krieglitz selbst in den Saal, packte die Krempe von von Tassenincks Hut und riss sie ihm über das Gesicht, wobei er die ganze Zeit über den Lohn der Verleumdung schrie. Das beendete wirklich jede Hoffnung auf ein konstruktives Ergebnis. Ich tat alles, was ich konnte, um Hans zu beruhigen, und ging dann los, um Gunther meine Meinung zu sagen, aber er leugnete, den anderen Mann auch nur angefasst zu haben oder überhaupt die Kammer betreten zu haben. Aber Verena ist meine Zeugin, ich habe ihn mit meinen eigenen Augen gesehen."*

In Middenheim

Vieran Thugenheim, zu einem Middenheimer beim Empfang im Middenpalast, und nur, wenn der Charakter erfolgreich lauschen kann: *„Die Informanten des Barons gehören zu den besten in der Branche, aber wenn dieser Gausser so handeln kann, wie er zu handeln scheint, muss er ständig und genau Informationen erhalten. Wir haben schon mehrmals Ritter ausgesandt, um Flüchtende aus dem Nordland abzufangen, und jedes Mal sind sie uns entwischt. Sie sind sogar in der Lage, unsere Schwadronen zu umgehen und Bauernhöfe und Dörfer zu verwüsten, während wir nur Schatten hinterherjagen."*

Auf der Militärparade

Die Charaktere können möglicherweise das folgende Gespräch zwischen dem Doppelgänger des Imperators und Immanuel-Ferrand belauschen:

Der Doppelgänger des Imperators: *„Das ist ein beeindruckender Aufmarsch, aber ich werde das Gefühl nicht los, dass wir ein bisschen zu wenig Männer haben."*

Immanuel-Ferrand: *„Ein großer Teil der Truppen der Stadt ist immer noch damit gebunden, die Situation in Übersreik unter Kontrolle zu bringen, Majestät, und eine Reihe von Ritterorden hat es abgelehnt, daran teilzunehmen, da sie geschworen haben, den Tiermenschen und Goblins zu trotzen, von denen sie behaupten, dass sie sich im Reikwald in immer größerer Zahl versammeln."*

Der Doppelgänger des Imperators: *„Das mag sein, aber ich hatte trotzdem gedacht, dass mehr Truppen aus dem weiteren Reikland aufmarschieren würden. Wo ist das Kontingent der Grunberger und ... wie heißt er noch ... der Graf von Bögenhafen?"*

Immanuel-Ferrand: *„Von Saponatheim? Im Westen! In der Nähe von Helmgart."*

Der Doppelgänger des Imperators: *„Was in Sigmars Namen macht er denn da? Wir sind doch nicht im Krieg mit Bretonia, oder?"*

Immanuel-Ferrand: *„Unter uns gesagt, das sind wir vielleicht schon. Er behauptet, im Besitz von Informationen zu sein, die darauf hindeuten, dass der Herzog von Pavarron eine Abmachung mit den Monstrositäten der Blutfeste getroffen hat und sie planen, sich zu verbünden."*

Das Double des Imperators: *„Bei allen Göttern. Welch Schwachsinn!"*

In Averland und Nuln

Überall, wo die Charaktere auf ihrer Reise Halt machen, wird es ähnliche Geschichten geben. Militärische Kräfte werden durch unheimlich präzise oder furchtbar irreführende Informationen genau dorthin gelenkt, wo sie sein müssen oder auch nicht sein dürfen, damit sich der Krieg viel schneller und heftiger entwickelt, als er es sonst könnte. Regimenter, die sich auf Manövern befinden, kommen zur gleichen Zeit in Dörfern an, wie Plünderer, die sich auf sie stürzen wollen, Wagenzüge werden von Tiermenschen oder Goblins überfallen, Feindseligkeiten zwischen Adeligen werden erklärt, bevor sie überhaupt wissen, dass sie ihre Gefolgsleute zu gewaltigen Kapazitäten aufgebläht haben.

In den Nachwehen von **Das Imperium in Trümmern** können die Charaktere beschließen, diesen Geschichten nachzugehen, und in vielen Fällen werden sie feststellen, dass die Hauptmänner, Quartiermeister und adeligen Fürsten, die den Krieg geführt haben, nicht in der Lage sind, Glücksfälle oder verschärfende Umstände zu erklären, die zu dem Konflikt beigetragen haben.

KAPITEL 8
OMINÖSE BEDROHUNGEN

Im Laufe von **Der Innere Feind** werden die Charaktere mit einigen der heimtückischsten und schrecklichsten Bedrohungen konfrontiert, die es gibt. Von dämonischen Wesen unter den Straßen von Bögenhafen bis hin zu übermächtigen Rattenogern haben die Charaktere alles überwunden. Mittlerweile fühlen sie sich ihrer Kampffähigkeiten vielleicht sogar ziemlich sicher.

Dieses Kapitel ist dazu da, sie von solchen Vorstellungen zu befreien und ihnen zu zeigen, dass die wahre Gefahr nie weit entfernt ist. Von den Abhängen des Schwarzen Gebirges bis zu den Mauern von Diesdorf werden sie von Bedrohungen verfolgt, die einem jeden gepriesenen Helden des Imperiums einen Schauer des Entsetzens über den Rücken jagen und einen Pfad aus Zerstörung und Blut durch ganze Armeen ziehen würden.

HOCHMUT VOR DEM FALL

Das ist alles schön und gut. Mittlerweile sind die Charaktere ziemlich erfahren und verdienen es, sich kompetent und sogar mächtig zu fühlen. Zwar kann ein Armbrustbolzen auch den stärksten Krieger kritisch verletzen, aber Bedrohungen, die die unglücklichen Seelen, die in **Der Feind im Schatten** über Kastor Lieberungs Leiche stolperten, abgeschüttelt hätten, würden nun für die meisten Gruppen kaum noch eine Bedrohung darstellen.

Das ist absolut angebracht, ja sogar unerlässlich. Agenten von mächtigen Leuten, die das Imperium selbst retten wollen, sollten sich kompetent genug fühlen, um zumindest eine Chance zu haben, ein solch hehres Ziel zu erreichen. Allerdings kann eine solche Gruppe auch etwas nachlässig werden, wenn es um die Gefahren der Alten Welt geht. Im Vertrauen auf ihre Fähigkeiten und vielleicht mit ein oder zwei Schicksalspunkten im Schlepptau können sie den Goblins, Tiermenschen und Fanatikern die Stirn bieten, die sie während **Das Imperium in Trümmern** angreifen. Während der Endkampf mit Sheeragetru selbst die erfahrensten Charaktere auf die Probe stellt, können sich deine Spieler ansonsten in Sicherheit wähnen.

CAVEAT EMPTOR

Die hier aufgelisteten Kreaturen sind besonders gefährlich und eignen sich vor allem im Fall des Riesensquigs und des Untoten Kolosses eher als Gegner für Armeen als für Gruppen von abenteuerlustigen Vagabunden. Es werden zwar Vorschläge gegeben, wie diese Bestien in der Kampagne sinnvoll eingesetzt werden können, aber es ist doch Vorsicht geboten.

Erinnere dich daran, dass es dein Ziel als SL sein sollte, dass alle am Tisch Spaß haben, auch du. Das solltest du gemeinsam mit deinen Spielern erreichen, und außer wenn du dich in die Gedanken eines feindlichen NSC hineinversetzt, solltest du deinen Spielern gegenüber nicht feindselig sein. Die Gruppe mit einer unerwarteten und überwältigenden Bedrohung auszulöschen, mag kurzzeitig aufregend erscheinen, ist aber nicht dramatisch und sorgt nicht für ein befriedigendes Spiel. Gib deinen Charakteren die Mittel, um erfolgreich zu sein, und gib ihnen die Möglichkeit, nach eigenem Ermessen erfolgreich zu sein oder zu scheitern ... lass sie nicht von vornherein scheitern.

Schauriger Schrecken

Hungerspuke sind gefürchteter als fast alle anderen schrecklichen Dinge, die das Hinterland der Alten Welt heimsuchen. Sie klammern sich an die riesigen Weiten der Leere, die viele stärker besiedelte Regionen umgeben, und ihre schrillen Schreie hallen durch die Gebirgszüge und die kalten Tundren des Nordens. Sie sind weder lebendig noch tot, sondern befinden sich in einem Grenzbereich zwischen beidem. Die instabile, korrumpierende Magie von *Dhar* umgibt die Bestien, und selbst der eigensinnigste Nekromant weiß, dass es fast immer töricht ist, zu versuchen, einen Hungerspuk zu binden, trotz der offensichtlichen Vorteile, die es mit sich bringen würde, ihn zu kontrollieren. Tatsächlich werden Hungerspuke von allen gefürchtet, mit Ausnahme der Oger, die keine besondere Meinung von den Biestern haben und anscheinend auch nicht oft von ihnen angegriffen werden.

Viele Mythen besagen, dass Hungerspuke die Überreste derer sind, die ihre Gefährten erschlagen und verschlungen haben, um zu überleben, während sie in der Wildnis gestrandet sind. Andere sagen, dass dies zwar auf die ersten Hungerspuke zutreffen mag, dass aber die meisten, die es heute gibt, sicherlich Opfer der Kreaturen sind, die sich weigerten zu sterben, sondern mit dem sehnsüchtigen Hunger ihrer Angreifer infiziert wurden. Wie auch immer, sie sind wirklich schrecklich anzusehen: ein klaffender Haufen aus messerscharfen Zähnen, totem Fleisch und frostdurchsetzten Klauen, die alles warme Fleisch, das sie finden, zerreißen und verschlingen.

Es heißt, dass Hungerspuke in den schlimmsten Wintern, wenn die Schneeverwehungen ganze Hütten ersticken und die bittere Kälte selbst in den wärmsten Herd eindringt, von ihren eisigen Gipfeln und windgepeitschten Ebenen herabsteigen, um die Dörfer der Alten Welt zu terrorisieren.

Begegnung mit einem Hungerspuk

Hungerspuke suchen nur die kältesten und abgelegensten Orte in der Alten Welt heim. Es ist bekannt, dass einige von ihnen in den höchsten Gipfeln des Schwarzen Gebirges hausen, und sollte ein unvorhergesehener Schneesturm über die Charaktere hereinbrechen, kann es gut sein, dass sie in oder um den Nachtfeuerpass auf einen solchen treffen.

Hungerspuke

Schreckliche, halb lebendige Kreaturen, die die furchterregenden Höhen und Wildnisse der Welt heimsuchen. Anstelle von Beinen liegt eine höhlenartige Wunde offen wie ein klaffender Schlund. Zu einer Ewigkeit mit unstillbarem Hunger und bitterer Kälte verdammt, sind sie ein Feind ohne Gnade.

B	KG	BF	ST	WI	I	GW	GS	IN	WK	CH	LP
6	65	-	50	50	30	40	10	25	50	10	40

Eigenschaften: Biss +9, Champion, Dunkelsicht, Eisiger Griff, Entsetzen 2, Größe (Groß), Heimlich, Immun gegen Psychologie, Immunität (Kälte), Magisch, Rüstung 4 (9), Schutz 8+, Vampirisch, Waffe (Eisige Klauen) +13

Fleischgewordener Verrat

Die Verfluchten Ettins sind eine Spezies monströser Bestien, die größer sind als selbst der größte Oger und von einem Zorn und Hass besessen sind, der seinesgleichen sucht. Es heißt, dass diese üblen Kreaturen vor langer Zeit sterbliche aus Norsca waren, die den Verderbten Mächten dienten und davon mächtig profitierten. Als jedoch der Tag kam, an dem sie in die weichen Länder des Südens eindringen wollten, zogen es die Vorfahren der Verfluchten Ettins vor, die Länder ihrer Nachbarn zu plündern, die dem Ruf zu den Waffen gefolgt waren.

Vielleicht als Beweis dafür, dass es auch unter den Dienern der dunklen Götter Loyalität gibt, wurde ein Fluch auf die Verräter gelegt und die Verfluchten Ettins wurden geboren. Alle, die seitdem den Weg der Kreaturen kreuzten, starben in einem Blutrausch oder flohen, um anderen von den schrecklichen Riesen zu erzählen.

Begegnung mit einem Ettin

Die Kreaturen kennen keinen Meister, außer denen, die sie (oft nur vorübergehend) durch Magie binden können. Sollte die Violette Hand in Altdorf die Bedrohung, die die Charaktere für ihre Planungen darstellen, wirklich erkennen, dann werden entweder Zuntermein oder Wassmer eine solche Bestie auf sie hetzen.

Bei Zuntermein wird die Attacke erfolgen, während die Charaktere nicht in Altdorf sind, sondern vielleicht auf Burg Reikwacht oder weiter südlich. Wenn Wassmer angreift, dann immer dann, wenn er die Gelegenheit dazu sieht, zum Beispiel, wenn die Charaktere ihn nach dem Attentat verfolgen. Wie der ehemalige Gesetzesrat es geschafft hat, eine solche Bestie in die Stadt zu schmuggeln, ist eine andere Frage.

In jedem Fall ist ein Verfluchter Ettin ein schrecklicher Gegner, der die meisten Gruppen herausfordern wird.

Verfluchte Ettins

Enorme Kreaturen aus verdrehtem Fleisch und hasserfüllter Seele. Die Verfluchten Ettins sind die Überbleibsel eines einst mächtigen Stammes, der die Gunst der Dunklen Götter verloren hat. Jetzt durchstreifen sie das Land und dienen keinem Meister, sondern versuchen, ihre endlose Wut in einem Strom aus Blut und pulverisierten Knochen zu stillen.

B	KG	BF	ST	WI	I	GW	GS	IN	WK	CH	LP
6	45	35	65	65	20	30	15	25	40	10	88

Eigenschaften: Dunkelsicht, Entsetzen 1, Größe (Enorm), Hass (Alle), Regenerieren, Rüstung 3 (9), Waffe+11

Fähigkeiten: Fernkampf (Werfen) 45, Nahkampf (Waffenlos) 70, Wahrnehmung 30,

Hammerhand: Verfluchte Ettins besitzen oft einen einzigen, gewaltigen Arm, mit dem sie vernichtende Schläge austeilen. Alle Kritischen Treffer, die von einem verfluchten Ettin zugefügt werden, erhöhen ihren Schweregrad um +30.

Optional: Ablenken (Ein zweiter Kopf ist entstanden, der ununterbrochen plappert), Rüstung 5 (11), Zauberer

Preis der Gruben

Ein Squigkoloss ist ein Tier, das durch große Ausdauer oder einfaches Vergessen nie aufgehört hat zu wachsen. Meistens werden sie von besonders ehrgeizigen Goblin-Schamanen gezüchtet, aber auch wilde Exemplare tauchen gelegentlich aus unbekannten Höhlen auf, nachdem sie ihre kleineren Verwandten verschlungen haben. Aus der Ferne sehen sie zwar etwas lächerlich aus, aber aus der Nähe sind sie alles andere als das: Sie verschlingen ganze Regimenter von Pikenieren, bevor sie davonhüpfen, um hinter ihren eigenen Linien Verwüstung anzurichten.

Begegnung mit einem Squigkoloss

Es gibt viele Intrigen unter den Goblins des Tollkropf-Klans, und vielleicht hat einer von ihnen (höchstwahrscheinlich Gackerspuck oder einer seiner Lakaien) eine solche Bestie für den Tag gezüchtet, an dem sie endlich ihren rechtmäßigen Platz an der Spitze der Grünhäute einnehmen. Nach der großen Flut, die auf die Bergung des Hammers durch die Charaktere folgt, werden die Barrikaden weggespült, die die große Bestie zurückhielten. Der große Squig taucht blinzelnd und hungrig auf, um die Charaktere herauszufordern, während sie sich auf den Rückweg zum Nachtfeuerpass machen.

Squigkoloss

Stumpfsinnige Bestien mit einfachen Begierden, doch Squigkolosse sind schwer zu kontrollieren. Die meisten dienen kurzzeitig als Lieblingstier eines ehrgeizigen Goblin-Schamanen, bevor sie entkommen; manche, nachdem sie ihren ehemaligen Herrn verschlungen haben. Sie sind ihren kleineren Vettern sehr ähnlich, abgesehen von der offensichtlichen Tatsache, dass sie viel, viel größer sind.

B	KG	BF	ST	WI	I	GW	GS	IN	WK	CH	LP
6	65	–	70	50	10	30	–	6	20	–	76

Eigenschaften: Größe (Enorm), Hüpfen, Nachtsicht, Tierhaft, Waffe (Schlabbermaul) +11

Unschöner Abgang: Beim Tod brechen die Sehnen und die allgemeine Muskelspannung zusammen, die einen Squigkoloss zusammenhält und damit auch die Kreatur. Jeder, der sich im Umkreis von 3 Metern um einen Squigkoloss befindet, wenn dieser stirbt, muss einen **herausfordernden (+0)** ***Ausweichen*-Wurf** ablegen oder 2W10 Lebenspunkte verlieren, die durch Widerstand und Rüstungspunkte auf mindestens 1 modifiziert werden können.

Trampelnde Gräber

Eine grauenhafte Verschmelzung nekromantischer Macht und unnatürlicher Fertigungsqualität. Nur eine Handvoll Nekromanten in der Geschichte der Alten Welt waren in der Lage, eine der Abscheulichkeiten zu erschaffen, die als Nekrofex-Koloss bekannt sind. Diese gewaltigen Konstrukte aus Blut, Knochen, Metall und Leichen sind ein furchterregender Feind, der die nekromantischen Fähigkeiten seines Erschaffers unter Beweis stellt.

Wie wandelnde Belagerungstürme strahlen sie ein Miasma tödlicher Energien aus, das die Winde der Magie zu einem wahren Orkan peitscht, wo immer sie auftauchen. Aus den eisernen Käfigen, die ihren Rahmen bilden, greifen die Klauen von untoten Leichen nach jedem, der ihnen zu nahe kommt. In dem unwahrscheinlichen Fall, dass ein Nekrofex-Koloss zerstört wird, schwärmen die Untoten (oder zumindest die, die noch intakt genug dafür sind), aus der zerbrochenen Hülle aus. Wütend über die Qualen ihrer früheren Gefangenschaft verschlingen sie jedes Lebewesen, das sie erreichen können ... was schon oft die Jubelrufe derjenigen mit Blutbädern und Todesschreien beendet haben, die bereits das Fällen des Kolosses feiern wollten.

Begegnung mit einem Nekrofex-Koloss

Wenn du die optionalen Grabfürsten-Abenteurer in deiner Kampagne einsetzt, stellt der Nekrofex-Koloss den Gipfel dessen dar, was der Grabfürst erreichen kann. Tatsächlich eignet sich der Koloss eher für ein Schlachtfeld als für eine Begegnung auf der Straße, und das solltest du im Hinterkopf behalten, wenn du ihn nutzen willst.

Die zweite Belagerung Streissens (Seite 112) ist der ideale Gelegenheit, um diese Abscheulichkeit einzusetzen. Während Gräber seine Truppen zum Angriff versammelt, nähert sich eine schwerfällige Gestalt den Mauern und erhebt sich bald über diese. Sie beginnt, die Mauern einzureißen und schafft so die perfekte Öffnung für die Truppen des Grabfürsten, um vorzurücken, während er die Universität attackiert. Marius Leitdorfs Truppen können den Koloss eine Zeit lang beschäftigen, aber ohne das Eingreifen der Charaktere wird es Streissen sicher in Schutt und Asche legen.

Nekrofex-Koloss

Als Höhepunkt nekromantischer Reanimation ist der Nekrofex-Koloss ein gewaltiges Konstrukt aus Knochen, Muskeln, Sehnen und blasphemischer Macht. Nur wenige Nekromanten sind in der Lage, einen solchen Koloss zu erschaffen, und noch weniger sind in der Lage, ihn zu kontrollieren, wenn er einmal entfesselt wurde.

B	KG	BF	ST	WI	I	GW	GS	IN	WK	CH	LP
6	55	–	70	60	10	20	5	15	30	–	176

Eigenschaften: Ablenken, Dunkelsicht, Entsetzen 2, Größe (Monströs), Konstrukt, Magisch, Untot, Waffe+13

Durchdrungen vom Tod: Die nekromantische Magie, die den Koloss am (Un-)Leben erhält, verzerrt die Winde der Magie im Umkreis von 80 Metern um die Kreatur. Alle erfolgreichen Versuche, Zauber aus den Lehren des Todes oder der Nekromantie zu wirken, erhalten **+1 EG**. Die Macht dieses Wirbels des Todes ist so groß, dass Versuche, Zauber aus den Lehren von *Ghyran*, *Hysh* oder *Azyr* zu wirken, innerhalb von 80 Metern um die Kreatur einen Malus von -10 erleiden.

Garten der Leichen: Sollte der Koloss besiegt werden, kriechen 3W10 Zombies aus seinen Überresten und attackieren jedes Lebewesen in der Nähe.

Optional: Zauberer

KAPITEL 9
DER WEG ZUM SCHWARZFEUERPASS

Auch wenn im Verlauf von Das Imperium in Trümmern mehrere optionale Begegnungen für die Charaktere vorgestellt werden, kann es für SLs, die ihre Kampagne ausweiten wollen, nützlich sein, zusätzliche NSCs zur Hand zu haben, die sie nutzen können, während die Charaktere zum Schwarzfeuerpass reisen oder von dort zurückkehren. Zwei von ihnen werden hier vorgestellt: der Deserteur Gregor Smiesdorf und Zum Gelehrten, ein überraschend gut informierter Reisender, der vielleicht die Lücken füllen kann, mit denen die Spieler konfrontiert sind, die nicht wissen, wie alles zusammenpasst.

ALLES HINTER SICH LASSEN

Gregor Smiesdorf trat den Staatstruppen nicht aus einem besonderen Gefühl des Patriotismus heraus bei. Vielmehr nahm er den Schilling des Imperators aus dem einfachen Grund an, dass er den einen oder anderen Schilling bitter nötig hatte. Der Winter 2504 war besonders hart, und als vierter Sohn eines armen Bauern war Gregor der erste, der zur Tür hinausging, wenn die Vorräte zur Neige gingen. Er meldete sich bei den Staatstruppen an, die ihm ein warmes Bett und anständiges Essen boten, wenn auch nicht viel, was die Sicherheit betraf.

Gregor diente viele Jahre lang loyal und war in Kämpfe mit Tiermenschen, Orks und Schlimmerem verwickelt. Am häufigsten wird erzählt, dass er Markus Wulfhart, dem kaiserlichen Jagdmarschall, geholfen hat, Malathrax den Mächtigen zu erschlagen, einen Todesfeuerdrachen, der das Reikland einige Jahre lang geplagt hat. Das stimmt auf Umwegen - Gregor gehörte zu einer Einheit Pikes, die die Flanken nach Hinterhalten von Tiermenschen absuchte, während Wulfhart und seine Monsterjäger das Untier tatsächlich erschlugen.

Allerdings hat Gregor in all seinen Diensten noch nie eine Klinge gegen seine Mitbürger des Imperiums ziehen müssen, was er unglaublich bedauerlich findet. Als die zunehmenden Spannungen bekannt wurden und ein Bürgerkrieg unvermeidlich schien, floh Gregor aus der Armee.

Seit seiner Desertion lebt er meistens in den Wäldern bei Diesdorf, nicht weit vom Heiligtum von Wolfshügel entfernt. Er ist ein geübter Waldarbeiter und mehr als fähig, den Tiermenschen, die den Wald durchstreifen, einen Schritt voraus zu sein. Er zieht dieses gefährliche Dasein dem Kampf mit seinen Kameraden vor, obwohl er fest damit rechnet, dass die Wälder irgendwann sein Ende sein werden. Obwohl erst ein paar Monate vergangen sind, ist er schon etwas erschöpft und verzweifelt genug, um einige vorbeiziehende Reisende zu überfallen, egal wie gut bewaffnet sie auch sein mögen. Trotzdem gefällt Gregor das Banditentum nicht, und er wird kein Blut vergießen, es sei denn, um sich selbst zu verteidigen.

GREGOR SMIESDORF - DESERTEUR (MESSING 0)

B	KG	BF	ST	WI	I	GW	GS	IN	WK	CH	LP
4	34	41	31	37	28	45	55	40	31	45	15

Eigenschaften: Rüstung 2, Waffe (Schwert) +7, Fernkampf (Bogen) +6 (50)

Fähigkeiten: Athlethik 50, Klettern 41, Ausweichen 54, Ausdauer 47, Sprache (Kampf) 50, Nahkampf (Standard) 44, Spiel (Trommel) 60, Fernkampf (Bogen) 61

Talente: Unkenruf (Im Dienste des Hammers wird dein Blut vergossen), Robustheit, Lesen & Schreiben

Ausrüstung: Verunstaltete Uniform, Zelt, Decke, Gekerbte Handwaffe (Schwert), Verschimmelter Käse

Wenn die Charaktere befragt werden, finden sie in Gregor eine ausgezeichnete Informationsquelle über das Kommen und Gehen der Tiermenschen in der Nähe von Diesdorf, und er kann ihnen eine ungefähre Einschätzung der Streitkräfte von Drexol dem Aussterbenden geben, obwohl er Drexol selbst nicht kennt. Er ist ein fähiger Kämpfer, und wenn man ihm eine Bezahlung oder sogar eine gute Mahlzeit anbietet, wird er bei der Verteidigung des Heiligtums helfen.

Wenn du Gregor benutzt, dann ist der Grund für die Anwesenheit von Hauptfeldwebel Oldheim im Wald seine Suche nach dem Deserteur. Oldheim will nicht töten - er hat großen Respekt vor dem Mann und sieht seine Mitsoldaten als Familie an. Oldheim hofft, dass er Gregor vor der Schlinge retten kann, wenn er ihn dazu bringt, mit ihm zurückzukehren. Wenn die Träger von Ghal Maraz für Gregor bürgen würden, wäre dieser Ausgang umso wahrscheinlicher.

ZEITLINIE DES DÄMONS SHEERARGETRU, SEINE VERHÄNGNISVOLLEN TATEN UND SEINE GEFANGENSCHAFT

Alle Datumsangaben beziehen sich auf den kaiserlichen Kalender.

C. -5500 I.K.

Die Ankunft des Chaos. Sheerargetru betrat die Welt zusammen mit einer Horde seiner Brüder und tötete, korrumpierte und veränderte alles, was sie berührten. Selbst als die Länder von der Korrumpierung des Chaos überzogen wurden, als Warpstein vom Himmel regnete und Dämonen offen in der Welt wandelten, zogen sich die Zwerge in die Berge zurück. In jenen Zeiten waren ihre Götter noch bei ihnen und wandelten unter ihnen, und es war klar, dass sie große Waffen brauchten, um die Flut des Chaos zurückzuschlagen. Aus diesem Grund machte sich Smednir, der Sohn von Grudni und Former von Erz, daran, den größten Runenhammer zu schaffen, den es je gegeben hat.

Inzwischen hatte sich Sheerargetru als mächtiger Diener Tzeentchs etabliert, viel erobert und viele Zwerge und Elfen erschlagen, die törichterweise versucht hatten, ihre Heimat zu verteidigen. Der Dämon hatte mit seinen ersten echten Experimenten in der Kunst der Vorhersage begonnen und wurde dabei natürlich von seiner tzeentchischen Natur unterstützt. So sah er, was Smednir vorhatte, und erkannte die Fäden des Schicksals, die eine einfache Wahrheit buchstabierten - der Hammer würde Ghal Maraz heißen, und es würde das Ende von Sheerargetru sein. Der Dämon scheiterte mit seinem Versuch, den Hammer oder seinen Schöpfer zu korrumpieren, und anstatt die Launen des Schicksals zu riskieren, floh er weit weg von den Reichen der Zwerge.

C. -3000 I.K.

Sheerargetru war einer von vielen Dämonen, die im späteren Königreich Nehekhara zu Hause waren. Dort verführte, korrumpierte und verzerrte der Dämon alles, was er berührte, und fürchtete sich stets vor der Waffe, die er für seinen Fluch hielt. Der Dämon verharrte dort eine Zeit lang und gründete einen eigenen kleinen Kult. Schließlich verbündete sich eine Allianz von Wüstengöttern unter der Führung von Ptra, deren reinigendes Licht allen Dienern der Verderbten Mächte verhaßt war, gegen die Dämonen. Sheerargetru und alle seine Verwandten wurden aus der Wüste vertrieben und flohen in den hohen Norden. Sheerargetru ärgerte sich über diese Behandlung, aber er sah den Untergang voraus, der eines Tages über Nehekhara hereinbrechen würde, und lachte.

C. 50 I.K.

Wie viele seiner Artgenossen betrachtete Sheerargetru den Aufstieg Sigmars mit Abscheu und vielleicht auch mit einem Hauch von Angst. Das Imperium, das er in diesem Leben schmiedete, war eine Veränderung, ja, aber jeder Dämon von Tzeentch konnte sehen, dass es die Art von Ordnung bringen würde, die seine Art verabscheute. Sheerargetru hatte besonderen Grund, den Mann zu fürchten, denn er trug den verhassten Ghal Maraz bei sich, die Waffe, die dazu bestimmt war, den Dämon zu vernichten. Als Sigmar begann, aus den Seiten der Geschichte in die hohen Gefilde des Mythos und vielleicht sogar der Göttlichkeit zu treten, schlug Sheerargetru zu.

Der Dämon schickte Sigmar prophetische Träume, manche wahr, manche falsch, und lockte ihn weit weg von seinen Verbündeten. Ob Sigmar wusste, dass er in eine Falle gelockt wurde, ist umstritten, aber trotzdem war der erste Imperator selbst in seinen späteren Jahren dem Dämon gewachsen. Sie kämpften tief unter der Erde, und Sheerargetru wurde durch die Magie des Runenhammers und die Macht desjenigen, der ihn schwang, versiegelt. Danach wusste Sheerargetru nicht mehr, was aus Sigmar wurde, aber das Wissen, dass er von einem Sterblichen besiegt wurde, verfolgt ihn noch immer.

Sheerargetru verzweifelte an seinem Gefängnis und erkannte, dass es dem Schicksal direkt in die Hände gespielt hatte, als es Sigmar gegenüberstand. Es würde nicht noch einmal so töricht sein.

C. 150 I.K.

Die Zwerge, die sich der großen Herausforderungen bewusst sind, die auf sie zukommen werden, geben dem jungen Imperium einen weiteren Runenhammer. Da sie wissen, dass das Gedächtnis der Menschen kurz ist, gehen sie davon aus, dass der Hammer als Ghal Maraz bekannt sein wird, auch wenn die Ehre der Zwerge sie dazu zwingt, dies nicht zu sagen. Mit der Zeit bekommen sie Recht, und sogar der Hammer selbst scheint auf diese List hereinzufallen. Manchmal, wenn er zur Verteidigung des Imperiums und im Namen Sigmars eingesetzt wird, erhält er Kräfte, die kein Zwergschmied dieser Zeit ihm hätte verleihen können. Doch die Schande der Doppelzüngigkeit hält an und führte schließlich zur Gründung von The Chain, einer Gruppe von Zwergen, die eines Tages die Rückkehr des wahren Hammers unterstützen wird.

50-1152 I.K.

Das frühe Imperium. In den ersten Jahrtausenden der Gefangenschaft konnte Sheerargetru nur sehr wenig tun. Ghal Maraz war noch frisch, seine Kräfte mächtig, und der Dämon konnte nur unaufhörlich über sein Schicksal wüten. Mit der Zeit konnte er jedoch immer mehr von den Geschehnissen in der Welt wahrnehmen. Es sah, dass die Erben Sigmars zwar stark waren, sich aber oft stritten. Er stellte fest, dass die Mächte des Chaos zwar zurückgedrängt, aber kaum ausgelöscht wurden. Vor allem dachte sie darüber nach, wie töricht es war, Sigmar frontal gegenüberzutreten, und beschloss, in Zukunft eine subtilere Vorgehensweise zu wählen.

1248 I.K.

Aufgrund der Anwesenheit der Goldenen Todesmaske von Kharnut in Altdorf erwacht ein Dutzend Grabkönige und reist ins Imperium, um sie zu holen. Unter ihren Armeen befindet sich ein Gelehrter, Sadikur, der genug Verstand behalten hat, um eine Präsenz zu bemerken, als sie durch die Berge ins Imperium kamen. Obwohl er halb träumt, erinnert die Präsenz an ein Wesen, das in alten Texten aus den Tagen des nehekaranischen Mythos als mächtiges Wesen beschrieben wird, das große Veränderungen bewirken kann. Angetrieben von einem Willen, der nicht ganz seinem eigenen entsprach, zog Sadikur in den Krieg gegen das Imperium und kehrte nach Nehekara zurück, vergaß aber nie die Präsenz in den Bergen.

1359-1547 I.K.

Zeitalter der Kriege. Inmitten wachsender bürgerlicher Unruhen nach einer Erbfolge verschlingt der Krieg das Imperium. Sheerargetru sieht seine Chance und beginnt, die schwachen Bürger des Imperiums durch Träume, Prophezeiungen und Verlockungen zu beeinflussen. Die Botschaften des Dämons sind jedoch immer verstümmelt, und nur Bruchstücke dringen durch. Doch das reicht aus, um mehrere Kulte zu gründen, die einem gefangenen Gott gewidmet sind. Diese bilden nach mehreren Jahrhunderten des Wachstums und der Mutation die Neun Augen.

In dieser Zeit beginnt Sheerargetru, die Natur der Höhlen durch seine bloße Anwesenheit zu verzerren, indem die Winde der Magie sie brechen und verzerren. Dämonen und andere abscheuliche Kreaturen bevölkern die Höhlen und werden allmählich in die Lage versetzt, ihren Teil zu Sheerargetrus endgültiger Freiheit beizutragen.

Eine dieser Kreaturen, ein besonders ehrgeiziger Schrecken, erweist sich als besonders zuverlässig. Es wird schließlich die Gestalt von Gideon, einem Menschenkind, annehmen und in der Stadt Bögenhafen damit beginnen, die Schwächen des menschlichen Geistes zu testen (und die Möglichkeit, größere Dämonen zu beschwören).

1714 I.K.

Sheerargetru hat beschlossen, dass es das Beste ist, nicht erneut zu versuchen, dem Schicksal zu trotzen, sondern innerhalb seiner Fäden zu arbeiten. Der Dämon träumt von einem großen Schatz, der in seiner Höhle verborgen ist. Er will Ghal Maraz unbedingt loswerden, aber er weiß, dass, wenn der Zeitpunkt nicht stimmt, das Unkenruf schnell folgen wird. Adelfried Jarmund wird in die Höhle angelockt und dort gefangen gehalten.

2302 I.K.

Der Große Krieg gegen das Chaos. Sheerargetru schimpft darüber, dass er nicht teilnehmen kann, doch die zunehmende Sensibilität des Dämons für die Launen des Schicksals bedeutet, dass der endgültige Sieg des Imperiums über die Mächte des Chaos für ihn keine Überraschung ist.

Als Magnus jedoch das Imperium reformiert und die Magischen Orden gründet, erkennt der Daemon die Chance, die sich ihm dadurch bietet. Die Kollegs werden Altdorf zu einem Brennpunkt magischer Macht machen, dem perfekten Ort, an dem sie sich schließlich manifestieren kann. Als sich die Macht in Altdorf in einem Maße konzentriert, wie es seit Jahrhunderten nicht mehr der Fall war, jubelt Sheeragetru erneut. Ein einziger mächtiger Anführer ist leichter zu schwächen oder zu korrumpieren, eine Idee, die später das Ethos der Violetten Hand prägen wird.

2225 I.K.

Graf Heimholtz, Templergroßmeister der Ritter des Brennenden Sonnenordens, führt eine Armee des Imperiums an, um die nehekaranische Stadt Numas zu attackieren. Die Invasion wird zwar zurückgeschlagen, aber der Ruf zu den Waffen erweckt viele, darunter auch den Gelehrten Sadikur.

Da er nach dem Ende des Krieges nicht mit seinen Kameraden zur Ruhe kommen kann, folgt Sadikur stattdessen den fliehenden Resten von Heimholtz' Armee zurück ins Imperium. Sein langer Schlummer wurde von Träumen über die Präsenz geplagt, die er vor so langer Zeit in den Bergen gespürt hat, und er ist sich sicher, dass sie nur an Macht gewonnen hat. Der Gelehrte wird zwei Jahrhunderte lang nachforschen, um herauszufinden, wie mächtig der Dämon ist und was er bewirken könnte, wenn er kontrolliert werden könnte. Er wird das erste Wesen seit Jahrtausenden, das den Namen der Kreatur erfährt: Sheerargetru.

2304-2512

Als der Tag seiner Freiheit naht, nutzt Sheerargetru seinen Einfluss, um in die Träume ehrgeiziger Reichsbürger einzudringen, und beginnt durch sie langsam einen großen Kult des Tzeentch zu bilden. Diese Organisation wird als Die Violette Hand bekannt. Ihre Gründung ist so verworren und kompliziert wie der Kult selbst, aber durch sie hat Sheerargetru die Saat für seine Befreiung und vielleicht auch für seinen Untergang gelegt.

DER ZEITLOSE GELEHRTE

Die Geschichte von Nehekhara ist ein umfangreiches Thema, das selbst einen Gelehrten wie Quintus Fassbinder innehalten lässt. Es genügt zu sagen, dass das Land in alten Zeiten eine menschliche Zivilisation beherbergte, die ein leuchtendes Beispiel für Kunst, Kultur und Raffinesse war. Doch solche Zeiten können nicht von Dauer sein, und der Untergang Nehekharas kam schnell, als er kam. Der schreckliche Geisterbeschwörer Nagash verwüstete das Land, tötete einen Großteil der Bevölkerung und war gerade dabei, alle Toten der Nehekhara zu seinen Diensten zu erwecken, als er schließlich erschlagen wurde. Dieser halbfertige Zauber ließ im wahrsten Sinne des Wortes Untote entstehen, die sich nicht nur der Kontrolle des Nekromanten entzogen, sondern auch einen guten Teil ihres früheren Wesens bewahrten.

Sadikur der Wanderer

Sadikur ist ein solcher auferstandener Bewohner Nehekharas. Er war zu Lebzeiten ein gelehrter Gelehrter, da ist er sich sicher, aber Sadikur ist sich weniger sicher, was seine genaue Position war. Dafür sind viel zu viele seiner Erinnerungen an das Grab verloren gegangen. Im Herzen bleibt Sadikur jedoch ein Gelehrter. Als Sadikur vor einiger Zeit aus seinem Grab geholt wurde, um an einem Kriegszug gegen das Imperium teilzunehmen, spürte er etwas von Sheerargetrus Anwesenheit im Imperium und fand es seltsam vertraut. Damals war er sich seines eigenen Willens nicht bewusst genug, um der Frage nachzugehen, aber als er wieder aus seinem unruhigen Grab gerufen wurde, um einen Angriff des Imperiums auf Numas abzuwehren, wusste er, dass er nicht zurückkehren konnte, ohne nachzuforschen.

Das war vor zwei Jahrhunderten. Seitdem hat Sadikur gelernt, als lebender Mann durchzugehen, zumindest für diejenigen, die nicht zu genau hinschauen. Er trägt eine Maske aus bemaltem Holz, von der er manchmal behauptet, sie sei Teil seiner religiösen Beobachtungen, manchmal sagt er, sie verdecke die Narben einer schrecklichen Pocke. Seine Stimme ist trocken und rau, und trotz der zwei Jahrhunderte, die er im Imperium gelebt hat, riecht er noch immer nach Grab und Wüstensand. Unter verschiedenen Namen hat Sadikur im Laufe der Jahre an zahllose Gelehrte geschrieben, und sogar Quintus Fassbidner kennt ihn - wenn auch unter zwei verschiedenen Pseudonymen.

Sadikur teilt seine Zeit zwischen einem Dutzend verschiedener Kutschen auf, wo er als \"Der gemalte Wanderer\" bekannt ist, oft abgekürzt als \"Der Wanderer\".' Er musste noch niemanden töten, um seine wahre Natur geheim zu halten, aber er würde es ohne zu zögern tun. Er wird gerne über seine Nachforschungen sprechen, aber die lange Erfahrung hat ihn gelehrt, dass das Imperium diejenigen, die offen über Dämonen sprechen, nicht gerne sieht und darauf wartet, dass andere solche Angelegenheiten zuerst ansprechen.

Sadikur kann auf verschiedene Weise mit den Charakteren in Kontakt kommen. Quintus Fassbinder kann sie an den Gelehrten verweisen, obwohl er nur den Namen \"Der Wanderer\" kennt und weiß, dass er zu einem überraschend gut informierten Gelehrten des Tzeentch gehört, der häufig Briefe aus Kutschen im Averland schickt. Alternativ kann Sadikur die Charaktere kontaktieren, wenn sie offen über ihre Suche nach dem Hammer sprechen, denn er hat erfahren, dass Ghal Maraz in irgendeiner Weise mit Sheerargetru verbunden ist.

Bei Sadikur in Das Imperium in Trümmern

Sadikur ist ein nützliches Werkzeug, um die Informationslücken der Charaktere zu schließen. Wie es sich für Ereignisse rund um alte Prophezeiungen und gefangene Dämonen gehört, werden die Wahrheit und die Geschichte von Sheerargetru's Gefangenschaft eher angedeutet als direkt erklärt. Wenn die Charaktere jedoch in den Besitz von Ghal Maraz kommen und nicht wissen, dass sie damit einen Dämon befreit haben, kann Sadikur ihnen erklären, was vor sich geht. Die Charaktere sollten dem Wanderer aber auf jeden Fall Fragen stellen. Er sollte als sachkundiger Experte benutzt werden, der von den Neugierigen befragt werden kann, und nicht als Abkürzung, um Dinge zu erklären, die die Charaktere selbst hätten herausfinden müssen.

Sadikur ist kein unkomplizierter Verbündeter. Auch wenn er selbst nicht alles weiß, war Sadikur zu Lebzeiten ein Anbeter des Tzeentch und ein Mitglied des langanhaltenden Kults, den Sheerargetru gegründet hatte, bevor er aus Nehekhara vertrieben wurde. Die langen Jahre als unveränderlicher untoter Leichnam haben Sadikurs Verlangen nach ungezügelter Veränderung nur noch verstärkt. Wenn die Charaktere ihren einfachen Plan, Sheerargetru zu töten, darlegen, wird das etwas in Sadikur auslösen, und er wird vielleicht angreifen, besonders wenn er weiß, dass sie Ghal Maraz haben. Dieser Gefühlsausbruch wird Sadikur genauso überraschen wie die Spieler, aber wenn er einmal angefangen hat, wird er den Kampf bis zum bitteren Ende durchziehen.

DER WANDERER, SADIKUR VON NUMAS

B	KG	BF	ST	WI	I	GW	GS	IN	WK	CH	LP
4	62	54	45	61	20	28	31	60	55	32	20

Eigenschaften: Rüstung 2, Dunkelsicht, Champion, Furcht 1*, Untot, Waffe (Schwert) +8

Fähigkeiten: Wissen (Khemri 95, Nehekhara 80, Sheerargetru 70, Tzeentch 61), Sprache (Klassisch 70, Reikspeil 70), Nahkampf (Standard) 82

Talente: Umgangsformen (Lebende Menschen), Lesen & Schreiben, Mächtiger Schlag 2

Ausrüstungen: Bemalte Maske, Rubinierter Skarabäus im Wert von 100 GK, Nachforschen, 15GC 5/12

Hinweise: Dies gilt nur, wenn Sadikur seine Maske abnimmt.

Kapitel 10
Je gewaltiger sie sind

Abenteuerzusammenfassung

Je gewaltiger sie sind spielt in der Stadt Kenselheim, die fast überall im Imperium platziert werden kann. So kann sie in einen der Reiseabschnitte in **Das Imperium in Trümmern** eingefügt werden oder zu einem früheren Zeitpunkt der Kampagne in **Der Feind im Schatten** oder **Tod auf dem Reik**. Die Charaktere werden von einem Adligen angeheuert, um den Oger-Grubenkämpfer-Champion des örtlichen Magistrats auszuschalten, damit er den Magistrat zum Kampf herausfordern kann, um sein angestammtes Land zurückzuerobern.

Mentag der Oger ist ein furchterregender Gegner, also müssen die Charaktere genau überlegen, wie sie ihn besiegen können. Weniger erfahrene Charaktere müssen sich etwas einfallen lassen, um mit dem Oger fertig zu werden, während andere Mentag vielleicht durch bloße Waffengewalt besiegen können. Friedlich gesinnte Charaktere können das Abenteuer auch beenden, ohne in den Kampf zu ziehen.

Ankunft in Kenselheim

Die Charaktere kommen in Kenselheim während eines heftigen Regenschauers an, sind völlig durchnässt und fühlen sich kalt und elend. Eine in einen Umhang gehüllte, dürre Gestalt humpelt aus dem Wachhaus, als sie sich nähern, winkt sie aber nur durch, bevor sie wieder hineinhuscht. Als sie auf der Suche nach einem Gasthaus durch die Stadt gehen, hören sie ein dumpfes Dröhnen, das sich von dem ständigen Hämmern des Regens abhebt.

Auf dem Marktplatz finden sie die Bevölkerung der Stadt um eine riesige Grube versammelt. Auf der anderen Seite der Menge überblickt eine hölzerne Plattform die Arena, auf der eine Gruppe von in Pelze gekleideten Männern und Frauen steht, die das Spektakel unten beobachten, wo sich zwei Gestalten gegenüberstehen. Der eine kämpft sich durch den dicken Schlamm am Boden der Grube und versucht verzweifelt, sich am regenglatten Griff seiner Hellebarde festzuhalten.

Unter der dicken Schlammschicht, die ihn von Kopf bis Fuß bedeckt, können die Charaktere die Uniform der Staatstruppen erkennen. Zwei weitere Männer in der gleichen Uniform liegen an den Wänden der Grube. Einer sitzt regungslos da, sein Kopf liegt irgendwo im Schlamm darunter verloren. Der andere kämpft vergeblich darum, dass seine inneren Organe nicht aus seinem Brustkorb quellen, und sein klägliches Wimmern ist wegen des Gebrülls der Menge kaum zu hören.

Ihr Gegner ist eine riesige Wand aus Fleisch und Muskeln. Ein rostiger und ramponierter Brustpanzer vermag es kaum seinen breiten, runden Bauch zu verdecken und sein offener Helm sieht aus, als wäre er auf den dicken, schrecklich hässlichen Kopf des Kriegers gezwungen worden. Der Oger ist fast 3 Meter groß und scheint weder durch den Schlamm noch durch den Speer, der aus seinem linken Bein ragt, behindert zu werden. Die Menge fordert schreiend ein brutales Ende, während die reicheren Bürger auf der Plattform zusehen und auf den Ausgang wetten.

Der Oger stürzt sich nach vorne und schlägt die Hellebarde mit seiner Axt zur Seite. Der Soldat hat kaum Zeit zu schreien, bevor die Klinge durch seinen Helm und in seinen Schädel schneidet. Der Oger stößt die Leiche von seiner Waffe, bevor er sich dem verwundeten Gardisten zuwendet. Er zieht eine weitere Axt aus seinem Gürtel, wirft sie quer über die Grube und beendet den Kampf mit einem satten Knirschen. Die Menge brüllt ihre Zustimmung.

Als die Schreie der Menge abklingen, bewegt sich Schlurffuß zur Vorderseite der Aussichtsplattform und zieht sich auf einen hohen Hocker. Mit seinem edlen, leuchtend gelben Mantel und dem langen Federhut wirkt er wohlhabend, wenn auch geschmacklos, aber unter den wohlhabenden Stadtbewohnern scheint er fehl am Platz. Seine Stimme übertönt die immer noch schreienden Stadtbewohner.

„Wieder einmal hat der mutige Mentag der Unbesiegbare das Urteil der Götter über die Ungerechten verhängt! Und noch einmal, liebe Bürger von Kenselheim, lasst uns dem Magistrat Etzburger dafür danken, dass er uns heute Abend so gut unterhalten hat!'

Die Menge brüllt noch einmal auf, als der Halbling sich einem kurzen, schweinsartig aussehenden Mann zuwendet, der auf der Plattform steht. Gekleidet in makellose schwarze und grüne Roben und flankiert von drei gelangweilten Wächtern, nickt Magistrat Etzburger der Menge abweisend zu, bevor er sich mit den anderen Kaufleuten zum Gehen wendet.

Schlurffuß plappert weiter. *„Heute haben wir gesehen, wie drei Verräter des Imperiums ihre gerechte Strafe für ihre Feigheit erhalten haben. Ihre Prüfung durch den Kampf hat ihre Schuld nur bestätigt, denn hätte Morr nicht seine Hand aufgehalten oder Ulric die ihre gestärkt, wenn sie unschuldig gewesen wären?"* Die Menge schreit wieder, wenn auch mit etwas weniger Enthusiasmus. Viele scheinen nach Hause zu gehen, aber einige scheinen zu bleiben, um zu beobachten, wie vier Männer versuchen, Mentag aus der Grube zu ziehen. Schlurffuß merkt, dass ihm die Zeit davonläuft, also beginnt er noch schneller zu sprechen und versucht, die Sache abzuschließen, bevor sich die Menge auflöst.

„Ja, meine Damen und Herren, der Gerechtigkeit wurde Genüge getan, und vergesst nicht: Sollte jemand eine weitere Demonstration von Mentags großer Stärke und seinen Fähigkeiten sehen wollen, kann man ihn mieten! Schwere Objekte bewegen, hartnäckige Gegenstände zertrümmern, perfekt für jede eurer arbeitsintensiven Aufgaben!" An diesem Punkt ist klar, dass niemand zuhört, also springt er von seinem Hocker herunter, sieht etwas niedergeschlagen aus und stößt einen hörbaren Seufzer aus.

Was ist gerade geschehen?

Die Spielercharaktere dürfen gespannt sein, was gerade passiert ist. Wenn sie die Leute in der Umgebung fragen (**einfacher (+40) *Klatsch*-Wurf**), erfahren sie, dass die drei Männer Deserteure des örtlichen Staatstruppen-Regiments waren, die geflohen sind, nachdem das Gerücht aufkam, dass sie in den Krieg ziehen sollten. Sie wurden gefunden, als sie durch die Wälder in der Nähe der Stadt streiften. Da sie wussten, dass sie der Fahnenflucht für schuldig befunden und hingerichtet werden würden, verlangten sie einen Prozess durch Kampf. Zu ihrem Pech hat der Herrscher der Stadt, Magistrat Etzburger, einen Oger-Grubenkämpfer angeheuert, der sich allen solchen Herausforderungen stellt. Er hat festgestellt, dass dadurch die Zahl der Anfechtungen seiner Entscheidungen drastisch gesunken ist, und als zusätzlicher Bonus sorgt er ab und zu für Unterhaltung bei den Einwohnern.

Sollten die Charaktere mit den anderen an der Grube sprechen wollen, können sie das jetzt tun, obwohl alle darauf bedacht zu sein scheinen, ins Haus und aus dem Regen zu kommen. Magistrat Etzburger und die anderen wohlhabenden Bürger haben sich bereits auf den Weg zu seinem Bergfried auf der anderen Seite des Stadtplatzes gemacht, und die Wächter, die draußen Wache halten, sind nicht in der Stimmung für ein zwangloses Gespräch. Mentag ist mit der Fütterung nach dem Kampf beschäftigt, die aus dem größten Teil einer großen Kuh zu bestehen scheint (als Vorspeise), aber Schlurffuß ist in einer gesprächigeren Stimmung. Ein **durchschnittlicher (+20) *Klatsch*-Wurf** mit ihm (oder ein **herausfordernder** mit einem der Wächter oder den anderen Stadtbewohnern, die nach Hause wollen) wird die folgenden Informationen liefern:

0 EG: Magistrat Etzburger hat Mentag angeheuert, um allen Anfechtungen seiner Entscheidungen zu begegnen. Schlurffuß kümmert sich um Mentags finanzielle Belange; der Oger scheint niemandem sonst zu vertrauen.

1 EG: Der Magistrat leitet mehr oder weniger die Stadt, seitdem er von den Kaufleuten der Stadt ernannt wurde. Das Amt geht in der Regel an den reichsten Kaufmann der Gegend und er hat es jetzt fast ein Jahrzehnt lang inne.

2 EG: Einst herrschte eine Adelsfamilie (die Oberholtzers) über die Stadt, aber sie haben vor Jahren all ihr Geld verloren und mussten ihre Ländereien an die örtlichen Kaufleute verkaufen. Bald darauf verließen sie die Stadt.

3 EG: Man munkelt, dass jemand, der behauptet, der rechtmäßige Herrscher von Kenselheim zu sein, letzte Woche den Magistrat aufgesucht hat, um die Ländereien der Familie zurückzufordern. Angeblich hat der Magistrat ihn aus dem Raum gelacht.

Mentag der Unbesiegte

Mentag ist ein glücklicher Oger. Er bekommt so viel Essen, wie er essen kann, gelegentlich einen Kampf (wenn auch selten einen anständigen), eine schöne, bequeme Scheune zum Schlafen und jede Menge Gold. Klar, die Menschen in der Stadt starren ihn an, als hätte er zwei Köpfe oder so, aber er mag es, wenn sie weglaufen, wenn er brüllt und so tut, als wäre er verrückt. Toddy ist der beste Freund von Mentag. Toddy kümmert sich darum, das Futter zu besorgen und den „Maj-ee-straht“ bei Laune zu halten. Mentag kämpft, Toddy kocht.

Mentag hat nichts gesagt, weil er Toddys Gefühle nicht verletzen will, aber es gefällt ihm nicht wirklich, wie er das Fleisch kocht. Er macht es ganz schwarz und knusprig, während Mentag es lieber hat, wenn sein Essen ein bisschen Blut enthält.

Wilder der Hund

Wilder ist ein kleiner, nerviger Hund, der genau wie Toddy Fremden gegenüber misstrauisch ist. Er neigt dazu, wild zu bellen, wenn er einen Fremden sieht, besonders wenn dieser schicke Kleidung trägt oder geschmackvoller gekleidet ist als sein Besitzer. Gelegentlich beißt er in die Knöchel von Elfen.

MENTAG DER UNBESIEGTE - OGER GRUBENVETERAN (SILBER 5)

B	KG	BF	ST	WI	I	GW	GS	IN	WK	CH	LP
6	52	21	64	71	33	35	22	20	34	20	46

Eigenschaften: Champion, Fernkampf (Wurfaxt) +9, Größe (Groß), Kampflustig, Nachtsicht, Rüstung (Leder und Kette) 3, Vorurteil (dünne Menschen), Waffe (Axt) +10

Fähigkeiten: Athletik 54, Ausdauer 81, Ausweichen 53, Besonnenheit 54, Einschüchtern 80, Fernkampf (Werfen) 40, Nahkampf (Standard 71, Waffenlos 63)

Talente: Meisterkämpfer

Ausrüstungen: Handaxt, 3 Wurfäxte, Stechmesser, Essensmesser, Ersatzmesser

WILDER DER HUND - GUTER HUND (MESSING 0)

B	KG	BF	ST	WI	I	GW	GS	IN	WK	CH	LP
4	22	-	18	20	36	31	-	18	12	22	5

Eigenschaften: Ausgebildet (Zahm), Größe (Zierlich), Nachtsicht, Scheu, Waffe +4

Fähigkeiten: Wahrnehmung 56

Ein Platz zum Bleiben

Die Charaktere können im ‚Kupferturm' übernachten, einem großen Gasthaus am Stadtplatz. Ein Aufenthalt im Gemeinschaftsraum kostet 12 *G* pro Nacht; ein Privatzimmer kostet 12 *S*. Der Magistrat hat in letzter Zeit die Steuern erhöht, sodass der Gastwirt Erich Steingartmann seine Preise anheben musste, um das auszugleichen. Das Gleiche kann man in der ganzen Stadt finden; erhöhe den Preis für jeden Gegenstand, den die Charaktere haben wollen, um ein paar Münzen.

Ob sie nun im ‚Kupferturm' bleiben oder sich eine andere Unterkunft suchen, Erwin von Oberholtzer kommt etwa eine Stunde später auf sie zu, nachdem der Adlige die Ankunft der Charaktere bemerkt hat. Er hat sich schnell erkundigt und festgestellt, dass sie von außerhalb kommen und beschließt, auf sie zuzugehen, denn ihm ist klar, dass eine kleine Gruppe von Söldnern genau das Richtige für ihn ist. Er kann keinem der Einheimischen trauen, denn sie könnten zum Magistrat rennen. An diesem Punkt hat er nichts zu verlieren. Lies den Spielern das Folgende vor oder umschreibe es:

Während ihr eure Pläne für morgen besprecht, kommt ein gut gekleideter junger Mann auf euch zu. Seine Kleidung ist gut geschneidert, ohne extravagant zu sein, und ihm fehlt das arrogante Auftreten, das ihr sonst von Adeligen kennt, die einfache Leuten ansprechen, aber er trägt ein Schwert an seiner Seite und stellt die Anmut eines Fechters zur Schau. Als er euren Tisch erreicht, neigt er leicht den Kopf, bevor er mi reikländischem Akzent spricht. ‚Bitte, erlaubt mir, mich vorzustellen. Mein Name ist Erwin von Oberholtzer. Ich habe mich gefragt, ob ich euch auf ein Getränk einladen dürfte, während ihr euch ein geschäftliches Angebot unterbreiten würde?'

Toddy Schlurffuß

Toddy und Mentag lernten sich vor zwei Jahren kennen. Toddy war von der Wache eines kleinen Dorfes aufgegriffen worden, weil er gefälschte Glücksbringer verkauft hatte (einer seiner Kunden wurde vom Pferd geworfen und starb weniger als 10 Minuten, nachdem er bei ihm einen „Glücks-Mantikor-Stachel" gekauft hatte). Mentag saß in derselben winzigen Zelle, weil er einem Bauern versehentlich das Genick gebrochen hatte, der die Herausforderung angenommen hatte, ihn in einem Ringkampf Vier-gegen-einen zu besiegen.

Beide sollten am nächsten Morgen hingerichtet werden, konnten aber dank Toddys wachem Verstand und flinken Fingern und Mentags roher Stärke entkommen. Seitdem arbeitet Schlurffuß als Mentags Agent und sorgt dafür, dass er einen fairen Preis für seine Dienste bekommt und ihn aus Schwierigkeiten heraushält.

Toddy hat das Leben eines Mootland-Bauern vor acht Jahren hinter sich gelassen, entschlossen, die Welt zu sehen. Leider entpuppte sich die Welt als ein ziemlich unangenehmer Ort, und Toddy hat die Narben, die das beweisen. Er hat gelernt, sich auf seinen Verstand zu verlassen und niemandem zu vertrauen. Die Einzigen, die ihm etwas bedeuten, sind Mentag und sein Haushund Wilder. Aber er verlässt beide, wenn es so aussieht, als ob sein eigenes Leben auf dem Spiel steht; es ist besser, um jemanden zu trauern, der einem etwas bedeutet, als derjenige zu sein, der betrauert wird.

TODDY SCHLURFFUSS - SCHARLATANIN (MESSING 5)

B	KG	BF	ST	WI	I	GW	GS	IN	WK	CH	LP
3	20	42	21	32	45	44	52	36	44	51	10

Eigenschaften: Fernkampf (Armbrust) +9, Größe (Zierlich), Nachtsicht, Waffe (Dolch) +4

Fähigkeiten: Athletik 54, Ausdauer 42, Ausweichen 54, Bestechen 61, Charme 61, Feilschen 65, Intuition 55, Klatsch 64, Klettern 31, Schleichen (Stadt) 54, Unterhalten (Geschichtenerzählen) 56, Wahrnehmung 55, Zechen 42

Talente: Fliehen!

Ausrüstung: Verschiedene Kleidung (eine Mischung aus gewöhnlicher Kleidung und Kleidung der besten Fertigungsqualität; er neigt dazu, beim Anziehen wahllos zu sein), Spielkarten, Besteck aus Holz, Knochenwürfel, Federhaube, Heiltrank, 17 *S* und 22 *G* in einem Beutel an seinem Gürtel, 15 *GK* in drei Beuteln, die in das Futter seiner Kleidung eingenäht sind.

Erwin von Oberholtzer

Erwins Vater, Otto, arbeitete sich in ein frühes Grab, um das Geld der Familie aufzutreiben (sein Vater hatte Spielschulden) und um sicherzustellen, dass sein Sohn eine adelige Ausbildung erhielt. Nach dem Tod seines Vaters nahm Erwin die Herausforderung an und war fest entschlossen, seine Familie wieder in Stand zu heben und den Titel des Barons für sich zu beanspruchen. In den letzten vier Jahren hat er als Verbindungsmann zwischen verschiedenen Adligen und Kaufleuten fungiert, um die Finanzierung ehrgeiziger militärischer Unternehmungen zu sichern oder vorteilhafte Handelsrechte gegen eine Gewinnbeteiligung zu erhalten. In dieser Sache erwies er sich als völlig rücksichtslos und verriet Freunde und Familie gleichermaßen. Schließlich zahlte er die Schulden über das Altdorfer Kaufmannshaus Coyne ab und kehrte nach Kenselheim zurück. Aber als Erwin versuchte, seinen Titel vor dem örtlichen Magistrat zurückzufordern, wurde er abgewiesen. Doch er hatte damit gerechnet und einen Schwertkämpfer als Champion engagiert. Leider hat der Magistrat einen eigenen Champion, und Erwin ist sich nicht sicher, ob sein Champion es mit ihm aufnehmen kann. Da Erwin nicht so leicht aufgibt, sucht er nun nach ein paar streitbaren Aktivposten (Schlägern), die ihm helfen, die Konkurrenz auszuschalten und sich seinen rechtmäßigen Anspruch auf die Baronie zu sichern.

Erwin von Oberholtzer - Adeliger (Gold 3)

B	KG	BF	ST	WI	I	GW	GS	IN	WK	CH	LP
4	33	27	27	31	42	37	44	36	34	33	11

Eigenschaften: Waffe (Rapier) +6

Fähigkeiten: Bestechen 54, Charme 54, Einschüchtern 35, Nahkampf (Fechten) 38, Reiten (Pferd) 42, Sprache (Klassisch) 41, Zechen 36

Talente: Etikette (Adelige), Lesen & Schreiben, Unkenruf (*Dein Anspruch wird dein Fall sein*),

Ausrüstung: Truhe mit 5 Ausstattungen höfischer Gewandung, zwei Diener, Schmuck im Wert von 50 *GK*, Rapier, Gerta.

Der verlorene Herr

Erwin erklärt, dass seine Familie einst über Kenselheim herrschte, bis sein Großvater ihr gesamtes Vermögen für Glücksspiele und Frauen ausgab. Die Oberholtzers mussten sich verschulden und ihren Besitz an eine Gruppe von Kaufleuten als Sicherheit übergeben. Die Familie bekam 20 Jahre Zeit, um ihre Schulden zurückzuzahlen. Otto, Erwins Vater, arbeitete sich bei dem Versuch zu Tode die Schulden zu bezahlen, woraufhin Erwin die Aufgabe übernahm. Endlich hat er das Gold, das er braucht, um den Rest der Schulden zu bezahlen, aber der Magistrat hat sich geweigert, seinen Anspruch anzuerkennen. Es scheint, dass Magistrat Etzburger seine Machtposition zu schätzen weiß und mit Mentag als seinem Champion kann ihn niemand herausfordern. Er hat die Steuern erhöht und setzt seine Regeln rücksichtslos durch. Die anderen Kaufleute kriechen vor ihm, um seine Gunst zu gewinnen und seinem Zorn zu entgehen. Wenn von Oberholtzer seinen Anspruch nicht innerhalb der nächsten drei Tage durchsetzen kann, gehen seine Ländereien endgültig an die Kaufleute über.

Erwin bietet den Charakteren jeweils 20 *GK* an, wenn sie Mentag von der Bildfläche verschwinden lassen können. Er gibt ihnen je 2 *GK* jetzt und den Rest, wenn er seine Ländereien zurückbekommen hat. Er erwartet nicht, dass sie Mentag in der Grube besiegen, denn das wäre eindeutig Selbstmord. Tatsächlich ist es ihm egal, wie die Charaktere ihn loswerden. Ihn zu verletzen oder zu verzögern wird nicht ausreichen, denn der Magistrat wird den Kampf einfach verschieben, bis er in der Lage ist, anzutreten (der Magistrat kann den Kampf um bis zu einer Woche verschieben, um einen geeigneten Champion zu finden). Deshalb muss Mentag entweder getötet oder gezwungen werden, Kenselheim für immer zu verlassen. Sobald dies geschehen ist, wird von Oberholtzer seine Herausforderung aussprechen und gegen jeden kämpfen, den der Magistrat finden kann, um ihn zu vertreten. (Das ist eine Lüge! Erwin hat einen Söldner angeheuert, um für ihn zu kämpfen, aber er will vor den Charakteren edler und rechtschaffener erscheinen.)

Die Charaktere können beschließen, Erwins Geschichte zu überprüfen. Ein **durchschnittlicher (+20)** ***Wissen (Ort/Region)*-Wurf** oder ein **einfacher (+40)** ***Wissen (Gesetze)*-Wurf** wird ihnen verraten, dass seine Geschichte durchaus plausibel ist. Die Erkundigung nach der Familie von Oberholtzer oder der Herrschaft von Magistrat Etzburger ist ein **durchschnittlicher (+20)** ***Klatsch*-Wurf**:

0 EG: Die von Oberholtzers waren die Herrscher von Kenselheim, aber nur wenige Menschen erinnern sich an etwas über sie. Die meisten Bürgerinnen und Bürger waren noch Kinder, als sie gingen. Magistrat Etzburger hat die Steuern erhöht und mag es nicht, wenn man ihm widerspricht.

1 EG: Der Magistrat ist hart, aber er ist gerecht. Seine Urteile sind meist gerecht, und die Stadt hat sich unter seiner Herrschaft gut entwickelt. Die meisten Leute glauben jedoch, dass er in die eigene Tasche wirtschaftet (das ist nicht wahr). Erwin von Oberholtzer kam vor ein paar Tagen in die Stadt und brachte seinen Anspruch auf die angestammten Ländereien sofort beim Magistrat vor, der ihn abwies.

2 EG: Elsa Steingartmann, die Frau des Gastwirts, war eine junge Frau, als die Oberholtzers weggingen, aber sie erinnert sich, dass der letzte Oberholtzer Herr ein betrunkener Wicht war. Er gab viel Zeit in Altdorf, Middenheim oder Talabheim aus, wo er Gerüchten zufolge das Vermögen der Familie beim Glücksspiel verlor. Von Oberholtzer hat ein paar Diener und kam zu Pferd, hat keine Kutsche und nur ein kleines Gefolge. Er hat sich im ‚Mutter Puttkammer' eingemietet, das billiger ist als der ‚Kupferturm'.

3 EG: Unter den Dienern von Oberholtzer ist eine Kriegerin, eine riesige Frau, die wie eine Nordländerin aussieht. Sie trug eine volle Kettenrüstung und hatte einen großen Flegel. Das ist Gerta, Erwins Champion. Gerta wird für Erwin kämpfen, wenn der Magistrat sich weigert, seine Forderung zu erfüllen.

GROSSE UND KLEINE PROBLEME

Es sollte den Charakteren klargemacht werden, dass es eine schlechte Idee wäre, Mentag offen anzugreifen. Selbst eine Gruppe erfahrener Krieger könnte ein oder zwei Gliedmaßen verlieren (oder zumindest einen Schicksalspunkt). Sie müssen einen Weg finden, ihn entweder zu schwächen oder ihn loszuwerden.

Mentag und Schlurffuß leben in einer verlassenen Scheune außerhalb von Kenselheim, denn die Stadtbewohner finden es nicht gut, dass ein Oger mitten in der Stadt lebt. Wilder kann zwar keinen Snotling erschrecken, aber sein nerviges Kläffen, wenn sich Fremde der Scheune nähern, dient als effektives Sicherheitssystem. Schlurffuß schläft auf dem Dachboden über Mentags Stall, da er sich Sorgen macht, dass jemand versuchen könnte, den Champion des Magistrats vor einem Kampf auszuschalten. Wenn sie nicht in der Grube kämpfen oder für einen der örtlichen Bauern arbeiten (die Mentag manchmal anheuern, um schwere Lasten zu heben), kann man die beiden normalerweise hier antreffen. Toddy kocht normalerweise und brät eine große Portion Rindfleisch über einem riesigen Feuer vor der Scheune, während Mentag die vorherige Portion isst. Man kann Wilder dabei beobachten, wie er den einen oder anderen anstarrt und auf Reste hofft.

Wenn die Charaktere beschließen, mit ihnen zu sprechen, wird Schlurffuß im Allgemeinen misstrauisch, aber höflich sein, während Mentag sie ignoriert, grunzt oder ihnen sagt, sie sollen „Toddy" fragen. Er überlässt Schlurffuß gerne das Denken und Reden, solange er genug zu essen bekommt und gelegentlich jemanden verprügeln oder töten kann.

Die Charaktere haben drei Tage Zeit, um herauszufinden, wie sie mit Mentag umgehen sollen. Das sollte ihnen genug Zeit geben, um das seltsame Paar zu beobachten und einen Plan für die Handlung zu entwickeln. Ein paar Möglichkeiten werden genannt, aber die Charaktere sollten versuchen, sich ihre eigenen auszudenken.

Bestechungen/Drohungen

Mentag zu bestechen wird nicht funktionieren, denn er wird Toddy nur fragen, was er tun soll. Schlurffuß verdient hier eine Menge Geld, so viel, dass es unwahrscheinlich ist, dass die Spieler ihn überzeugen können, die Stadt kampflos zu verlassen. Der Versuch, ihn zu bestechen, wird den Halbling nur noch vorsichtiger werden lassen. Andererseits hat Toddy schon seit einiger Zeit mit solchen Schwierigkeiten gerechnet. Wenn er glaubt, dass sie wirklich in Gefahr sind, wird er lieber gehen, als das Risiko einzugehen. Es wird mehr als eine Drohung nötig sein, um ihn zu überzeugen, aber wenn die Drohung mit einem späteren Angriff verbunden ist, werden die Charaktere vielleicht überrascht sein, dass Mentag und der Halbling am nächsten Tag die Stadt verlassen haben.

Mentag betäuben/schwächen

Die Charaktere können versuchen, Mentag zu schwächen, bevor sie gegen ihn antreten. Das kann auf verschiedene Arten geschehen. Mentag zu betäuben, wird schwierig sein, denn Schlurffuß bereitet ihr gesamtes Essen selbst zu und sie holen ihr Wasser aus dem Bach, der hinter der Scheune fließt. Jedes Gift, das sie roh zu sich nehmen, wird wahrscheinlich beim freizügigen Braten durch den Halbling zerstört (erfordert einen **sehr schweren (-30)** ***Beruf (Apotheker)*-Wurf** oder **herausfordernden (+0)** ***Beruf (Giftmischer)*-Wurf**).

Wenn die Charaktere keine Gifte dabei haben, können sie den nahe gelegenen Wald durchsuchen. Mit einem **herausfordernden (+0) *Überlebens*-Wurf** im Freien oder einem ***Wissen (Pflanzen)*-Wurf** können sie einige Kräuter und Pilze finden, die mit einem **durchschnittlichen (+20) *Beruf (Giftmischer)*-Wurf** zu „Taals Reiniger" gemischt werden können. Wer diese Paste zu sich nimmt, muss einen **schweren (-20) *Ausdauer*-Wurf** ablegen oder erhält einen *Vergiftet*-Zustand und muss mindestens einmal alle zehn Minuten seinen Darm entleeren. Normalerweise würden der Geschmack und der Geruch ausreichen, um jemanden davor zu warnen, etwas zu essen, dem dieser „Reiniger" zugesetzt wurde (obwohl ein **herausfordernder (+0) *Beruf (Koch)*-Wurf** dies etwas verschleiern könnte), aber Mentag isst eh alles.

Eine andere Möglichkeit, Mentag etwas Kraft zu entziehen, wäre, ihn für eine anstrengende Aufgabe anzuheuern, z. B. beim Fällen und Bewegen von Bäumen in einem Waldstück zu helfen. Mentag kann stundenlang arbeiten, ohne müde zu werden, aber selbst er wird die Anstrengung spüren, wenn sie ihn für einen ganzen Tag oder zwei anheuern. In einer solchen Situation wäre die Arbeit mit ihm auch die perfekte Gelegenheit, ihm etwas Gift ins Essen oder Trinken zu mischen, denn Toddy wird sich schnell langweilen, wenn er Mentag bei der Arbeit zusieht, und er wird weniger wachsam werden.

Wenn die Charaktere Mentag einen Tag (etwa zehn Stunden) lang ohne große Pause arbeiten lassen können, erleidet er einen *Erschöpft*-Zustand, erholt sich aber nach einer Nachtruhe wieder. Mentag anzuheuern kostet 6 *S* pro Tag, aber Schlurffuß lässt die Charaktere den Oger nicht überarbeiten, es sei denn, sie bestehen einen **herausfordernden (+0) *Charme*-** oder einen **einfachen (+40) *Bestechungs*-Wurf**.

Die Bevölkerung aufwiegeln

Die Charaktere können versuchen, die Stadtbewohner gegen den Oger aufzubringen. Einige sind wütend wegen der Steuererhöhung, während anderen die Vorstellung nicht gefällt, dass ein Oger unter ihnen lebt. Viele suchen nur einen Vorwand, um mal Dampf abzulassen. Um genug von ihnen zum Aufstand zu bewegen, braucht es jedoch Zeit und Feingefühl. Ein paar harte Worte über Oger in einer Taverne, eine Beschwerde über steigende Preise auf dem Marktplatz ... alles, was die Unzufriedenheit unter den Einheimischen steigert, wird helfen, aber wenn sie nicht aufpassen, werden entweder Toddy oder Magistrat Etzburger merken, dass jemand Unruhe stiftet.

Um einen Aufstand anzuzetteln, brauchst du 10 **EG** bei einem **Erweiterten *Klatsch*-Wurf**. Verringere die Schwierigkeit, wenn den Charakteren besonders bösartige Gerüchte einfallen, die sie über den Oger, Schlurffuß oder sogar den Magistrat Etzburger verbreiten. Jeder Charakter kann jeden Tag einen Wurf ablegen. Wenn ein Charakter um 2 **EG** scheitert, merken der Magistrat oder Schlurffuß, dass etwas nicht stimmt. Wenn die Charaktere Schlurffuß aus der Stadt bringen, werden sie nur bemerkt, wenn sie um 3 **EG** scheitern. Wenn sie bemerkt werden, fangen die Wächter des Magistrats an, Fragen zu stellen, und plötzlich sind die Bürger viel weniger bereit, mit den Charakteren zu reden (Klatsch-Würfe sind dann **sehr schwer (-30)**). Wenn sie einen weiteren Klatsch-Wurf nicht bestehen, werden sie von den Wächtern erwischt, die versuchen, sie zu ergreifen und aus der Stadt zu werfen.

Wenn es den Charakteren gelingt, eine wütende Menge aufzupeitschen, müssen sie diese zu Mentag führen. Wenn sie das nicht selbst tun, wird die Menge beim Anblick des gigantischen Kriegers auseinanderbrechen. Ein einziges Brüllen des Ogers wird ausreichen, um sie zurück in ihre Häuser zu treiben. Ein paar Stunden später bekommen die Charaktere Besuch von den Wächtern der Stadt, wie oben beschrieben. Wenn sie den Mob anführen, müssen sie an Toddy vorbeikommen, der versucht, mit der Menge zu reden. Er hat keine Lust, Mentag auf die Untertanen seines Arbeitgebers loszulassen, zumal er sich nicht sicher ist, ob der Oger gewinnen würde. Ein Charakter kann einen **Vergleichenden *Charme*-Wurf** gegen Toddy ablegen, um die Menge anzuheizen. Andere Charaktere können versuchen, mit unterstützenden Kommentaren zu helfen (indem sie „*Tod dem Oger!*" rufen)). Wenn die Charaktere gewinnen, stürmt die Menge vor und überrascht Toddy. Mentag fängt an, links und rechts um sich zu schlagen und wahllos Menschen zu töten.

Du möchtest vielleicht ein paar Runden Kampf zwischen den Charakteren und Mentag oder Schlurffuß austragen, aber nach drei Runden zwingt die aufgebrachte Menge sie auseinander. Wenn die Charaktere Mentag nicht einen besonders schweren Schlag versetzen, wird er überleben, aber Toddy wird von der Menge getötet. Als Mentag den Tod seines Freundes sieht, brüllt er vor Wut. Er stößt die nächsten Dörfler beiseite, hebt die Leiche des Halblings auf und rennt heulend in den Wald, mit einem sehr verstörten Wilder an seinen Fersen.

Auch wenn Toddy und Mentag irgendwie überleben oder entkommen sollten, beschließen sie, dass sie nicht mehr willkommen sind und verlassen die Stadt so schnell wie möglich.

Schlurffuß

Wenn die Charaktere erkennen, wie wichtig Toddy ist, um Mentag unter Kontrolle zu halten, können sie beschließen, ihn auszuschalten. Moralischere Charaktere könnten beschließen, ihn zu entführen und festzuhalten, bis von Oberholtzer die Chance hat, seinen Anspruch geltend zu machen. Das ist eigentlich die zuverlässigere Option, denn sobald Toddy getötet wird, haben sie kein Druckmittel mehr gegen den Oger. Wenn sie ihn als Geisel halten, wird Mentag sich unter allen Umständen weigern zu kämpfen.

Wenn Schlurffuß getötet wird, wird Mentag in Trauer verfallen, sich in der Scheune verstecken und sich weigern, diese zu verlassen. Sobald von Oberholtzer jedoch seine Herausforderung stellt, wird der Magistrat Mentag davon überzeugen, für ihn zu kämpfen, indem er ihm erzählt, dass von Oberholtzer Toddy ermordet hat. Der leichtgläubige Oger glaubt ihm, stürmt in die Stadt und brüllt vor Wut. Von Oberholtzer flieht entsetzt und wird zuletzt gesehen, wie er davon galoppiert, mit Mentag knapp hinter ihm.

Wenn stattdessen Schlurffuß „verschwunden" ist (ob tot oder lebendig), wird Mentag voller Sorge sein und in der Scheune und der Stadt Trübsal blasen. Der Magistrat wird versuchen, ihn zum Kämpfen zu überreden, indem er ihm sagt, dass es das ist, was Toddy von ihm wollen würde. Vielleicht können die Charaktere ihn aber auch überzeugen, die Stadt zu verlassen. Ein **einfacher (+40) *Charme*-Wurf** reicht aus, um ihn dazu zu bringen, ins nächste Dorf zu gehen, „wo Toddy wartet", wenn sie einen plausiblen Grund dafür finden, dass er gegangen ist, ohne sich zu verabschieden.

Attentat

Die einfachste Option ist natürlich, Mentag anzugreifen und ihn zu töten (allerdings hoffentlich nachdem er irgendwie geschwächt wurde).

Die naheliegendste Methode ist, Mentag zu töten, während er schläft. Es wäre zwar eine Option, den Oger irgendwie einzuschüchtern und ihn zum Gehen zu bewegen, aber das wäre keine Kleinigkeit, denn die meisten Oger lieben Kampf und Essen fast gleichermaßen. Das größte Hindernis Mentag zu überraschen ist Wilder. Der kleine Mischling hat einen leichten Schlaf und streift nachts oft in der Scheune umher. Wenn er merkt, dass einer der Charaktere die Scheune betritt, fängt er laut an zu kläffen und weckt Mentag und Schlurffuß.

Schlurffuß schläft auch in der Scheune und hat ein paar einfache Sicherheitsvorkehrungen getroffen. Die Haupttüren der Scheune werden nachts zugesperrt und zwei Seile, an denen eine Sammlung von Töpfen und Pfannen befestigt sind, werden daran gebunden. Der Riegel kann mit einem **durchschnittlichen (+20)** ***Schlösser öffnen*-Wurf** entfernt werden. Um die Türen zu öffnen, ohne Lärm zu verursachen, ist ein **sehr schwerer (-30)** ***Schleichen (Stadt)*-Wurf** gegen die **Wahrnehmung** der Bewohners erforderlich. Wenn die Spieler irgendwie vorher von dem behelfsmäßigen Alarm erfahren und Zugang zu den richtigen Werkzeugen (Dietriche) haben, können sie den Alarm mit einem **schwierigen (-10)** ***Schlösser öffnen*-Wurf** entschärfen (die Bretter der Haupttüren sind weit genug auseinander, dass sie die Werkzeuge durchschieben können, um die Seile zu zerschneiden).

Anstatt durch die Haupttüren einzusteigen, könnten sie versuchen, zum Dachboden hochzuklettern, wo Toddy schläft. Das Klettern ist **einfach (+40)** und der Eingang ist nicht verschlossen, aber er ist mit dem gleichen Alarmsystem ausgestattet wie die Türen unten. Der Versuch, diesen Alarm auszuschalten, wird zu einem **sehr schweren (-30)** ***Schlösser öffnen*-Wurf**, denn der Charakter muss sich dabei irgendwie an der Außenseite der Scheune abstützen.

Wenn sie es schaffen, sich an Mentag heranzuschleichen, können sie eine Attacke gegen ihn ausführen, während er den *Bewusstlos*-Zustand hat. Während dies normalerweise ausreichen würde, um einen Menschen zu töten, sind Oger weitaus zähere Kreaturen. Mentag könnte überleben und wird nicht in bester Laune sein. Wenn ein Kampf ausbricht, bleibt Toddy auf dem Dachboden und feuert seine Armbrust von oben ab, nachdem er seine Laterne angezündet hat. Wenn Mentag zu Boden geht oder wenn jemand auf den Dachboden klettert, flieht Toddy durch den Eingang des Dachbodens. Wenn er es bis zum Wald schafft (eine Entfernung von 90 Metern), ist es unwahrscheinlich, dass er gefangen wird, aber er wird nicht die Absicht haben, nach Kenselheim zurückzukehren. Er könnte aber irgendwann wieder auftauchen, um sich an den Charakteren zu rächen.

Die Charaktere könnten versuchen, die Scheune in Brand zu setzen. Leider hat der jüngste Regen das Holz der Scheune ordentlich durchgenässt, sodass es schwer zu entzünden ist. Sie können ein Feuer entfachen, wenn sie etwas Lampenöl benutzen, aber das wird Mentag und Toddy nur warnen, dass sie angegriffen werden. Sie machen ihre Waffen bereit und stürmen durch die Haupttüren hinaus. Wenn die Charaktere denken, dass sie die Haupttüren blockieren, werden sie versuchen, durch den Dachboden zu entkommen, oder Mentag wird sich notfalls durch die Scheunenwand hacken. Nach drei Runden muss jeder, der sich in der Scheune aufhält, jede Runde einen ***Ausdauer*-Wurf** bestehen oder erleidet aufgrund der Hitze und des Rauchs einen *Erschöpft*-Zustand. Der erste Wurf ist **einfach (+40)**, aber die Schwierigkeit steigt jede Runde.

Wenn die Charaktere ins Innere der Scheune gelangen, können sie das dort aufgestapelte Stroh in Brand setzen. Mentag benutzt einen Strohhaufen als Matratze, und wenn die Charaktere ihn erwischen, während er noch schläft, können sie ihn vielleicht in Brand stecken. Zwei Runden nachdem das Heu angezündet wurde, müssen alle in der Scheune ***Ausdauer*-Würfe** wie oben beschrieben ablegen, um den *Erschöpft*-Zustand zu vermeiden.

Das Feuer zieht die Aufmerksamkeit der Stadt auf sich und in vier Minuten treffen zwei Wächter der Stadt ein, gefolgt von einem Dutzend weiterer vier Minuten später. Zu diesem Zeitpunkt spielt das jedoch keine Rolle, denn Toddy (vorausgesetzt, er lebt noch) beschließt, dass Kenselheim zu heiß geworden ist. Er und Mentag verschwinden bei der ersten Gelegenheit aus der Stadt. Ob Mentag nun tot ist oder lebt, die Charaktere haben ihn aus dem Kampf genommen.

Von Oberholtzer's Anspruch

Am dritten Tag wird Erwin Etzburgers Urteil gegen ihn anfechten und sich auf sein Recht berufen, einen Kampf zu führen.

Wenn Mentag ausscheidet (so oder so), wird der Magistrat verzweifelt jemanden suchen, der für ihn kämpft, und sogar einem der Charaktere 5 *GK* anbieten, wenn einer von ihnen besonders zäh aussieht. Schließlich meldet sich einer seiner Wächter freiwillig. Daraufhin zeigt Erwin Gerta, seinen eigenen Champion. Gerta streckt den unglücklichen Wächter schnell nieder, der nicht ein einziges Mal an ihrem Flegel vorbeikommt.

Sobald das Duell beendet ist, enthebt Erwin den Magistrat seines Amtes und befiehlt, ihn aus Kenselheim zu verbannen und zieht dann in den Bergfried. Wenn die Charaktere nach dem Rest ihres Geldes fragen, versichert er ihnen, dass sie es bekommen werden. Er muss nur noch seine neue Position als Stadtherr sichern, die Bücher durchsehen, den Schlüssel zur Schatzkammer finden usw. Er bittet sie, am nächsten Morgen in den Bergfried zu kommen, wo er ihnen den Rest ihrer Belohnung geben wird.

Belohnung

Die Charaktere finden den Bergfried von einigen Wächtern der Stadt bewacht. Die Wächter bestehen darauf, die Waffen der Charaktere zu konfiszieren, bevor sie sie hineinlassen. Jeder, der sich weigert, muss draußen warten. Die Wächter machen sich aber nicht die Mühe, nach versteckten Waffen zu suchen. Sie sind nicht besonders angetan von ihrem neuen Herrn und haben keine Lust, übermäßig gründlich zu sein.

Im Inneren führt einer von Erwins Dienern die beiden in das nächste Stockwerk des Bergfrieds. Ein Wächter sitzt auf einem Schemel vor Erwins neuem Büro, seine Hellebarde lehnt an der Wand. Der Diener bleibt stehen und starrt ihn erwartungsvoll an, bis der Gardist merkt, dass er die Tür öffnen soll. Etwas unverständliches murmelnd, steht er langsam auf, nimmt seine Hellebarde in die eine Hand und stößt mit der anderen die Tür auf.

Die Charaktere finden Erwin hinter einem gewaltigen Eichenschreibtisch sitzend, der mit Registern und Büchern bedeckt ist. Er deutet mit einer Geste auf einige Stühle, die vor seinem Schreibtisch stehen, bevor er sich wieder der Buchhaltung zuwendet. Links neben ihm steht Gerta in ihrer Rüstung und mit ihrem Großschwert auf dem Rücken. Als sie sich setzen, schließt Erwin das Hauptbuch vor sich und seufzt.

„Ich fürchte, ich habe eine schlechte Nachricht. Ich weiß, dass ich euch versprochen habe, mehr Geld zu zahlen, wenn ihr euren Dienst ausgeführt habt, aber ich fürchte, ich muss euch um Verzeihung bitten. Es scheint, dass ich etwas voreilig war, als ich Ruprecht Etzburger erlaubte, die Stadt so schnell zu verlassen. Nach einem Blick in seine Unterlagen scheint es, dass er während seiner Amtszeit eine Menge Geld aus der Stadtkasse unterschlagen hat, sicher einer der Gründe, warum er die Steuern kürzlich so stark erhöht hat. Ich scheine in der wenig beneidenswerten Lage zu sein, eine verschuldete Stadt zu erben.'

Erwin lügt durch seine großen, vorstehenden Zähne. Ruprecht hat nie etwas von dem Geld der Stadt gestohlen; Erwin brauchte nur eine Ausrede, um die Charaktere nicht bezahlen zu müssen. Wenn die Charaktere ihn fragen, wann er in der Lage sein wird, zu zahlen, weicht er aus und behauptet, dass er nicht wissen kann, wann er das Geld haben wird. Den Charakteren sollte klar werden, dass Erwin nicht die Absicht hat, sie jemals zu bezahlen. Solange sie nicht ausfallend werden, bleibt er gelassen, ansonsten lässt er sie rausschmeißen.

Die Spieler mögen Rachegedanken hegen, aber Erwin ist jetzt sicher in seinem neuen Bergfried untergebracht, umgeben von der Stadtwache und seiner eindeutig tödlichen Leibwächterin. Wenn die Spieler klug sind, werden sie es als einen typischen Tag in der Alten Welt akzeptieren. Wenn sie nicht schlau sind, landen sie wahrscheinlich in der Grube und müssen sich Gerta stellen ...

Belohnungen

Abgesehen von den Punkten, die du den Spielern für gutes Rollenspiel und kluge Ideen am Ende jeder Spielsitzung gibst, sollten sie nachfolgende EP erhalten:

- 50-75 Punkte für Spaß am Rollenspiel
- 25 Punkte für das Besiegen von Mentag
- 25 Punkte für das Vertreiben Mentags aus der Stadt
- 25 Punkte für eine Lösung ohne Gewaltanwendung
- 10 Punkte für jeden Schritt, mit dem sie Mentag schwächen
- 10 Punkte für die Freundschaft mit Wilder
- 5 Punkte für den Umgang mit Wilder auf andere Weise

Andere Charaktere

Während die wichtigsten Charaktere dort zu finden sind, wo sie in dem Abenteuer auftauchen, können auch andere NSC einen Einfluss auf das Abenteuer haben.

Gerta Faernmaus

Gerta verließ ihr Zuhause in Salzenmünd im Nordland, nachdem sie ihren Bruder im Streit um eine Frau getötet hatte. Sie floh in die Grenzgrafschaften, wo sie sich einer Söldnerbande anschloss. In den letzten zehn Jahren hat sie sich durch die Grenzgrafschaften, Tilea und Estalia gekämpft, geplündert und gebrandschatzt, bevor sie ins Imperium zurückkehrte. Derzeit arbeitet sie für Erwin, um schnelles Geld zu verdienen, aber sie wartet nur ab, bis sich etwas Besseres ergibt. Sie ist äußerst rücksichtslos und überraschend schnell mit ihrem Flegel. Ihre einzige Schwäche ist ihre Selbstüberschätzung.

Wenn Mentag noch lebt und bereit ist zu kämpfen, läuft es etwas anders. Erwin stellt seine Herausforderung immer noch aus Verzweiflung. Wenn Mentag ernsthaft geschwächt (oder tatsächlich verwundet) wurde, verschiebt der Magistrat die Herausforderung um eine Woche, um ihm Zeit zur Erholung zu geben. Er kann die Anfechtung nicht länger als eine Woche hinauszögern, und Erwins Anspruch bleibt bestehen, obwohl die Frist für seine Forderung abgelaufen ist.

Wenn die Charaktere Mentag durch weniger offensichtliche Mittel geschwächt haben (Ermüdung durch Arbeit, Gift), wird der Kampf sofort stattfinden.

So oder so, Erwin wird nicht erfreut sein und weigert sich, die Charaktere zu bezahlen. Der Kampf ist knapp, vor allem, wenn Mentag geschwächt war, aber am Ende siegen die Stärke, die Größe und die schiere Blutrünstigkeit des Ogers. Magistrat Etzburger befiehlt Erwin und seinen Anhängern, Kenselheim zu verlassen und nie wieder zurückzukehren.

GERTA FAERNMAUS - DUELLISTIN (SILBER 5)

B	KG	BF	ST	WI	I	GW	GS	IN	WK	CH	LP
4	51	32	35	44	39	40	29	28	41	36	19

Eigenschaften: Rüstung (Leder, Kette, Brustpanzer) 5, Waffe (Flegel) +9

Fähigkeiten: Athletik 45, Ausdauer 54, Ausweichen 55, Besonnenheit 51, Intuition 49, Klettern 45, Nahkampf (Flegel 66, Standard 61), Sprache (Estalisch 31, Tileanisch 31), Wahrnehmung 49, Zechen 54

Talente: Flinkes Ausweichen, Geborener Krieger, Robustheit, Starker Rücken

Ausrüstungen: Flasche der Geister, Buch der gepressten Blumen von jedem Schlachtfeld, auf dem sie je gekämpft hat (für jemanden, der sich für Botanik interessiert, 5 *GK* wert), Geldbeutel mit 23 *S* und 18 *G*, Rüstung und Waffen (Kriegsflegel, drei Dolche, Schwert).

Wachen

Kenselheims Wachen sind im Allgemeinen ehrlich und wohlgesinnt, aber es mangelt ihnen an Motivation, allgemeinen Beobachtungsfähigkeiten oder Intelligenz. Normalerweise vermeiden sie alles, was nach Arbeit aussieht, es sei denn, sie werden ausdrücklich dazu aufgefordert oder jemand beobachtet sie.

WACHEN

B	KG	BF	ST	WI	I	GW	GS	IN	WK	CH	LP
4	35	30	35	30	30	30	30	30	30	30	12

Eigenschaften: Rüstung 2, Waffe (Hellebarde) +7

Fähigkeiten: Nahkampf (Stangenwaffe) 45, Wahrnehmung 40

WACHWEIBEL

B	KG	BF	ST	WI	I	GW	GS	IN	WK	CH	LP
4	45	30	45	30	30	30	30	30	30	30	13

Eigenschaften: Rüstung 2, Waffe (Schwert) +8

Fähigkeiten: Nahkampf (Standard 55, Stangenwaffe 45), Wahrnehmung 50

Ruprecht Etzburger

Ruprecht Etzburger ist der aktuelle Magistrat von Kenselheim. Die Etzburger waren einst Diener der von Oberholtzers und einer von Ruprechts Onkeln war der Hausdiener des letzten Barons und stand loyal zu der Familie. Ruprecht schert sich jedoch nicht um den Adel. Die Bürger von Kenselheim haben die Stadt 20 Jahre lang ohne die Hilfe eines arroganten Adeligen verwaltet. Ironischerweise hat er die Stadt in sein eigenes kleines Königreich verwandelt und regiert sie mit der Sicherheit eines jeden Fürsten. Er ist kein grausamer Mensch und seine Entscheidungen sind größtenteils weise (auch wenn sie nicht unbedingt beliebt sind), aber er hat sich selbst davon überzeugt, dass niemand sonst geeignet ist, die Stadt zu regieren. Deshalb hat er Mentag angeheuert, um seine Position und seine Entscheidungen zu verteidigen ... auch wenn das bedeutet, dass er die Steuern erhöht, um dessen Dienste zu bezahlen.

RUPRECHT ETZBURGER - SENESCHALL (GOLD 1)

B	KG	BF	ST	WI	I	GW	GS	IN	WK	CH	LP
4	41	25	42	38	30	31	36	36	49	39	14

Eigenschaften: Waffe (Dolch) +6

Fähigkeiten: Athletik 52, Ausdauer 48, Besonnenheit 60, Intuition 42, Nahkampf (Standard) 51, Wahrnehmung 40, Wissen (Kenselheim) 51, Zechen 48

Talente: Bedrohlich, Etikette (Diener), Lesen & Schreiben, Unkenruf (Respektieren, was fällig ist)

Ausrüstung: Amtskette (kitschige Goldkette im Wert von 5 *GK*), Kenselheimer Magistratskleidung (Edle Kleidung in Schwarz und Grün), Dolch

KAPITEL 11
DIE BELAGERUNG VON DIESDORF

Der Kult der Roten Krone (**Middenheim**, Seite 135) hat beschlossen, dass die jüngsten Ereignisse im ganzen Imperium ihren kommenden Sieg ankündigen. Die Nachricht, dass Ghal Maraz eine Fälschung war, wurde als das Zeichen für den Aufstieg des Kults gesehen. Seit Jahren haben sie ihre Kräfte gesammelt und Mutanten und Tiermenschen auf diesen Tag vorbereitet. Sie haben beschlossen, die Reikländer Stadt Diesdorf anzugreifen, um die Waffenkammer und das Munitionslager der Garnison zu überfallen. Eine über viertausend Tiermenschen und Mutanten starke Horde folgt dem Ruf und brennt Dörfer und Höfe auf ihrem Weg nieder. Sobald sie Diesdorf eingenommen haben, wollen sie nach Altdorf marschieren, um weitere Krieger zu sammeln. Teil ihres Plans war es, Kultisten der Roten Krone die Kontrolle über die Stadt übernehmen zu lassen, die ihnen die Tore öffnen. Da dieser Coup jedoch scheiterte, sind sie bereit für einen Frontalangriff.

Als die Charaktere in Diesdorf ankommen, werden sie zu einer Sitzung des Stadtrats eingeladen, um die Verteidigung von Diesdorf vorzubereiten und zu leiten. Die anderen Ratsmitglieder sind für so etwas nicht qualifiziert und werden die Stadt ungewollt ins Verderben stürzen, wenn die Charaktere ablehnen. Als sich die Horde der Roten Krone nähert, müssen die Charaktere Entscheidungen über die Verteidigung der Stadt treffen: die Verstärkung der Mauern, die Zuteilung von Ressourcen und der Umgang mit den ängstlichen Bürgern und ihren (oft unbedeutenden) Sorgen. Die Handlungen der Charaktere entscheiden darüber, ob Diesdorf steht oder fällt.

Dieses Szenario leiten

Im Mittelpunkt dieses Szenarios stehen eine Reihe von Entscheidungen, die der Diesdorfer Stadtrat in den Tagen vor dem Angriff der Tiermenschen und Mutanten auf die Stadt trifft. Die Charaktere, die zu diesem Zeitpunkt bereits Helden des Imperiums sind, werden gebeten, den Rat zu beraten, und ihre Entscheidungen werden Diesdorfs Zukunft und vielleicht auch die Zukunft von Altdorf selbst beeinflussen.

Im Gegensatz zu anderen Szenarien, in denen der Schwerpunkt auf Ermittlungen oder Konfrontationen mit Feinden liegt, kommen die Probleme hier zu den Charakteren. Während die Interaktion mit anderen Ratsmitgliedern notwendig ist, bleibt es den Charakteren überlassen, in welchem Maße sie Diesdorf erkunden; die Stadt wird nur kurz beschrieben, wobei der Schwerpunkt auf ihrem strategischen Wert liegt.

Dieses Szenario könnte in einer beliebigen Kleinstadt des Imperiums spielen, die von einer anrückenden Horde von Chaoskreaturen bedroht wird. Es könnte sogar so angepasst werden, dass die herannahenden Feinde Ork- und Goblinplünderer oder Dunkelelfen-Korsaren sind, die ähnlich grausame Forderungen stellen und Panik unter den Stadtbewohnern schüren wollen.

Als SL ist es wichtig, herauszufinden, wie sich die Entscheidungen des Rates auf die Integrität der Stadtverteidigung auswirken, warum die Bittsteller beim Rat über die von ihnen aufgeworfenen Fragen besorgt sind und warum die anderen Ratsmitglieder so abstimmen, wie sie es tun.

Die Dilemmas selbst sind wichtiger als die Gründe, die sie aufwerfen, aber mach dir ein paar Gedanken darüber, für den Fall, dass die Charaktere Fragen stellen. Sei darauf vorbereitet zu improvisieren, wenn die Charaktere die Stadt erkunden - vielleicht hören sie Gerüchte, die eine Vorahnung auf kommende Entscheidungen sind, oder sie entdecken Möglichkeiten, Diesdorfs Verteidigung zu verbessern.

Wenn die Charaktere sich lieber auf die Stadt als auf die Ratssitzungen konzentrieren wollen, kann Hauptmann Theocritus von Hayck sie drängen, zu ihrer eigenen Sicherheit in der Diesdorfer Militärakademie zu bleiben. Wenn sie ihn ignorieren, könnte ein Attentat von Kultisten der Roten Krone, die in der Stadt bleiben, dazu beitragen, die Charaktere davon zu überzeugen, den Kopf unten zu halten.

Jüngste Ereignisse in Diesdorf und Umgebung

Die Rote Krone sammelt schon seit Wochen ihre Kräfte. Sie haben kleine Militärpatrouillen und Reisende attackiert und in letzter Zeit damit begonnen, kleinere Bauernhöfe und größere Gehöfte zu überfallen. Berichte wurden nach Altdorf, Diesdorf und in andere Städte geschickt, aber es wurde nichts unternommen.

Die Armee der Roten Krone nähert sich einem geschwächten Diesdorf. Zwei Kompanien der Militärakademie wurden nach Altdorf entsandt, um die Truppen zu unterstützen, die nach Übersreik und an die Grenze zwischen Reikland und Middenland gezogen sind. Gestern hat der Kult seine Anhänger in der Stadt aktiviert. Kultisten der Roten Krone versuchen, angeführt von Ratsmitglied und Großmeister Detlef Rotlander von der Schmiedezunft, die Kontrolle über die Stadt zu übernehmen. Sie planen, den gesamten Rat zu ermorden, um Verwirrung zu stiften und einige ihrer eigenen Leute an die Macht zu bringen. Der Baronet und drei Mitglieder des Rates wurden zusammen mit hochrangigen Beamten des Kollegiums getötet. Rotlander ist derzeit auf der Flucht.

Der ranghöchste Offizier, Hauptmann Theocritus von Hayek, hält es für wahrscheinlich, dass Diesdorf direkt angegriffen wird und bereitet die Stadt vor. Angesichts der Geflüchteten, die Sicherheit suchen, und der Nachrichten über die herannahenden Horden und die Unruhen anderswo im Imperium ist die Bevölkerung verängstigt und der Panik nahe.

Der Weg nach Diesdorf

Das Imperium in Trümmern im Hinterkopf, passieren die Charaktere Diesdorf, als sie von Altdorf zum Nachtfeuerpass reisen, und noch einmal auf dem Rückweg.

Ein Faktor, der dazu beiträgt, dass Diesdorf angegriffen wird und die Charaktere dort anhalten müssen, ist Gideon. Wenn die Charaktere gut in der Zeit liegen und verlangsamt werden müssen, um Gideons Wunschtermin am 9. Braumond, einzuhalten, könnte er sie ablenken, um den Zustand der Stadt zu untersuchen. Vielleicht hat er die Nachricht von der Ankunft der Charaktere gestreut (Gerüchte über einen jungen Mann mit Topfschnitt, der ihre Fähigkeiten anpreist, könnten belauscht worden sein). Er könnte sogar mit den Anführern der Horde in Verbindung stehen und ihnen raten, ihre Attacke zu verschieben, um die Charaktere weiter aufzuhalten. Für Gideon ist selbst eine große Chaosarmee nur eine Schachfigur, die er benutzt, um eine zufriedenstellende Beschwörung zu ermöglichen. Mehr über Gideon erfährst du in **Das Imperium in Trümmern**.

Gideon kann letztlich auch dann hinter der Horde stehen, wenn die Charaktere nicht aufgehalten werden müssen. Seine Pläne, das Imperium ins Chaos zu stürzen, erfordern, dass Truppen aus den großen Städten abgezogen werden, vor allem aus Altdorf. Deshalb hat er Kulte wie die Rote Krone ermutigt, so viel Unruhe wie möglich zu stiften und Truppen aus den Städten abzuziehen, um auf kleinere Überfälle zu reagieren. Wenn du das Szenario spielen willst, obwohl die Charaktere hinter Gideons Zeitplan zurückbleiben, kannst du die Verteidigung Diesdorfs als unbeabsichtigte Folge von Gideons Aufwiegelung der Roten Krone begründen.

Diesdorf

Diesdorf liegt südlich von Altdorf entlang des Flusses Reik. Es ist berühmt als Sitz der Diesdorfer Militärakademie. Die Stadt hat offiziell 150 Einwohner, aber dazu werden nur Offiziere ab dem Rang eines Hauptmanns, Grundbesitzer und Handwerksmeister gezählt, von denen viele Waffen- und Rüstungsschmiede sind, die die Hochschule unterstützen. Die wahre Einwohnerzahl liegt bei 1600.

Diesdorf ist auch für seine Weizenfelder bekannt; die Wirtschaft der Stadt und der umliegenden Gebiete hängt stark von einer erfolgreichen Ernte ab. Das Getreide wird hauptsächlich flussabwärts nach Altdorf gehandelt, wobei das Beste für den imperialen Haushalt ausgewählt wird. Die Magnus-Kornbörse steht im Zentrum der Stadt, wo Kaufleute jeden Markttag handeln.

Die Stadt zieht außerdem jedes Jahr eine große Anzahl von sigmaritischen Pilgern an. Das begann schon bald, nachdem Magnus der Fromme eine legendäre Rede vor den hier versammelten Menschenmengen gehalten hatte.

Der Stein, auf dem Magnus gestanden haben soll, der Felsen des Imperiums, steht in der Mitte des Magnus-Platzes. Eine Reihe von Künstlern verdient ihren Lebensunterhalt damit, Pilger zu skizzieren, die mit einem Schwert in der Hand auf dem Felsen stehen.

Diesdorf hat viel mehr Heiligtümer Sigmars, als man für eine Stadt dieser Größe erwarten würde. Die meisten Familien in Diesdorf haben mindestens ein Mitglied im Sigmarkult. Es ist auch ein üblicher Ort für ältere oder verwundete Priester Sigmars, um ihren Lebensabend zu verbringen. Dort dienen sie weiter, kümmern sich um Schreine, helfen bei der Aufrechterhaltung der Ordnung und bilden Offiziere aus.

Die Stadt wird direkt vom Imperator regiert. Sein Repräsentant ist der Baronet Diesdorf, normalerweise ein hochrangiger pensionierter Offizier. Der Baronet hat keinen offiziellen Posten in der Akademie, was manchmal zu Spannungen zwischen den beiden führt. Gestern Morgen wurde der Baronet getötet als sein Frühstück gefüllter Eier vergiftet wurde. Es war der erste einer Reihe von Mordanschlägen, als die Rote Krone versuchte, die Kontrolle über die Stadt zu übernehmen.

Der Baronet regiert durch den Rat, der aus den folgenden ständigen Mitgliedern besteht:

- Ein Vertreter des Sigmarkults (ermordet auf den Stufen des Tempels)
- Ein Vertreter der anderen Kulte (aktuell Schwester Cordula Kurtz vom Shallyakult)
- Zwei Vertreter der Handwerkszünfte, deren Posten aktuell von der Rüstungs- und der Schmiedezunft gehalten werden (Johann Pielstock vertritt die Handwerker aktuell alleine, der zweite Vertreter, Großmeister Detlef Rotlander, verschwand, nachdem er den Putsch angeführt hatte)
- Der ranghöchste Offizier der Akademie (Hauptmann Theocritus von Hayek)
- Ein Vertreter der Kaufmannszunft, ein viel diskutierter Neuzugang (auf der Straße ermordet)

Diesdorfs Militärakademie

Die Große Imperiale Militärakademie für Offizierskadeten des Reiklands, gegründet von Imperator Wilhelm III. im Jahr 2440 i.K., ist eine der renommiertesten und erfolgreichsten Kadettenschulen im Imperium. Sie ist besser bekannt als die Diesdorfer Militärakademie oder, für diejenigen, die dort studiert und gearbeitet haben, als „Die Dies“. Der imperiale Fiskus finanziert die Schule und theoretisch ist der Zugang nicht den Wohlhabenden vorbehalten. Die Schule zieht Leute an, die bereits im Militär dienen und deren Führungsqualitäten nicht unbemerkt geblieben sind und die Aufnahme erfordert nur eine Empfehlung eines Vorgesetzten. Die Akademie beherbergt eine Reihe kleinerer Gesellschaften, die in der Regel auf Offiziere aus dem Adel beschränkt sind und oft das direkte Ziel haben, ihren Kameraden aus den unteren Klassen das Leben zu erschweren.

Es werden jährlich 180 Kadetten aufgenommen. Einzelheiten zu ihrer Einteilung findest du in Spielhilfe 1, dem Bericht des Quartiermeisters.

Kommandant der Schule ist Hauptmann Theocritus von Hayek. Sein Rang ist der eines Obersts, aber aus Tradition wird er als Hauptmann bezeichnet, was bei den neuen Kadetten für Verwirrung und bei den Veteranen für ein paar gute Lacher sorgt.

Der Abstieg

Unter-Diesdorf, oder umgangssprachlich „der Abstieg“, liegt außerhalb der Stadtmauern. Was als Heimat für ein paar Marketender begann, hat sich zu einem weitläufigen Gebiet mit schiefen Holzhäusern und gelegentlichem Zelt entwickelt. Alles hier ist darauf ausgerichtet, den Kadetten Geld abzuknöpfen, egal ob es um neue Waffen, Uniformen, Proviant oder einen Abend Unterhaltung geht. An den Wochenenden gehen die Kadetten zum Abstieg, um zu feiern und die Unterdrücker-Patrouille sorgt für relative Ordnung auf dem Platz. Die Patrouille ist eine informelle Gruppe, die aus Sigmarpriestern, der Wache und Ex-Offizieren besteht. Sie streifen mit Knüppeln in der Hand durch den Abstieg und achten darauf, dass niemandem ernsthaftes Leid geschieht.

Der Abstieg und Teile des Ortes werden von den Verbrecherfamilien Havilund und Frankel beherrscht. Sie haben eine lange Geschichte von Konflikten und sind immer bereit zu töten, um ihr Gebiet zu schützen. Die Akademie und die Stadt insgesamt ignorieren sie meist, solange sie keine Bedrohung für sie darstellen. Beide Familien erinnern sich an die Hurrtens, eine Verbrecherfamilie, die zu ehrgeizig wurde und innerhalb einer Woche getötet oder inhaftiert wurde. Die Havilunds und Frankels sind auch am Schmuggel nach Altdorf beteiligt und nutzen manchmal Kadetten aus, die Geld brauchen oder ihre Geheimnisse auch geheim halten müssen.

Geheimnisse in den Tempeln

In den Kellern des Shallyatempels gibt es einen Raum, den nur die Priester betreten dürfen. Darin befinden sich zehn Einheimische, die am ansteckenden Rattenfieber leiden (**WFRS**, Seite 187). Sollten sie entkommen, würde sich die Krankheit schnell in Diesdorf ausbreiten.

Ein gefangener Tiermensch wird in den Kerkern des Sigmartempels angekettet gefangen gehalten und bewacht. Er ist ein alter und gefährlicher Gor und die Kleriker nennen ihn Rost wegen der Farbe seines dichten Haares, das seinen Körper bedeckt. Eine seiner Chaosgaben ist die Fähigkeit, die Gedanken anderer zu beeinflussen, aber das wird derzeit durch die Segnungen der Sigmariten behindert.

ROSTS EINFLUSS

Der Tiermensch, der als Rost bekannt ist, wird unter dem Sigmartempel gefangen gehalten und hat eine subtile, aber schreckliche Chaosgabe. Die Segnungen, die den Tempel schützen, dämpfen diese Macht, aber wenn Rost an einen anderen Ort gebracht wird, beginnt sie sich zu manifestieren.

Wenn der Schutz verloren geht, muss jeder Mensch, der sich länger als 12 Stunden in einem Umkreis von 6 Metern um Rost aufhält, einen **sehr einfachen (+60) Willenskraft-Wurf** ablegen. Ein Fehlschlag bedeutet, dass Rost jeweils eine Person kontrollieren kann.

Einmal pro Stunde können die von Rost kontrollierten Personen dazu gebracht werden, eine beliebige Aufgabe zu übernehmen. Jedes Mal, wenn Rost sie dazu zwingt, müssen sie einen Willenskraft-Wurf ablegen. Die Schwierigkeit des Wurfs basiert auf dem jeweiligen Befehl Rosts. Beispiele sind:

- *Sehr einfach (+60): Das Opfer wird aufgefordert, sich selbst zu verletzen.*
- *Einfach (+40): Das Opfer wird aufgefordert, eine andere Person zu attackieren (wenn es das nicht gewohnt ist).*
- *Durchschnitt (+20): Das Opfer wird aufgefordert, jemand anderen zu attackieren (wenn es ein Soldat ist).*
- *Herausfordernd: Das Opfer wird aufgefordert, einen Sabotageakt zu begehen, ohne sich selbst zu sehr zu gefährden.*

Nachdem die Handlung abgeschlossen ist oder das Opfer sich erfolgreich gewehrt hat, endet Rosts Kontrolle und das Opfer erleidet den *Verunsichert*-Zustand (siehe **Das Imperium in Trümmern**, Seite 151).

Die anrückende Horde

Wenn jemand von ihnen die Ereignisse von **Tod auf dem Reik** überlebt hat, wird die Truppe von Ulfhednar dem Zerstörer, Etelka Herzen oder Ernst Heidelmann angeführt. Ulfhednars treuer Minotaurus-Gefährte Crakatz kann auch in der Armee sein, führt sie aber nicht an. Wenn sie alle tot sind, ist der Anführer der Horde der Krieger Tzeentchs, Zurn die Blutige Krone. Diese NSC haben seit **Tod auf dem Reik** an Macht gewonnen und sollten wie folgt angepasst werden:

ULFHEDNAR DER ZERSTÖRER - CHAOSKRIEGER

B	KG	BF	ST	WI	I	GW	GS	IN	WK	CH	LP
5	55	30	45	55	55	65	30	55	65	25	20

Eigenschaften: Champion, Durchtrieben, Mutation (Elastische Arme*), Rüstung 5, Schnell, Waffe +9, Zäh

* Ulfhednar kann die Reichweite seiner Waffe nach Belieben von Durchschnitt auf Lang ändern. Da seine Rüstung ein Teil seines Körpers ist, dehnt sie sich automatisch auf die gleiche Entfernung aus.

Fähigkeiten: Anführen 35, Athletik 80, Ausdauer 65, Ausweichen 70, Charme 35, Klatsch 35, Nahkampf (Standard) 70, Schleichen (Land) 75, Sprache (Magick) 65, Wahrnehmung 70, Zechen 65

Talente: Bedrohlich, Mächtiger Schlag, Rasender Angriff

Ausrüstung: Chaos-Rüstung (kann nicht entfernt werden), verziert mit dem Fell eines Todeswolfs, Handaxt

CRAKATZ - CHAOSMINOTAURUS

B	KG	BF	ST	WI	I	GW	GS	IN	WK	CH	LP
6	45	25	44	45	20	35	25	20	30	15	30

Eigenschaften: Größe (Groß), Hörner +9, Hungrig, Kampflustig, Nachtsicht, Rüstung 1 (nur Körper), Waffe +9, Zorn

Crakatz hat den Kopf und die Beine eines Stiers und ist jähzornig. Bei der ersten Gelegenheit stürzt er sich in den Kampf und kämpft bis zum Tod. Ulfhednar ist der Einzige, der Crakatz' natürlichen Tötungsdrang in Schach halten kann, denn der Minotaurus ist Ulfhednar treu ergeben und gehorcht jedem seiner Befehle. Crakatz' Oberkörper ist zwar erkennbar ein Mensch, aber er ist mit einer dicken Hautschicht überzogen, die ihm 1 RP auf seinem Körper gibt.

Ausrüstung: Nichts von Wert oder Interesse. Crakatz kämpft gerne unbewaffnet.

ZURN DIE BLUTIGE KRONE - CHAOSKRIEGER

B	KG	BF	ST	WI	I	GW	GS	IN	WK	CH	LP
4	55	30	45	55	55	65	30	55	65	25	20

Eigenschaften: Biss +7, Champion, Durchtrieben, Mutation (Schnabelgesicht*), Rüstung 5, Waffe +8, Zäh

* Erhalte die Kreaturen-Eigenschaften Biss +3.

Ausrüstungen: Chaos-Rüstung (kann nicht entfernt werden), Schwert

Die Horde besteht größtenteils aus Mutanten und Tiermenschen, dazu kommen ein paar Chaosbruten und Chaoskrieger. Es gibt auch ein großes Kontingent an menschlichen Anhängern, die sich lieber angeschlossen haben, als getötet zu werden. Viele von ihnen sind durch das, was sie gesehen haben, in den Wahnsinn getrieben worden.

GOR DER ROTEN KRONE

B	KG	BF	ST	WI	I	GW	GS	IN	WK	CH	LP
4	45	30	35	45	30	35	25	25	30	25	14

Eigenschaften: Hörner +6, Nachtsicht, Rüstung 2, Waffe (Grobe Axt) +7, Waldbewohner, Zorn

Fähigkeiten: Ausweichen 35, Nahkampf (Standard) 55

Ausrüstungen: Primitive Axt, Ungezügelter Zorn

UNGOR DER ROTEN KRONE

B	KG	BF	ST	WI	I	GW	GS	IN	WK	CH	LP
4	35	30	35	35	30	35	25	25	35	25	12

Eigenschaften: Fernkampf (Bogen) +6 (50), Nachtsicht, Rüstung 1, Waffe (Primitiver Speer) +6, Waldbewohner

Fähigkeiten: Fernkampf (Bogen) 45, Nahkampf (Stangenwaffe) 45

Ausrüstung: Bogen mit 12 Pfeilen, Gesplitterter Speer, Fleisch fragwürdiger Herkunft

ETELKA HERZEN – ERZMAGIERIN (GOLD 2)

B	KG	BF	ST	WI	I	GW	GS	IN	WK	CH	LP
4	47	27	29	30	49	45	28	61	63	41	14

Eigenschaften: Korrumpierung (moderat), Waffe (Dolch) +4, Zauberer (Chaos - Tzeentch)

Fähigkeiten: Anführen 51, Ausweichen 46, Besonnenheit 78, Charme 51, Einschüchtern 39, Intuition 59, Kanalisieren (*Tzeentch*) 78, Klatsch 51, Nahkampf (Standard 52, Stangenwaffe 47), Reiten (Pferd) 45, Schätzen 64, Sprache (Bretonisch 68, Klassisch 71, Magick 76, Schlachtenzunge 71), Tierpflege 59, Wahrnehmung 64, Wissen (Magick) 76

Talente: Äthergespür 2, Arkane Magie (Tzeentch), Attraktiv, Unkenruf (*Hüte dich vor dem Licht!*), Instinktive Aussprache, Magiegespür, Niedere Magie, Lesen & Schreiben, Zweites Gesicht

Ausrüstungen: Dolch, Stab aus Onyx, 7 *GK*

ZAUBER

Niedere: Geräusche, Lauschen, Licht, Öffnen des Schlosses, Saugen, Verfaulen, Verwirren, Warnung

Arkan: Ätherrüstung, Dunkelsicht, Explosion, Fesseln, Fliegen, Kettengeschoss, Teleportieren, Weltliche Aura

Tzeentch: Bestienverwandlung, Erdstoß, Gabe des Bestiengeschenks, Stärke kompromittieren, Verrat des Tzeentch

ERNST HEIDELMANN - ZAUBERERLEHRLING (SILBER 3)

B	KG	BF	ST	WI	I	GW	GS	IN	WK	CH	LP
4	44	31	31	23	32	34	27	52	54	29	12

Eigenschaften: Waffe (Schwert) +7

Fähigkeiten: Anführen 34, Ausweichen 44, Charme 34, Intuition 42, Kanalisieren (Tzeentch) 64, Klatsch 39, Nahkampf (Standard 49, Stangenwaffe 49), Schätzen 57, Sprache (Magick 62, Ödländisch 55), Wahrnehmung 37, Wissen (Magick 62, Reikland 57)

Talente: Äthergespür, Fliehen!, Gerissenheit, Lesen & Schreiben, Niedere Magie, Scharfer Sinn (Geruch), Unkenruf (*Dein Tod soll unbemerkt bleiben*)

Ausrüstungen: 8 *GK*, Reisekoffer (mit persönlichen Gegenständen und 8 Fläschchen mit einer leuchtend roten Flüssigkeit, einem Präparat zur Linderung des Widerstandsverlustes), Schwert

ZAUBER

Niedere: Magische Flamme, Saugen, Schock, Warnung, Wasser reinigen, Wurfpfeil

Arkan: Dunkelsicht, Explosion, Kettengeschoss, Weltliche Aura

Tzeentch: Verrat des Tzeentch

Widerstandsverlust: Ernst leidet unter Widerstandsverlust, einer Krankheit, die langsam an seinem Wesen nagt. Seine Meister haben ihm ein Präparat gegen diese Krankheit gegeben, und er trägt die Fläschchen immer bei sich. Ohne dieses Präparat verliert er alle 12 Stunden einen Punkt Widerstand und stirbt, wenn sein Widerstand Null erreicht.

Der verbleibende Rat

Die Charaktere treffen kurz nach dem Putschversuch und mit der Nachricht von der herannahenden Armee ein und die Stadt steht unter Schock. Diejenigen, die darüber nachgedacht haben, die Stadt zu verlassen, ändern ihre Meinung, nachdem sie von einem nahe gelegenen Massaker an flüchtenden Diesdorfern gehört haben.

Die drei verbliebenen Ratsmitglieder, Hauptmann Theocritus von Hayek, Schwester Cordula Kurtz und Zunftmeister Johann Pielstock, sind untereinander zerstritten. Die Bevölkerung erhofft sich von ihnen Führung, aber die wird nicht gewährt.

Hauptmann Theocritus von Hayek

Hauptmann von Hayek ist ein alter Soldat, der aus der Armee von Nordland ausgeschieden ist, nachdem er seinen rechten Arm durch die Axt eines Norse verloren hat. Theocritus ist der Sohn einer Marketänderin und eines Offiziers, den er nie kennengelernt hat. Er diente zwanzig Jahre lang in verschiedenen Söldnereinheiten und kämpfte im ganzen Imperium und darüber hinaus. Er stellte immer wieder seine Tapferkeit und Führungsqualitäten unter Beweis und freundete sich im Laufe der Jahre mit einer Reihe einflussreicher Adeliger an. Dies führte zur größten Ehre seines Lebens: dem Kommando über die Imperiale Militärakademie. Er bemüht sich jeden Tag, sich dieses Amtes würdig zu erweisen. Die Position im Rat war jedoch nicht so willkommen und er hat versucht, sie so gut wie möglich zu vermeiden. Nachdem er in Diesdorf angekommen war, heiratete Hauptmann von Hayek und bekam drei Kinder, etwas, von dem er dachte, dass es nie passieren würde. Er ist entschlossen, die Sicherheit Diesdorfs für seine Familie und ihre Nachbarn zu gewährleisten.

Von Hayek trägt immer seine militärische Uniform und ist oft von einer Gruppe Adjutanten umgeben. Er gibt schnell und deutlich Befehle und erwartet, dass sie buchstabengetreu ausgeführt werden. Er merkt sich die Namen aller, mit denen er spricht, und ist bei seinen Untergebenen beliebt.

Angesichts der herannahenden Horde hält von Hayek es für wichtiger, die Verteidigungsanlagen zu inspizieren, als im Rat zu sitzen. Er dachte, er könne darauf vertrauen, dass der Rat die Arbeit erledigt, aber ihm wurde klar, dass er sie anspornen muss, wichtige Entscheidungen zu treffen.

Agenda

Von Hayek traut den verbliebenen Ratsmitgliedern keine wichtigen Entscheidungen zu.

Er vermutet, dass sich die Hintermänner des Putsches immer noch in Diesdorf aufhalten, und will keine Bürger in den Rat befördern, bis er sicher ist, dass die Verschwörer tot oder geflohen sind.

Trotz seiner eigenen Erfahrung als Soldat tut von Hayek alles, was er kann, um zu verhindern, dass das Militär die Kontrolle ergreift. In seiner Zeit als Soldat hat von Hayek erlebt, wie das Militär die Kontrolle über Bevölkerungsgebiete übernommen hat, oft mit katastrophalen (wenn auch unbeabsichtigten) Folgen, und das will er verhindern. Er glaubt, dass der Rat sich besser um die Bevölkerung, einschließlich seiner eigenen Familie, kümmern wird.

Schwester Cordula Kurtz

Wie viele derjenigen, die in den Dienst von Shallya gerufen wurden, war Kurtz idealistisch und ein wenig naiv. Nachdem ihre Familie bei einer Hungersnot verstorben war, dachte sie, sie könnte die Welt mit heilenden Händen verändern. Dreißig Jahre später ist sie zu der Überzeugung gelangt, dass dies nur ein törichter Traum war. Doch an manchen Tagen leuchtet ihr Glaube durch und sie glaubt, dass vielleicht kleine Gaben der Liebe und des Heilens etwas bewirken können. Kurtz hatte fünf Jahre lang den kleinen Shallyatempel in Diesdorf geleitet, als ihr das Angebot gemacht wurde, einen Sitz im Rat einzunehmen, den sonst der Verenatempel innehatte.

Kurz und stämmig, hat Kurtz reinweißes Haar und trägt ihre Robe mit einem einfachen Taubenamulett. Kurtz hat die Macht zu schätzen gelernt, die ihr der Rat verleiht. Allerdings wird sie oft überstimmt, besonders wenn es darum geht, wie die unteren Klassen behandelt werden. Obwohl es ihr normalerweise gelingt, ruhig zu bleiben, hat sie festgestellt, dass sie bei den anderen Ratsmitgliedern, die sie so frustrierend findet, immer öfter die Beherrschung verliert.

Agenda

Kurtz zielt darauf ab, das Urteil der anderen mit Barmherzigkeit und Mitleid zu mildern.

Sie versucht, den Armen eine Stimme zu geben.

Kurtz will zeigen, dass man von Shallyanern nicht erwarten sollte, dass sie demütig sind; sie hat genauso das Recht, ihre Meinung zu sagen wie jeder andere.

Zunftmeister Johann Pielstock

Als dritter Sohn eines Holzfällers passte das Leben seines Vaters nicht zu Pielstock. Der erkannte bald, dass Johann Ärger machen würde und brachte ihn bei einem Handwerker in Diesdorf in die Lehre. Pielstock brauchte Jahre, um zu verstehen, welches Opfer sein Vater brachte, als er ihn wegschickte. Obwohl er ihn nie wieder gesehen hat, hat er vor ein paar Jahren Kontakt zu seiner Familie aufgenommen.

Obwohl es klar war, dass sein neuer Meister ihn nur für niedere Arbeiten haben wollte, bewies Pielstock echtes Geschick und wurde mit der Zeit sein bevorzugter Lehrling. Ein vollwertiger Handwerker zu werden, war jedoch schwieriger. Die Eitelkeit seines Meisters und anderer führte dazu, dass die Mitglieder der Zunft ihn nicht haben wollten. Er hatte jedoch viel Zeit damit verbracht, in der Zunft für die Rechte der Lehrlinge zu streiten, und als seine Altersgenossen Mitglieder wurden, hatte er schließlich die Unterstützung, die er brauchte.

Im Laufe der Jahre stieg Pielstock durch die Ränge auf. Der Höhepunkt seiner Karriere ereignete sich während eines Streits mit zwergischen Zunftmitgliedern. Einer der ranghohen Zwerge packte ihn bei einem Treffen und Pielstock schlug ihn bewusstlos. Das verschaffte ihm sofort den Respekt der Zwerge, die seitdem enge Verbündete sind, und führte dazu, dass die Reputation des Diesdorfer Handwerks höher denn je gestiegen ist.

Wenn Pielstock an Ratssitzungen teilnimmt, ist er adrett gekleidet und gepflegt und zeigt immer das Siegel seiner Zunft. Sein schickes Äußeres kann nicht ganz verbergen, dass er sein Leben lang hart geschuftet hat; seine Hände sind rau, vernarbt und schwielig.

Agenda

Pielstock versucht, Konflikte zwischen mittelständischen Geschäftsinteressen, ärmeren Arbeitern und Diesdorfs Zwergen zu moderieren.

Er versucht, den Holzfällern und anderen Menschen in den umliegenden Siedlungen zu helfen, von denen viele arm sind und von ihren sogenannten Vorgesetzten schlecht behandelt werden.

Pielstocks Frau und Kinder leben im Dreieck, einem der besseren Viertel der Stadt. Er kann es sich nicht leisten, dass seinem Haus etwas passiert, sonst ist er ruiniert.

Ein Angebot, das du nicht ablehnen kannst

Bei ihrer Ankunft führt Hauptmann von Hayek die Charaktere in einen kleinen Versammlungsraum und versorgt sie mit einfachen, aber schmackhaften Erfrischungen. Er sieht aus wie ein Mann, der das Gewicht der Welt auf seinen Schultern trägt und bittet sie, dem Rat beizutreten.

„Freunde, so wie Magnus gekommen ist, um das Imperium zu retten, hat Sigmar euch in dieser Stunde der Not geschickt. Die Nachricht von euren Taten ging eurer Ankunft voraus. Ich habe den Befehl, Altdorf zu benachrichtigen, damit ein imperiales Flussschiff geschickt werden kann, aber bis dahin möchte ich euch um einen Gefallen bitten. Der Baronet und die meisten Mitglieder des Stadtrats wurden bei einem Putschversuch ermordet. Der Rat ist für die Verteidigung der Stadt verantwortlich und eine große Horde ist auf dem Weg zu uns, um Diesdorf zu zerstören. Während meine Soldaten die Verteidigung vorbereiten können, gibt es vieles, was wir nicht tun können. Mit eurer Erfahrung, eurem Ruhm und euren Fähigkeiten haben wir eine Chance, die Stadt auf das vorzubereiten, was kommt. Werdet ihr uns helfen?“

Der Hauptmann ist ehrlich in dem, was er sagt, aber er ist besorgt, dass die überlebenden Ratsmitglieder nicht tun werden, was getan werden muss, um Diesdorf zu schützen. Er weiß, dass seine Entscheidung bei anderen, die normalerweise erwartet hätten, dem Rat beizutreten, unpopulär ist, aber von Hayek hat ihnen gesagt, dass sie auf den neuen Baronet warten müssen.

Wenn sie zustimmen, werden die Charaktere in die provisorischen Ratskammern im obersten Stockwerk des Akademiegebäudes gebracht, um Schwester Kurtz und Zunftmeister Pielstock zu treffen. Es wird erwartet, dass die Charaktere an den Ratssitzungen teilnehmen und ihnen werden in der Nähe kleine saubere Zimmer zur Verfügung gestellt.

Wenn der Baronet anwesend ist, hat der Rat nur beratende Funktion. Wenn er nicht anwesend ist, können die Anwesenden abstimmen, wobei eine Mehrheit erforderlich ist, um zu gewinnen. Im Folgenden sind einige Ereignisse aufgelistet, die in den nächsten Tagen stattfinden. Jedes Ereignis, bei dem eine Abstimmung erforderlich sein kann, zeigt die erwarteten Stimmen der ständigen Ratsmitglieder. Die Charaktere können diese Stimmen durch ihre Handlungen verändern. Sie können **Charme** oder **Einschüchtern** benutzen, um den Rat zu beeinflussen. Wenn diese Fähigkeiten jedoch übermäßig eingesetzt werden, kann das die anderen Ratsmitglieder verärgern (diese Würfe sollten mit **durchschnittlich (+20)** beginnen, aber bei jedem Versuch schwerer werden). Hauptmann van Hayek stimmt nur ab, wenn der Rat festgefahren ist und ist jedes Mal sehr unglücklich, wenn er das tun muss.

EREIGNISSE IN DIESDORF

Im Folgenden findest du eine Liste der Ereignisse, die vor und während des Aufenthalts der Charaktere in der Stadt stattfinden. Einige dieser Ereignisse sind mit „Bericht" gekennzeichnet, was bedeutet, dass dem Rat Informationen zur Verfügung gestellt werden, aber keine Entscheidung notwendig ist. Andere sind mit „Entscheidung" beschriftet, was bedeutet, dass der Rat vor einem Dilemma steht und über sein weiteres Vorgehen beraten oder abstimmen muss.

Der Tag vor dem Eintreffen der Charaktere

- Das nahegelegene Dorf Rottfurt wird verwüstet, was nur Wenige überleben.
- Die wenigen Kundschafter, die zurückkehren, berichten von einer riesigen Horde, die nur Tage entfernt ist.
- Geflüchtete aus den umliegenden Siedlungen drängen sich innerhalb der Stadtmauern in Sicherheit.
- Der Putschversuch scheitert, aber Mitglieder des Rates und Beamte der Akademie werden getötet.
- Der Rat wird in der Militärakademie unter Schutz gestellt.

Tag 1 - Die Charaktere treffen ein

- Der Quartiermeister berichtet - Ein Bericht über die Anordnung der Diesdorfer Verteidigungsanlagen.
- Ein Gefangener - Ein Bericht, dass ein Tiermensch unter dem Sigmartempel gefangen gehalten wird.
- Der Bote - Ein Bote überbringt die Forderungen der Roten Krone, was zu einer Entscheidung führt.
- Die Kundschafter - Bert Blum, der Anführer der Kundschafter, berichtet von der Zerstörung durch die Horde, was zu einer Entscheidung führt.
- Kommission für öffentliche Arbeiten - Gerüchte über Spione in Form von Ratten führen zu einer Entscheidung.
- Das Theater - Diesdorfs Theater erhält eine negative Besprechung, was zu einer Entscheidung führt.

Tag 2

- Gute Bürger - Eine Gruppe von Stadtbewohnern will kapitulieren, was zu einer Entscheidung führt.
- Die Mauern von Diesdorf - Technicusse erstellen eine Studie über die Mauern der Stadt, was zu einer Entscheidung führt.
- Der Verräter in unserer Mitte - Hauptmann von Hayek gibt einen Bericht über einen beunruhigenden Brief ab.
- Verdorbene Lebensmittelvorräte - Ein Bericht, dass die Lebensmittelvorräte der Stadt zur Neige gehen.
- Den Abstieg abreißen - Ein Antrag, den Abstieg einzuebnen, führt zu einer Entscheidung.
- Erkrankte - Infizierte Geflüchtete treffen ein und führen zu einer Entscheidung.
- Die Zwerge - Ein Bericht, dass die Stimmung gegen Zwerge geschürt wird.
- Brustellitenaufstand - Es gibt einen Bericht über eine revolutionäre Gruppe, die den Sigmartempel gestürmt hat.
- Diebe - Der Rat erhält einen Bericht über Geflüchtete, die beim Stehlen von Lebensmitteln erwischt wurden. Er hat die Wahl zwischen Milde und Härte.
- Ein gerissener Plan - Der Rat wird über eine mögliche List informiert, die zu einer Entscheidung führt.

Tag 3

- Mutation - Aufgrund früherer Entscheidungen könnten Einheiten von Diesdorfs Militär meutern.
- Zwergenältester - Diesdorfs Zwerge suchen die Unterstützung des Rates, was zu einer Entscheidung führt.
- Der Gefangene - Der Anführer der meuternden Miliz wird vor den Rat geschleppt, was zu einer Entscheidung führt.
- Die Verspäteten - Eine Gruppe von Geflüchteten kommt nach Einbruch der Dunkelheit an, was zu einer Entscheidung führt.
- Der Zwergenmaschinist - Ein alter Damm könnte geflutet werden, was zu einer Entscheidung führt.
- Der Kollaborateur - Die Stadtbewohner fordern die Hinrichtung eines Verräters, was zu einer Entscheidung führt.
- Krankheit - Wenn die Geflüchteten früher eingelassen wurden, hört der Rat einen Bericht über den Ausbruch von Krankheiten in Diesdorf.
- Der Saboteur - Ein Saboteur könnte es geschafft haben, sich einzuschleichen. Wenn dem so ist, erhält der Rat einen Bericht über die Vernichtung weiterer Lebensmittel.

Tag 4

- Zwergenältester - Diesdorfs Zwerge suchen Schutz beim Rat, was zu einer Entscheidung führt.
- Der Technicus - Ein erfahrener Technicus spricht Empfehlungen aus, die zu einer Entscheidung führen.
- Der Zweite Herold - Ein Bericht über einen weiteren Boten der Roten Krone, der die Bürger einschüchtern will.
- Attentat - Die Brustelliten könnten einen schockierenden Angriff starten, der zu einer Entscheidung führt.
- Helmut Brask - Eine Delegation bittet den Rat, eine religiöse Proklamation zu erlassen, was zu einer Entscheidung führt.
- Die Abenteurer - Eine gefesselte Gruppe von Menschen wird vor den Rat gezerrt, was zu einer Entscheidung führt.
- Pilger - Ein Ulricpriester bittet um Hilfe, was zu einer Entscheidung führt.

Tag 5

- Die Horde der Roten Krone trifft ein und plündert die Außenbezirke von Diesdorf.
- Die Falle - Wenn der Rat den Gerissenen Plan an Tag 2 genehmigt hat, wird er nun umgesetzt.

Tag 6

- Der Angriff

VORBEREITUNGEN FÜR DEN KRIEG

ERSTER TAG

In der Akademie wurde ein luftiger, aber bescheidener Sitzungsraum für die Ratsmitglieder eingerichtet. Hier versammeln sie sich, wenn ein Bericht vorgetragen wird oder eine Entscheidung ansteht. Wenn der Rat nicht tagt, patrouilliert Hauptmann von Hayek auf den Mauern und inspiziert seine Truppen, Cordula Kurtz hilft im Schrein von Shallya aus und Johann Pielstock verteilt seine Zeit zwischen seinem Stadthaus im Dreieck, dem Hafen und verschiedenen Geschäften in Diesdorf.

Die Charaktere können ihre Freizeit verbringen, wie sie wollen, werden aber jederzeit von Mitgliedern der Diesdorfer Garnison beobachtet. Von Hayek erklärt, dass dies zu ihrem Schutz geschieht und damit sie gerufen werden können, wenn sie in die Ratsräume zurückkehren müssen. Der Hauptmann ist zwar besorgt, dass sich Verschwörer unter den Bürgern verstecken, aber er will auch sicherstellen, dass die Charaktere ihn nicht in Verruf bringen. Die Stadtbewohner haben eine gewisse Ehrfurcht vor den Charakteren und neigen zu einer moderaten sigmaritischen Einstellung.

AN DIE ARBEIT!

Während der Vorbereitung des Angriffs gibt es mehrere Gelegenheiten, bei denen der Rat entscheiden muss, ob er das Militär oder die Bürgerinnen und Bürger einsetzen will. Im Bericht des Quartiermeisters (Spielhilfe 1) sind die verfügbaren Zahlen aufgeführt. Sie sind zwar wichtige Ressourcen, aber sie bringen auch Herausforderungen mit sich.

Zusammenfassung der verfügbaren Ressourcen, in der Reihenfolge ihrer Effizienz:

140 Kadetten plus Offiziere: Die Kadetten sind eine effiziente und gut geordnete Gruppe. Doch sowohl die Offiziere als auch die Kadetten nehmen es übel, für Aufgaben eingesetzt zu werden, die sie als unter ihrer Würde ansehen. Sie werden mürrisch und nachtragend, wenn man ihnen nicht zeigt, wie wichtig sie sind.

200 Milizionäre: Eine gut organisierte und willige Gruppe, die mit minimaler Aufsicht effizient arbeitet. Allerdings kann die manuelle Arbeit ihre Vorbereitungen zur Verteidigung der Stadt beeinträchtigen.

120 Wachen: Die Wache ist zwar eine weitgehend willige Gruppe, aber wenn sie von ihren Aufgaben entbunden wird, hat das Auswirkungen auf Recht und Ordnung in der Stadt.

40 zusätzliche Bürger pro Tag durch Geflüchtete: Sie sind froh, in der Stadt Schutz zu finden und wissen oft aus erster Hand, was auf sie zukommt, und tun, was nötig ist.

600 Bürger: Sie sind zwar bereit, sich zu beteiligen, wenn sie die Notwendigkeit dafür sehen, aber sie müssen eng geführt werden. Wenn sie sehen oder zu sehen glauben, dass andere nicht ihren Beitrag leisten, werden sie nachtragend und streitsüchtig.

Stimmen werden abgegeben, indem man ein Kreuz oder ein Häkchen auf einen Zettel kritzelt und diesen in einen Korb auf dem Tisch des Versammlungsraums wirft. Das bedeutet, dass die Abstimmungen größtenteils anonym sind und die NSC nicht unbedingt ihre Gründe für ihre Stimmabgabe erklären müssen.

Der Quartiermeister berichtet

Kurz nachdem die Charaktere ihre Plätze im Rat eingenommen und die Situation besprochen haben, gibt Quartierweibel Albertus, der Quartiermeister des Kollegiums, einen Bericht über die Ressourcen, die dem Rat zur Verfügung stehen. Albertus liest seinen Bericht vor, salutiert und hinterlässt dann die schriftliche Version (eine Zusammenfassung findest du unter „An die Arbeit!“ auf der linken Seite oder auf Seite 120 für die vollständige Spielhilfe).

Hauptmann von Hayek teilt den Ratsmitgliedern mit, dass er einen Bericht über die Verteidigungsanlagen angeordnet hat, der morgen vorgelegt werden soll.

Ein Gefangener

Rikki Laubrich ist ein hochrangiger Sigmarpriester in Diesdorf. Er berichtet dem Rat, dass ein Tiermensch im Sigmartempel gefangen gehalten wird. Die Kreatur wurde in einem Kampf gefangen genommen und ist sicher angekettet und bewacht in seiner Zelle. Die Sigmariten sagen, dass er keine Gefahr darstellt. Die Priester glauben, dass er Informationen hat, die für den Sigmarkult nützlich sind, deshalb soll er nach Altdorf gebracht werden.

Die Kundschafter

Bert Blum, Diesdorfs oberster Kundschafter, tritt schmutzig und schweißgebadet vor den Rat. Er beugt sein Knie und berichtet, was er gefunden hat:

- Das Dorf Rottfurt ist zerstört worden.
- Die Horde sammelt sich für einen Vorstoß nach Norden, aber Teile von ihr sind auf dem Weg nach Diesdorf. Er und seine erfahrenen Militärspäher schätzen immer noch, dass sie auf Diesdorf marschieren wollen.
- Er gibt einen genauen Bericht über die Anführer der Armee (siehe **Die anrückende Horde**, Seite 84).
- Fünf Diesdorfer Kundschafter werden vermisst und sind vermutlich tot.
- Blum will wissen, ob seine Kundschafter weiter beobachten sollen oder ob es neue Befehle gibt. Pielstock schlägt vor, dass sich die Kundschafter in die Sicherheit der Stadt zurückziehen. (**Dafür:** Kurtz, Pielstock. **Dagegen:** von Hayek)

Der Herold

Eine mutierte Gestalt wird in Ketten vor den Rat geschleift. Die Kreatur hat den Kopf eines Raubvogels und drei Arme. Ein Symbol einer roten Krone ist in das Fleisch seines Unterarms geritzt. Der Kommandant der Wache verkündet, dass dies ein Herold der Chaosarmee ist; seine Eskorte wartet vor den Toren. Wenn er sprechen darf, sagt der Mutant:

„Ich bin gekommen, um eine Unterredung zwischen meiner Herrin, der wahren Stimme des Großen Veränderers in diesem Land, und den Bürgern der Stadt Diesdorf anzubieten. Meine Herrin erwartet, dass die Tore für sie offen sind, wenn ihre Truppen eintreffen. Einer von drei Bürgern wird vor den Toren stehen, um ihrer Erhabenheit zu dienen, und alle darin werden den Göttern des Chaos huldigen. Wenn diese Zustände nicht erfüllt werden, wird Diesdorf dem Erdboden gleichgemacht. Die guten Bürger werden abgeschlachtet, ihre Diener an die Reittiere der Armee verfüttert ... oder an die Armee selbst. Was sagt ihr?'

Schwester Kurtz und Zunftmeister Pielstock sagen, dass die Stadt das Angebot vielleicht überdenken sollte und dass die Charaktere vielleicht günstigere Bedingungen aushandeln könnten. Sie stimmen nicht für die Kapitulation, es sei denn, die Charaktere tun es zuerst. Für den unwahrscheinlichen Fall, dass Diesdorf das Angebot annimmt, beantragt Hauptmann von Hayek die Verhaftung des Rates und die Vertreibung der Charaktere aus der Stadt.

Das Theater

Marte Brandauer und Eidsvik Buttgereit, zwei ältere, aber rangniedrige Sigmarpriester, treten vor den Rat. Sie beantragen, dass das Sinkeltheater niedergebrannt wird. Das Theater hat zu Recht den Ruf, Inszenierungen zu zeigen, die an Blasphemie grenzen, und Konrad Sinkel, der Dramatiker und Regisseur, ist für seine revolutionären Ansichten und sein Engagement für künstlerische Freiheit bekannt. Man sagt, dass dies einer der Gründe ist, warum Sigmar die Stadt verlassen hat. (**Dafür:** Kurtz. **Dagegen:** Pielstock, von Hayek)

Wenn die Charaktere es nicht vorher vorschlagen, fragt sich Kurtz, ob das Theater verschont werden könnte, wenn Konrad im Gegenzug ein erbauliches religiöses Epos schreiben muss. Wenn der Rat ein solches Stück anordnet, hat das einen positiven Effekt, denn Konrad wählt Sigmar am Pass: Ein Epos in sieben Teilen.

Wenn nichts unternommen wird, kehren die beiden jeden Nachmittag zurück, um sich erneut zu beschweren, wobei sich jedes Mal weitere Bürger anschließen.

Kommission für öffentliche Arbeiten

Diesdorf ist eher zierlich, was die Organisation von Kommissionen angeht, aber ein alter Maschinist namens Klaus Kopp kümmert sich um die Annehmlichkeiten der Stadt und wird liebevoll „Kommission für öffentliche Arbeiten" genannt. Er sagt, dass den örtlichen Rattenfängern aufgefallen ist, dass sich die Ratten seltsam verhalten (er kann nicht sagen, wie), aber einige Rattenfänger glauben, dass sie für die Chaoshorde spionieren. Klaus hätte gerne das Geld, um das Kopfgeld auf Ratten zu erhöhen.

Wenn der Rat dem zustimmt, erscheint das folgende Plakat (Spielhilfe 2) auf den Straßen und löst eine kleine Panik und einen Ansturm auf die Ratten aus. (**Dafür:** Kurtz, von Hayek. **Dagegen:** Pielstock)

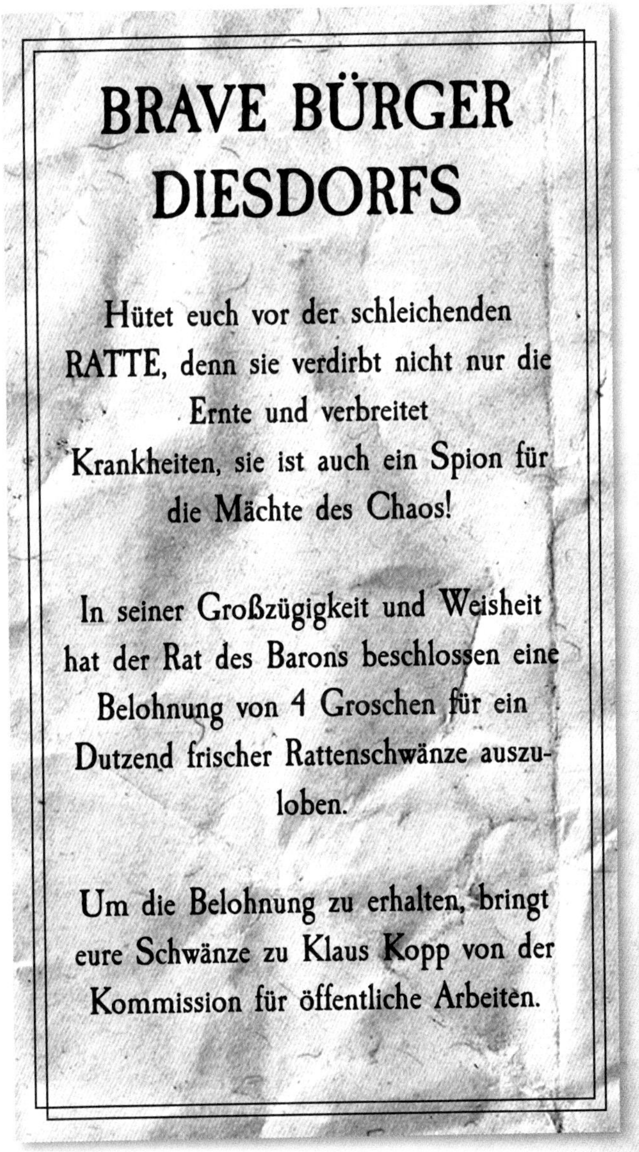

BRAVE BÜRGER DIESDORFS

Hütet euch vor der schleichenden RATTE, denn sie verdirbt nicht nur die Ernte und verbreitet Krankheiten, sie ist auch ein Spion für die Mächte des Chaos!

In seiner Großzügigkeit und Weisheit hat der Rat des Barons beschlossen eine Belohnung von 4 Groschen für ein Dutzend frischer Rattenschwänze auszuloben.

Um die Belohnung zu erhalten, bringt eure Schwänze zu Klaus Kopp von der Kommission für öffentliche Arbeiten.

Zweiter Tag

Gute Bürger

Eine Gruppe von Bürgern kommt vor den Rat und sagt, dass sie wollen, dass sich die Stadt der Armee ergibt. Sie sind der Meinung, dass der Rat die Kapitulation der Stadt im Austausch für ihren Gehorsam gegenüber der Horde anbieten sollte. (**Dagegen:** von Hayek, Kurtz, Pielstock)

Wenn ihre erste Forderung nicht erfüllt wird, fordern sie, dass die Tore für Geflüchtete geschlossen werden. Sie argumentieren, dass die Stadt voll ist und dass die Geflüchteten Ärger verursachen würden. (**Dagegen:** von Hayek, Kurtz, Pielstock)

Die Mauern von Diesdorf

Kar Eisenfaust, ein zwergischer Maschinist, und Sven Jäger, ein Technicus, kommen auf Befehl von Hauptmann von Hayek, um ihre Ergebnisse zu melden. Sie sagen, dass sie glauben, dass die meisten Mauern der Stadt sicher sind. Jäger merkt an, dass es ein Problem mit dem Nord- und Südtor gibt. Beide sollten im Falle eines Angriffs blockiert werden, wobei das Hafentor als einziger Zugang zur Stadt übrigbleibt. Das Schützentor wurde später gebaut und kann nicht auf diese Weise blockiert werden.

Es wird empfohlen, dass die Arbeiter das Nord- und das Südtor blockieren, da sie sonst verwundbar sein könnten. Für diese Aufgabe werden dreihundert Arbeiter benötigt, maximal einhundert Arbeiter pro Tag. Wenn der Rat Soldaten einsetzt, wird das Militär wütend und wenn Bürger eingesetzt werden, macht sich der Rat sehr unbeliebt. (**Dafür:** von Hayek. **Dagegen:** Kurtz, Pielstock)

Wenn die Arbeiten an den Toren beginnen, werden das Schützentor und das Hafentor mit Geflüchteten fast überrannt. Das führt zu Unruhen und Beschwerden von Kaufleuten, die in der Nähe des Sigmartempels leben.

Kurz bevor eine Entscheidung getroffen wird, wird Hauptmann von Hayek von Soldaten in Uniform weggerufen, die ihn über den möglichen Verräter informieren (siehe unten). Nach einer Viertelstunde kehrt er zurück.

Der Verräter in unserer Mitte

Hauptmann von Hayek tritt mit ernster Miene vor den Rat. Er sagt, dass heute Morgen ein aufmerksamer Wachmann bemerkt hat, dass gestern einer der Begleiter des Herolds eine Nachricht an einen der anderen Wächter weitergegeben hat. Dieser Mann wurde verfolgt und verhört, bevor er heute Morgen starb. Von Hayek holt ein Pergament hervor (Spielhilfe 3), das irgendwann einmal mehrfach gefaltet wurde und einen etwas seltsamen Geruch nach Feuchtigkeit und Verfall hat.

Von Hayek sagt: *„Ich habe in Betracht gezogen, Kurtz und Pielstock unter Arrest zu stellen, damit sie gefoltert werden. Aber ich hoffe, dass die Handlungen eines Verräters mit Hilfe unserer Freunde hier von den anderen aufgefangen werden können. Sollten die Entscheidungen des Rates in Frage gestellt werden, könnte eine Handlung erforderlich sein."* Er schenkt denjenigen keine Beachtung, die darauf hinweisen, dass er auch Mitglied des Rates ist.

Der Brief sollte entdeckt werden und ist nur ein Trick, um zu versuchen, den Rat abzulenken und zu spalten.

Ruinierte Lebensmittelvorräte

Albertus Hintz, einer der Schreiber des Rates, berichtet, dass die Getreidevorräte in den Stadtpeichern nach näherer Untersuchung zur Neige gehen. Obwohl sie weitgehend gefüllt sind, wurden sie schlecht betreut. Vieles ist durch Feuchtigkeit und Ratten ruiniert worden. Ohne Nachschub reichen die Vorräte nur noch ein paar Tage.

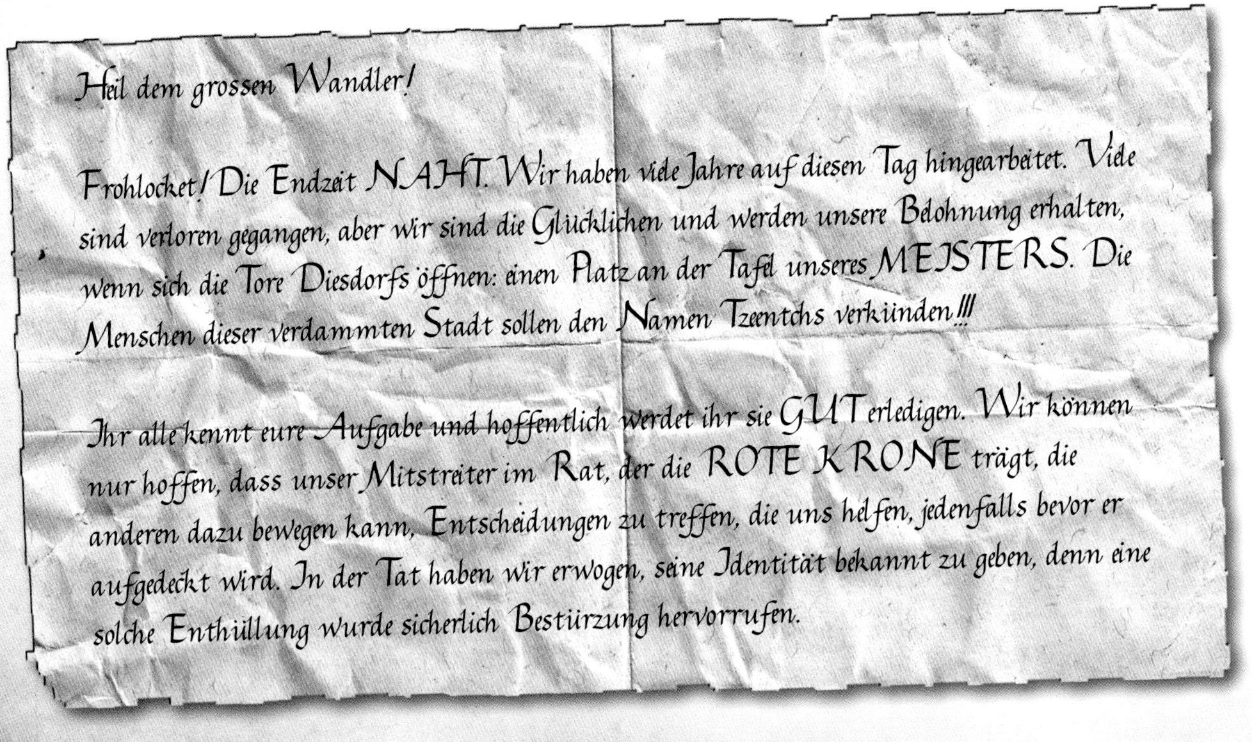

Heil dem grossen Wandler!

Frohlocket! Die Endzeit NAHT. Wir haben viele Jahre auf diesen Tag hingearbeitet. Viele sind verloren gegangen, aber wir sind die Glücklichen und werden unsere Belohnung erhalten, wenn sich die Tore Diesdorfs öffnen: einen Platz an der Tafel unseres MEISTERS. Die Menschen dieser verdammten Stadt sollen den Namen Tzeentchs verkünden!!!

Ihr alle kennt eure Aufgabe und hoffentlich werdet ihr sie GUT erledigen. Wir können nur hoffen, dass unser Mitstreiter im Rat, der die ROTE KRONE trägt, die anderen dazu bewegen kann, Entscheidungen zu treffen, die uns helfen, jedenfalls bevor er aufgedeckt wird. In der Tat haben wir erwogen, seine Identität bekannt zu geben, denn eine solche Enthüllung wurde sicherlich Bestürzung hervorrufen.

Den Abstieg abreißen

Der Kommandant der Stadtwache, Axel Haack, bittet darum, den Abstieg abzureißen, damit die Verteidiger freies Schussfeld auf die Angreifer aus dem Westen haben. Haack befürchtet, dass der Feind sonst in dem Gebiet in Deckung gehen könnte. (**Dafür:** von Hayek. **Dagegen:** Kurtz, Pielstock)

Dies würde eintausend Arbeitstage in Anspruch nehmen. Zum Beispiel würden fünfhundert Arbeiter zwei Tage dafür benötigen.

Der Abriss des Abstiegs ist eine sehr unpopuläre Entscheidung. Zu den Bewohnern der Abstiegs gehören einflussreiche Zunftmitglieder, Kriminelle, Familienmitglieder und Freunde derer, die in den Mauern leben. Jeden Tag fordern sie den Rat auf, die Arbeiten einzustellen.

Erkrankt

Eine Gruppe von Geflüchteten wird am Schützentor aufgehalten. Einer der Wächter bemerkt, dass einige von ihnen krank sind. Ein Medicus glaubt, dass es sich um die ansteckenden Juckenden Pocken handelt (**WFRS**, Seite 186). Der Rat wird gefragt, ob ihnen Einlass gewährt werden sollte. (**Dafür:** Kurtz. **Dagegen:** Pielstock, von Hayek)

Wenn den Geflüchteten der Einlass verweigert wird, müssen sie von den Stadtmauern vertrieben werden. Wenn den Geflüchteten Gewalt angetan wird, gibt es Unruhen in der Stadt.

Auch gesund aussehende Geflüchtete tragen die Krankheit in sich. Wenn jemand aus der Gruppe in die Stadt gelassen wird, brechen die Juckenden Pocken aus.

Die Zwerge

Der Rat wird darüber informiert, dass Gerüchte kursieren, dass die Zwerge der Stadt Lebensmittel und andere Vorräte in ihrer Versammlungshalle horten. Die Stimmung gegen die Zwerge wird aggresiver.

Brustellitenaufstand

Eine Gruppe von Demonstranten der Verfolger des Wahlrechts für alle, einer pro-demokratischen Gruppe, die von der revolutionären Rhetorik von Professor Brustellin inspiriert wurde (siehe **Altdorf** Seite 34), stürmt den Sigmartempel und schließt sich in einem der Türme ein. Sie weigern sich herauszukommen, bis alle Bürgerinnen und Bürger das Recht erhalten haben, darüber abzustimmen, wer im Rat sitzen soll. Gerüchte, dass von Hayek vor Kurzem völlig Fremde in den Rat berufen hat, haben sie weiter aufgewühlt.

Die Wache, die schon in der Vergangenheit mit dieser Gruppe zu tun hatte, will sie verhaften. Die Sigmarpriester im Tempel wollen sie einfach dort lassen, bis sie zur Besinnung kommen, anstatt einen unnötigen Konflikt auszutragen, und, was noch wichtiger ist, es gefällt ihnen nicht, dass die Wache ihnen sagt, was sie zu tun haben. Die beiden streitenden Gruppen kommen vor den Rat und bitten um eine Entscheidung, ob die Gruppe bleiben darf. (**Dafür:** Kurtz, Pielstock. **Dagegen:** von Hayek)

Wenn sie einen Tag lang dort bleiben dürfen, geraten einige der Demonstranten unter den Einfluss des Tiermenschen, der im Keller eingesperrt ist. Der Turm befindet sich über dem Tiermenschen und die Nähe bedeutet, dass die Verteidigungsanlagen seine Mutantenfähigkeit nicht unterdrücken. Der Tiermensch nutzt seine Kräfte, um sie zu kontrollieren und schickt sie auf die Straße, um Wächter zu töten oder Sabotage zu begehen.

Diebe

Einige Geflüchtete wurden beim Stehlen von Lebensmitteln erwischt. Die Wache möchte, dass sie als Warnung vor Gericht gestellt und hingerichtet werden. Darunter ist auch ein dürrer Junge, der Essen für seine kleine Schwester stiehlt. Wenn er bestraft wird, sorgt das für große Aufregung.

Ein gerissener Plan

Hauptmann von Hayek sagt, dass Major Hans eine List vorgeschlagen hat. Das ist eine militärische Angelegenheit, aber es besteht ein Risiko für die Stadt, sollte sie scheitern. Hans schlägt vor, kurz nach der Ankunft des Feindes einen Ausfall vom Schützentor aus zu führen und den Feind, während er sich noch in Position bringt, zum Artilleriefeld zu locken, um so viele wie möglich mit Kanonen zu töten. Diese Kanonen sollen in Deckung gehalten werden und wären nicht zu sehen, bis sie feuern. Der Plan ist riskant, denn sie müssten das Tor offen halten, damit sich die Truppen sicher zurückziehen können und schlimmstenfalls könnten die Geschütze in der Hand des Feindes fallen. Von Hayek glaubt, dass es funktionieren wird, wenn er die erfahrensten Truppen einsetzt und die Geschütze so besser nutzen kann, als sie innerhalb der Mauern zu bringen, wo ihr Schussfeld eingeschränkt ist. (**Dafür:** von Hayek. **Dagegen:** Kurtz, Pielstock)

Wenn der Rat zustimmt, beginnt der Major, seinen Plan in die Tat umzusetzen. Wenn sie nicht zustimmen, müssen die Kanonen unbrauchbar gemacht oder bewegt werden, was hundert Arbeiter benötigt.

Dritter Tag

Meuterei

Wenn die Miliz mit etwas beauftragt wird, das sie in Konflikt mit der Bevölkerung bringt, weigert sie sich, ihre Freunde und Nachbarn zu überwachen. Ihr Unwille spricht sich im Rat herum. Wenn der Rat seine Truppen umverteilt, um die Arbeit der Wache zu übernehmen, die er ursprünglich an die Miliz delegiert hatte, ist das Problem gelöst, aber die Militärs sind nicht beeindruckt.

Wenn dieser Bitte nicht entsprochen und das Problem erzwungen wird, reagiert die Miliz schlecht. Sie weigern sich, Befehle zu befolgen und randalieren, je nach den Umständen.

Je näher der Feind rückt, desto schwächer wird die Haltung der Miliz in dieser Frage. Wenn sie am fünften Tag noch nicht randaliert haben, randalieren sie auch nicht.

Zwergenältester

Idel Steinheim, ein Zwergenältester, tritt vor den Rat und bittet ihn, zu verkünden, dass die Zwerge in diesem Kampf gegen das Chaos Verbündete sind. Die örtlichen Zwerge wollen nur betonen, dass sie gute Bürger sind. Sie befürchten, dass zu viele der menschlichen Bürger Diesdorfs sich darüber beschweren, dass die Zwerge dem Imperium nicht helfen würden. (**Dafür:** Kurtz, Pielstock, von Hayek)

Der Gefangene

Der Anführer der Milizmeuterei (falls es eine gab) wird vor den Rat geschleppt. Es stellt sich heraus, dass Konrad Sinkel, der beliebte lokale Dramatiker (und Besitzer des Sinkeltheaters), den Aufstand angeführt hat. Die Strafe für Meuterei ist der Tod, aber der Rat weiß, dass es eine unpopuläre Entscheidung wäre, Sinkel zu töten. (**Dafür:** von Hayek, Pielstock. **Dagegen:** Kurtz)

Die Nachzügler

Eine Gruppe von Geflüchteten kam nach Einbruch der Dunkelheit an und wurde nicht eingelassen. Rudolf Holzweg, ein örtlicher Gerber, appelliert, sie hereinzulassen. Wenn sie nicht hineingelassen werden, werden sie nachts von einer Gruppe von Mutanten angegriffen, die vier von ihnen töten. Das führt dazu, dass sich Angst unter der ärmeren Bevölkerung ausbreitet. Wenn sie eingelassen und nicht kontrolliert werden, schleicht sich ein Mutant neben ihnen ein und kann als Saboteur agieren. (**Dafür:** Kurtz. **Dagegen:** Pielstock, von Hayek)

Der Zwergenmaschinist

Kar Eisenfaust tritt vor den Rat. Er sagt, dass er alte Aufzeichnungen untersucht hat und dass es anscheinend möglich ist, einen Damm zu zerstören, der vor dreihundert Jahren errichtet wurde, um den Graben und Teile der Stadt vor Überschwemmungen zu schützen. Der Graben würde den östlichen Teil der Stadtmauern schützen. Es dauert 150 Arbeitstage, um diese Barriere zu beseitigen. Der Damm wurde jedoch konstruiert, weil der Graben das Tempelviertel überflutete. (**Dafür:** von Hayek, Pielstock. **Dagegen:** Kurtz)

Wenn Diesdorf den Damm zerstört, füllt das Wasser den Graben und überflutet Teile des östlichen Teils der Stadt innerhalb eines Tages. Unterirdische Teile der Tempel werden überflutet und ertränken den gefangenen Tiermenschen im Sigmartempel und die ansteckenden Kranken im Shallyatempel.

Der Kollaborateur

Eine junge Frau, Isbella Gurtz, wird vor den Rat gezogen. Sie empörte die Einheimischen in einem Gasthaus, indem sie vorschlug, die Stadt solle dem Feind ausliefern, was er wolle, wenn das Leben retten würde. Die Wache rettete sie vor der aufgebrachten Menge. Das Volk will sie als Verräterin und Kollaborateurin hängen; eine Menschenmenge versammelt sich, um ihrem Zorn Ausdruck zu verleihen. (**Dafür:** Pielstock. **Dagegen:** Kurtz, von Hayek)

Krankheit

Wenn die kranken Geflüchteten in die Stadt gelassen und nicht unter Quarantäne gestellt wurden, beginnt sich die Krankheit in der Stadt auszubreiten.

Der Saboteur

Wenn der Saboteur in die Stadt gelassen wurde und es ihm gelingt, einige Lagerhäuser mit Lebensmitteln in Brand zu setzen, wird er gefangen und getötet und seine Leiche an einer Sigmarstatue auf dem Magnusplatz aufgehängt.

Vierter Tag

Zwergenältester

Fargrim Weitgriff, ein angesehener Zwerengältester, bittet darum, vor dem Rat zu sprechen. Er sagt, die Zwerge seien besorgt über die negativen Gefühle ihnen gegenüber und bittet darum, zusätzliche Wächter zum Schutz ihrer sichtbarsten Gebäude zu postieren. (**Dafür:** Kurtz, Pielstock, von Hayek)

Der Technicus

Wenn die Geflüchteten am vierten Tag in die Stadt gelassen werden oder es ein Verfahren gibt, um qualifizierten Geflüchteten Zugang zu gewähren, betreten Alexi Vockoff und seine Familie als Geflüchtete die Stadt.

Später erhält der Rat eine Anfrage, Vockoff eine Audienz zu gewähren. Wenn er vor dem Rat sprechen darf, sagt er, dass er eine Reihe von Schwachstellen in den Befestigungen entdeckt hat, die leicht behoben werden können. Er bittet um Zuflucht für seine ganze Familie im Austausch für die Reparaturen. Kar Eisenfaust kann seine Einschätzung bestätigen, nachdem er seine Kommentare studiert hat. (**Dafür:** Kurtz, Pielstock, von Hayek)

Der Zweite Herold

Unter der Flagge des Waffenstillstands kommt ein riesiger Mann ans Tor und bittet um eine Audienz. Er ist in Pelze gekleidet und hat eine Schlange als Zunge. Wenn die Charaktere ihm eine Audienz gewähren, sagt er:

„Die Armee des Wandlers ist fast hier. Wenn ihr leise hinhört, vermögt ihr zu vernehmen, wie sie sich nähert. Eure Stadt wird fallen. Unsere Seher haben das bereits durch ihre Visionen erfahren. Euer Herr ist tot und seine Lakaien bekämpfen sich gegenseitig. Öffnet die Tore und euer Rat darf mit seinen Familien gehen. Die Hälfte der Bürger wird als Sklaven genommen, um uns zu dienen. Die anderen sollen unter unserer gütigen Herrschaft leben dürfen.'

Attentat

Wenn die Revolutionäre (von den Verfolger des Wahlrechts für alle) von dem Tiermenschen beeinflusst wurden und ihnen anschließend die Flucht gelingt, ermordet einer von ihnen einen hohen Offizier, Major Roland Cort. Der Mörder, ein Bäckerlehrling, ist verwirrt und kann sich nicht erinnern, was passiert ist. Der Kommandant der Stadtwache bittet um die Erlaubnis, alle Mitglieder der Gruppe zu jagen und hinzurichten. (**Dafür:** von Hayek, Pielstock. **Dagegen:** Kurtz)

Helmut Brask

In der Stadt hat sich das Gerücht verbreitet, dass Diesdorf vor Chaos und Krankheit geschützt wird, wenn ein Zweig des Sigmardorns an jede Tür der Stadt genagelt wird. Helmut Brask, ein angesehener Zimmermann, führt eine Delegation von Bürgern der Stadt an, um den Rat zu bitten, die Verwendung von Sigmardorn zu verordnen. (**Dafür:** Kurtz. **Dagegen:** Pielstock, von Hayek)

Die Abenteurer

Eine angekettete Gruppe von Personen wird vor den Rat geschleppt. Es sind drei Menschen, ein Zwerg und ein Halbling. Angeführt von Werner Noll, werden sie beschuldigt, Magistrat Vogel und seine Freunde in seinem Haus ermordet zu haben. Als Motivation wurde Raub vermutet, da die bei der Gruppe gefundenen Gegenstände aus Vogels brennendem Haus stammten. Die Bittsteller fragen den Rat, ob die Kriminellen hingerichtet werden sollen. (**Dafür:** Kurtz, Pielstock, von Hayek)

Zu ihrer Verteidigung behauptet Noll, dass der Magistrat ein Anbeter des Tzeentch war, ein Mitglied einer Gruppe namens Violette Hand. Sie sagen, sie hätten einen Plan vereitelt, um der Armee den Zutritt zu ermöglichen. Sie haben sich nicht an die Behörden gewandt, weil *„die Wachen nie zuhören"*. Sie nahmen die Gegenstände an sich, denn *„sie verdienen eine Belohnung dafür, dass wir die Drecksarbeit für euch machen"*.

Werner Noll und seine Gruppe nahmen den Tiermenschen gefangen, der derzeit im Sigmartempel festgehalten wird. Sie wurden gebeten, dies geheim zu halten und werden dies auch einhalten, sofern sie nicht zum Tode verurteilt werden. In diesem Fall verlangen sie, dass die obersten Sigmarpriester vorgeladen werden.

Wenn der Rat die Häuser des Magistrats und seiner Gefährten durchsuchen lässt, finden sie schnell Beweise für ihre Chaosanbetung; Noll und seine Bande sprachen die Wahrheit und werden dafür kämpfen, dass Diesdorf verschont wird.

Pilger

Ein Priester von Ulric kommt in die Stadt, um mitzuteilen, dass eine Gruppe von Pilgern, mit denen er unterwegs war, in dem verlassenen Weiler Strauss festsitzt, darunter ein wichtiges Mitglied des Kults. Der Priester konnte sich im Schutze der Nacht davonschleichen, aber die Pilger können nicht nach Diesdorf weiterreisen, da eine große Chaos-Kriegsbande ihren Weg versperrt. Der Priester bittet um die Hilfe des Rates. (**Dafür:** von Hayek. **Dagegen:** Kurtz, Pielstock)

Die Militärs sind unterschiedlicher Meinung, ob sie das riskieren sollen, wobei eine starke anti-ulricianische Stimmung ihr Denken beeinflusst. Alle sind sich einig, dass es gefährlich ist.

Wenn mindestens dreißig erfahrene Soldaten sofort zur Hilfe geschickt werden, können die Ulricianer mit wenigen Verlusten gerettet werden. Eine kleinere Gruppe wird zusammen mit den Ulricianern getötet.

Wenn die Pilger gerettet werden, treffen die Soldaten auch auf eine Söldnertruppe von 50 Veteranen (Bart van Barts Wahre Schwerter), die mit den Rettern zurückkehren. Sie sind bereit, kostenlos gegen das Chaos zu kämpfen.

Fünfter Tag
Die Armee des Chaos

Am späten Nachmittag erfüllt der Klang von Kriegstrommeln die Luft, der von Norden und Westen her immer lauter wird: die Chaoshorde nähert sich. Langsam schwappt die Armee auf das Gebiet um die Stadt zu. Es ist ein furchteregendes Heer aus Tiermenschen, Mutanten, menschlichen Anhängern, Chaoskriegern und anderen seltsamen Kreaturen das in die Tausende geht.

Sie erobern schnell den Hafen, plündern die Lagerhäuser und setzen sie in Brand. Wenn der Abstieg noch steht, plündern sie ihn und töten jeden, den sie finden.

Die Falle

Der Plan von Major Hans (siehe **Ein gerissener Plan**, Seite 93) ist riskant. Die Schützen müssen die Nacht neben ihren Kanonen verbringen, damit sie nicht gesehen werden.

Wenn sich der Feind in großer Zahl versammelt hat, führt Major Hans eine Gruppe von dreißig Reitern aus dem Schützentor und attackiert den Feind. Sie greifen so lange an, wie sie können und bevor sie in Gefahr sind, abgeschnitten zu werden, als sie zum Rückzug blasen. Andere Truppen stehen auf den Mauern, drängen sie zum Rückzug und zeigen auf das offene Tor. Der Erfolg des Plans hängt von Major Hans Anführen 55 oder dem Anführen eines der Charaktere ab, falls sie sich dem Ausfall anschließen wollen.

Der Ausgang des Ausfalls wird durch einen **Erweiterten Schwierigen (-10)** ***Anführen*-Wurf** entschieden, der über vier Züge geht. Der SL sollte die Schwierigkeit des Ergebnisses in Abhängigkeit von den Handlungen der Charaktere anpassen. Wenn zum Beispiel ein kompetenter Charakter das Kommando über die Artillerie erhält, reduziert sich die Schwierigkeit des Erweiterten Wurfs auf **Herausfordernd (+0)**.

DIE FALLE

Gesamt-EG	Ausgang	Siegpunkte
4 oder weniger	Katastrophe! Major Hans und seine Soldaten werden alle getötet und die Kanonen erbeutet. Der Feind durchbricht das Schützentor und wird erst nach blutigen Kämpfen zurückgetrieben, wobei sich Kultisten und Mutanten in die Stadt schleichen. Charaktere, die an der List beteiligt sind, müssen einen Schicksalspunkt ausgeben, um der Horde von Tiermenschen zu entkommen.	+10 Rote Krone
5-7	Major Hans und seine Männer werden alle getötet, die Kanonen erbeutet, und der Feind erleidet nur wenige Verluste. Charaktere, die am Ausfall beteiligt sind, müssen einen Schicksalspunkt ausgeben, um der Horde Tiermenschen zu entkommen.	+4 Rote Krone
8-9	Der Plan scheitert. Major Hans und seine Reiter werden umzingelt und getötet. Die Kanoniere feuern eine verheerende Salve ab, bevor sie die Geschütze unbrauchbar machen und sich zurückziehen. Charaktere, die an der List beteiligt sind, müssen einen Glückspunkt ausgeben, um der Horde Tiermenschen zu entkommen.	+1 Rote Krone
10-12	Der Plan funktioniert, aber nicht so gut wie erhofft. Die Kanoniere feuern eine effektive Salve ab, bevor sie die Geschütze unbrauchbar machen und sich mit den meisten Reitern sicher zurückziehen. Die an der List beteiligten Charaktere müssen sich einem Gor (**WFRS**, Seite 331) im Nahkampf stellen, um zu entkommen.	+2 Diesdorf
12-13	Erfolg! Es läuft alles weitgehend nach Plan. Die Reiter provozieren den Feind, ihnen zu folgen und sie in Salven von Kettenkugeln zu locken. Die Geschütze werden unbrauchbar gemacht und die meisten Diesdorfer Truppen überleben. Die an der List beteiligten Charaktere müssen sich einem Ungor (**WFRS**, Seite 332) im Nahkampf stellen, um zu entkommen.	+4 Diesdorf
14+	Erfolg! Es läuft alles nach Plan. Die Reiter provozieren den Feind, ihnen zu folgen und sie in Salven von Kettenkugeln zu locken. Die Feinde ziehen sich in Panik zurück und reißen andere mit. Die Geschütze werden unbrauchbar gemacht und die Mehrheit der Diesdorfer Truppen überlebt. Die an der List beteiligten Charaktere entkommen ungehindert.	+6 Diesdorf

Verschiedene Ereignisse und Konsequenzen

Die folgenden Abschnitte befassen sich mit allgemeinen Ereignissen, die je nach den Handlungen der Charaktere jederzeit nach ihrer Ankunft eintreten können.

Zunftkeller

Wenn die Nahrung in der Stadt fast aufgebraucht ist, spricht am nächsten Tag ein Initiat von Shallya vor dem Rat. Ihm wurde mitgeteilt, dass verschiedene Zünfte über gut gefüllte Keller verfügen und es von großem Nutzen sein könnte, diese Vorräte an die Menschen zu verteilen.

Steigende Preise

Die Preise steigen stetig weiter, je näher die Horde kommt. Das führt zu Vorwürfen des Wuchers, die zu Gewalt führen können, wenn es keine sichtbare bewaffnete Präsenz auf den Straßen gibt. Diese Wut könnte sich gegen die Stadtverwaltung richten, wenn sie keine öffentlichen Schritte zur Preisregulierung unternimmt.

Pferde zu Proviant

Wenn die Lebensmittel knapp werden, bitten die Bürger um die Erlaubnis, Zugpferde zu schlachten.

Die Tore schließen

Wenn die Tore vor dem vierten Tag geschlossen werden, gibt es allgemeine Unzufriedenheit mit dem Rat. Die Bevölkerung sieht es als ihre Pflicht an, sich um die Schutzsuchenden zu kümmern. Doch sobald die Geflüchteten anfangen, die Stadt zu bevölkern und es ein paar Zwischenfälle (oder Gerüchte darüber) gibt, beginnen die Menschen ihre Meinung zu ändern und die Spannungen zwischen Bürgern und Geflüchteten nehmen zu.

Geflüchtete

Wenn Geflüchtete daran gehindert werden, in die Stadt zu kommen, bitten einige Bürger den Rat darum, ihre Familien und Zunftkollegen hereinzulassen. Wenn die Tore vor dem zweiten Tag verschlossen werden, gibt es am vierten Tag einen Aufstand, der versucht, die Tore gewaltsam zu öffnen. Das ist zwar erfolglos und es gibt keine ernsthaften Verletzungen, aber die Bevölkerung ist verunsichert.

Wenn die Tore vor Geflüchteten verschlossen werden, werden diese wütend und randalieren. Sobald sich ihre Wut gelegt hat, beginnen sie, sich in Zelten und anderen Unterkünften zu sammeln. Diese werden aufgegeben, sobald die Chaosarmee einen Tag entfernt ist.

Attentat

Das erste Ratsmitglied, das die Burg vor oder während der Belagerung verlässt, wird von ein paar Kultisten der Roten Krone angegriffen. Die beiden werfen jeweils eine zischende Bombe von einem Dach (BF 50, Schaden +12, *Radius 5*, *Gefährlich*, *Wuchtig*).

Die Infizierten

Wenn einer der zehn hochansteckenden Patienten im Shallyatempel aus irgendeinem Grund das Haus verlässt, infiziert er andere. Wie die erkrankten Geflüchteten leiden auch sie an einem virulenten Stamm des Rattenfiebers. Drei Tage, nachdem sie in die allgemeine Bevölkerung gekommen sind, bricht die Krankheit aus. Innerhalb von drei Tagen fordert sie viele Opfer, die einen qualvollen Tod an Furunkeln und blutender Haut erleiden.

Es gibt eine Reihe von Ereignissen, die einen der Infizierten dazu bringen können, den Tempel zu verlassen. Wenn der Tempel überflutet wird und sie sich nicht in Sicherheit bringen, oder wenn jemand die Tempelkeller ohne ernsthafte Verstärkung untersucht, sind die wahrscheinlichsten.

von Hayeks Beseitigung

Wenn die Charaktere Hauptmann von Hayek entfernen, leiden Diesdorfs Verteidigungsanlagen. Wenn von Hayek versetzt wird oder der Rat wirklich Mist gebaut hat, erwägen Mitglieder des Militärs einen Putsch.

Brand im Hafen

Wenn die Lagerhäuser vom Saboteur ins Visier genommen oder aus einem anderen Grund in Brand gesetzt werden, löscht die örtliche Feuerwache das Feuer nach kurzer Zeit. Wenn jedoch die Miliz (aus der die Feuerwache größtenteils besteht) mobilisiert wurde, dauert es länger, die Brände zu löschen und der Schaden ist groß.

Wenn sich ein Ratsmitglied nach der Feuerwache erkundigt, wird es über das mögliche Problem informiert und bekommt die Möglichkeit, es zu lösen.

Zwergenhort

Wenn die Zwerge des Hortens beschuldigt werden, streiten sie das ab und verweigern jede Durchsuchung ihrer Räumlichkeiten. Nur wenn sich die öffentliche Meinung gegen sie wendet oder der Rat einen besonders guten Grund vorbringt, werden sie sich damit abfinden, dass Vertreter des Rates ihre Grundstücke durchsuchen. Sie ziehen es vor, dass die Durchsuchung von Zunftmeister Hans von Blix geleitet wird, jemandem, dem die Zwerge und der Rat gleichermaßen vertrauen. Eine solche Durchsuchung findet jedoch nichts interessantes.

In Wahrheit horten die Zwerge Vorräte: Waffen, Essen, Trinken und mehr. Allerdings ist das ein ständiger Vorrat für den Fall, dass es Ärger gibt. Diese Waren sind hinter versteckten Türen unter ihren Tempeln, Zunfthäusern und so weiter vergraben. Eine gründliche Durchsuchung durch das Militär, die zu erheblichem Sachschaden führt, deckt die Vorräte auf. Das sorgt für großen Zorn unter den Zwergen und sie schleichen sich in den folgenden Nächten aus der Stadt.

Den Tiermenschen verlegen

Wenn der Tiermensch, der im Sigmartempel festgehalten wird, in die Akademie gebracht wird, kann er nicht entkommen. Allerdings leiden die Soldaten in der Militärakademie unter schlechten Träumen. Diese werden jede Nacht intensiver. Nach einem Tag fängt er an, die Bewohner der Schule zu beeinflussen und verursacht vor allem bei den Kadetten eine wachsende Korrumpierung.

Wird der Tiermensch an einen anderen Ort in der Stadt gebracht, bricht er einen Tag später aus, tötet seine Wächter und richtet auf den Straßen ein panisches Chaos an.

Vieh

Wenn die Lebensmittel knapp werden, wird jegliches Vieh zu einer Quelle von Streitigkeiten und Auseinandersetzungen. Wenn man sich an die Besitzer wendet, um ihr Vieh im Namen der Stadt zu kaufen, stößt das auf allgemeine Zustimmung, vor allem, wenn die Preise angemessen sind.

Evakuierung

Eine Evakuierung der Stadt ist möglich. Die Erfolgsaussichten hängen davon ab, wer und wie viele evakuiert werden und wie es von statten geht. Eine Evakuierung am ersten Tag auszurufen, stößt auf den Widerstand des Rates und der Bürger, da die Gefahr der Situation noch nicht vollständig erkannt wurde. Wenn man zu lange wartet, steigt die Gefahr einer Panik. Am dritten Tag wehren sich die meisten aktiv dagegen, weil sie zu viel Angst haben, die Sicherheit der Stadt zu verlassen. Wenn der Rat nicht mindestens fünfzig Arbeiter für einen Evakuierungsplan abstellt, versinkt er in Anarchie und scheitert.

Beliebtheit

Es ist wichtig, die Spieler darüber zu informieren, wie sich ihre Entscheidungen auf die Bevölkerung auswirken. Der Rat muss in den Tagen vor dem Angriff einige unpopuläre Entscheidungen treffen, und die Bürger von Diesdorf sind bereit, Entbehrungen auf sich zu nehmen, um ihre Stadt zu verteidigen. Doch es gibt Grenzen, und jedes Mal, wenn eine unpopuläre Entscheidung ohne vernünftige Erklärung oder Entschädigung getroffen wird, machen die Bürgerinnen und Bürger ihrem Unmut Luft.

Demonstration gegen den Rat

Wenn die Entscheidungen des Rates unpopulär sind, bilden sich überall in Diesdorf kleine Gruppen von Demonstranten. Diese haben keinen wirklichen Effekt, außer dass sie die Spannungen erhöhen. Wenn der Rat auf die Demonstrationen überreagiert, könnte das zu Ausschreitungen führen.

Entschädigung

Wenn die Stadtverwaltung Eigentum beschlagnahmt oder zerstört, verlangen die Betroffenen eine Entschädigung. Wenn die Stadtverwaltung einer Entschädigung zustimmt, gibt es weniger Widerstand gegen ihre Handlungen. Allerdings wird die Diesdorfer Schatzkammer sicher die Auswirkungen bemerken. Wenn sie jemandem in der Schatzkammer erzählen, dass der Rat nicht beabsichtigt, diese Versprechen einzuhalten, wird der Betrug einen Tag später öffentlich und die Reputation des Rates leidet stark.

Aufruhr

Alle Unruhen fangen klein an, aber wenn die Probleme nicht gelöst werden oder nicht genug Truppen auf die Straße gebracht werden, werden sie immer schlimmer und breiten sich aus. Wenn der Rat nicht gegen die Unruhen vorgeht, wird er als schwach angesehen.

Die Entsendung der Greifenritter stoppt die Unruhen, führt aber zu einem Blutbad.

Die Miliz auf eigene Faust loszuschicken, ist nur gegen Geflüchtete wirksam.

Wenn die Unruhen weitergehen, kommt es zu Plünderungen und Feuern in der Stadt.

Plünderungen

Wenn es zu Plünderungen kommt, bittet der Kommandant der Wache am nächsten Tag um die Erlaubnis, Plünderer als Warnung öffentlich aufzuhängen. Unter diesen Plünderern sind auch junge Bürger, und wenn der Rat nicht direkt nach ihnen fragt, werden sie ebenfalls gehängt.

Mitglieder der Kaufmannszunft bitten den Rat auch um Lagerhauswächter und fordern nicht weniger als hundert Wächter.

ALTERNATIVE ZEIT

Wenn du das Szenario nicht während **Das Imperium in Trümmern** benutzt, kannst du es am Ende der Kampagne verwenden. Die Rote Krone wartet zu lange mit dem Handeln, weil sie glaubt, dass das Imperium weiter ins Chaos abrutscht.

Als sie dann doch angreifen, ist ein Teil ihrer Streitkräfte wieder im Wald verschwunden. Ändere die Siegpunkte für *Die Chaosarmee greift an* auf der Siegpunktetabelle der Roten Krone von 50 auf 40.

Abriegelung

Wachhauptmann Speierling empfiehlt eine vollständige Ausgangssperre, falls es zu Problemen kommt. Eine nächtliche Ausgangssperre verringert die Spannungen in der Stadt, während eine Ausgangssperre am Tag sehr unpopulär ist. Fünfzig Soldaten müssen eingesetzt werden, um die Ausgangssperre zu überwachen. Wenn sie das nicht tun, geht das nach hinten los, denn die Bevölkerung hat das Gefühl, dass andere „ungestraft davonkommen".

DER ANGRIFF

Als die Sonne über den Horizont kommt, ertönt ein unheimliches Gebrüll von der Armee vor den Toren, das eine Ewigkeit anzuhalten scheint. Und dann greifen sie an.

Um den Ausgang des Angriffs zu bestimmen, hast du mehrere Optionen, oder eine Mischung aus beidem.

Die erzählerische Option

Du solltest den Angriff beschreiben und dabei die Szenen hervorheben, in denen die Handlungen der Charaktere Auswirkungen haben. Wenn die Spieler bereit sind, ein bisschen zu kämpfen, können die Charaktere an allen Schlüsselpunkten teilnehmen, die sie wollen, z.B. wenn der Feind die Zinnen einnimmt, die Tore durchbricht oder die Militärakademie angreift. Du kannst Kämpfe mit den verschiedenen Tiermenschen, Kultisten und Chaoskriegern aus **Kapitel 12: Bestiarium** von **WFRS** erstellen.

Die Siegpunkte-Option

Du kannst die folgenden Tabellen verwenden, um den Ausgang der Belagerung zu ermitteln. Zähle die Gesamtzahlen für jede Seite (Diesdorf und Rote Krone) zusammen und ziehe dann die Gesamtzahl für Diesdorf von der Gesamtzahl für die Rote Krone ab. Schlage schließlich die Differenz in der Ergebnistabelle der Belagerung nach. Du kannst die Siegpunktwerte anpassen, um besonders bemerkenswerte Handlungen der Charaktere zu belohnen (oder zu bestrafen!).

Du kannst frei entscheiden, was auf der Grundlage der Handlungen des Rates und der Ereignisse in der Stadt passiert. Die erzählerische Option kann als Richtschnur dienen, aber wenn der Rat im Allgemeinen kompetent gehandelt hat und sie nicht zu viele Truppen verloren haben, schlägt Diesdorf die Chaoshorde zurück.

ROTE KRONE SIEGPUNKTE

Ereignis	Siegpunkte	Anmerkungen
Die Chaosarmee greift an	50	
Ulfhednar der Zerstörer, Etelka, Ernst und/oder Crakatz in der Armee	1 bis 7	Ulfhednar der Zerstörer (2 Siegpunkte), Etelka (3 Siegpunkte), Ernst (1 Siegpunkt), Crakatz (1 Siegpunkt)
Hauptmann von Hayek ist tot	2	
Werner Noll und die Abenteurer sind nicht auf freiem Fuß	3	Wenn sie frei sind, stoppen sie eine Verschwörung von Kultisten der Roten Krone, um das Osttor zu beschädigen. (An einem der Tore gibt es eine laute Explosion, die es stark beschädigt.)
Die Zwerge haben die Stadt verlassen	2	
Für je 20 Diesdorfer Truppen, die getötet wurden	1	Dies dient dazu, die Berechnungen einfach zu halten, aber es kann für die verschiedenen Truppentypen angepasst werden.
Für je 5 getötete Greifenritter	1	
Die Charaktere ziehen die Kundschafter der Stadt zurück	1	Das schränkt die Informationen über die feindlichen Streitkräfte ein.
Das Sinkeltheater wird bis auf die Grundmauern niedergebrannt	1	Das verursacht Angst und senkt die Moral der Stadt.
Ein verbliebenes Mitglied des Rates wird getötet	1	
Geflüchtete mit Krankheiten kommen in die Stadt oder diejenigen im Shallyatempel entkommen	3	
Die Miliz meutert	2	
Konrad Sinkel wird hingerichtet	2	
Scheitern von Major Hans' Plan	Wie in der Tabelle ‚Die Falle'	
Der gefangene Tiermensch entkommt	1	
Kranke Geflüchtete werden in Sichtweite des Tores getötet	1	Auch wenn viele zustimmen, dass sie die Stadt nicht betreten dürfen, wird es als grausam angesehen, sie zu töten.
In Diesdorf kommt es zu Unruhen	1	
Die Greifenritter werden hinzugezogen, um die Unruhen niederzuschlagen	3	Das führt zu einer großen Anzahl von Toten

DIESDORFS SIEGPUNKTE

Ereignis	Siegpunkte	Anmerkungen
Das Sinkeltheater führt ein mitreißendes Stück auf	1	Das steigert die Moral in der Stadt.
Das Tor im Norden versiegelt	5	
Südliches Tor versiegelt	5	
Die Miliz ist vollständig ausgerüstet	2	
Der Abstieg wird abgerissen	5	
Der Damm wird zerstört und der Graben gefüllt	4	
Alexi Vockoffs Vorschläge werden umgesetzt	5	
Die Ulricianer Pilger und Bart van Barts Wahre Schwerter werden gerettet	8	
Erfolg in Major Hans' Plan	Wie in der Tabelle ‚Die Falle'	
Vorräte der Zünfte verteilt	1	
Die Geschütze werden vom Artilleriefeld in die Stadt bewegt	2	
Der Rat zahlt eine Entschädigung	1	Die Ansicht, dass der Rat fair ist, verbessert die Moral.
Ghal Maraz wird zur Verteidigung der Stadt geschwungen	Variiert	Siegpunkte entsprechen den gesamten **EG** aus 3 **Erweiterten Herausfordernden (+0)** ***Nahkampf (Zweihändig)*-Würfen**, die nur addiert werden, wenn der Charakter, der Ghal Maraz schwingt, in den Kampf verwickelt wird.
Weitere Handlungen des Charakters zur Verteidigung der Stadt	1 bis 10	Die Charaktere können einen erheblichen Einfluss auf den Ausgang der Schlacht haben.
Für je 100 bewaffnete Bürger auf der Mauer	1	

ERGEBNIS DER BELAGERUNG

Differenz	Ergebnis
29 oder weniger Punkte	Erster Tag: Der Angriff wird abgewehrt, obwohl es zahlreiche Opfer gibt. Zweiter Tag: Die Kämpfe sind erbittert. Der Angriff wird am Nachmittag zurückgeschlagen. Es folgen ein paar wilde, aber sinnlose Angriffe und in der Nacht verschwinden die Angreifer.
30+ Punkte	Erster Tag: Der Angriff wird mit Verlusten zurückgeschlagen. Zweiter Tag: Die Kämpfe sind schlimmer und es sterben viele. Ein paar Stunden lang wird die Westmauer von den Angreifern gehalten. Als die Nacht hereinbricht, wird die Mauer zurückerobert und die Angreifer fliehen.
40+ Punkte	Eines der Tore wird am Abend des ersten Tages durchbrochen. Bleibt nur ein Tor unversiegelt, wird die Attacke zurückgeschlagen, nachdem 24 Stunden lang heftige und anhaltende Kämpfe folgen. Am Ende fliehen die Angreifer. Bleiben zwei oder mehr Tore unversiegelt, fällt Diesdorf und wird verwüstet. Das befestigte Hauptgebäude der Militärakademie übersteht den Ansturm. Die Angreifer zerstören die Stadt, nachdem sie das Magazin geplündert haben und ziehen sich zurück.
50+ Punkte	Eines der Tore wird am Abend des ersten Tages durchbrochen. Nach heftigen und anhaltenden Kämpfen in der Nacht fällt Diesdorf und wird verwüstet.
60 Punkte	Die Verteidiger werden schnell überrannt und die Armee dringt in die Stadt ein und richtet Verwüstungen an.

KAPITEL 12
TRIUMPH DES GRABFÜRSTEN

Die Grabfürst-Abenteuer können als eine Reihe von Ereignissen verwendet werden, die einen „B-Plot" für die Kampagne **Der Innere Feind** bilden. Mit ein bisschen Arbeit lassen sie sich weiter ausbauen und bilden eine eigenständige Kampagne.

DIE GESCHICHTE BIS JETZT

Die Charaktere begegneten Hans Gräber zum ersten Mal im **Tod auf dem Reik Kompendium**. Dieser aufstrebende Nekromant war einst ein gelehrter Mönch im Sigmarkloster bei Dunkelberg, wurde aber ausgestoßen, weil er zu tief in die verbotenen Bücher des nekromantischen Wissens in der Klosterbibliothek eintauchte. Aus Rache widmete sich Gräber noch mehr dem Studium der Geisterbeschwörung und nannte sich zu Ehren seines Idols, Heinrich Kemmler, dem Leichenfürsten, „der Grabfürst". In *Die Rache des Grabfürsten* befanden sich die Charaktere zufällig auf demselben Boot wie der Abt von Gräbers ehemaligem Kloster, als der Grabfürst beschloss, Rache zu nehmen.

Die nächste Begegnung mit dem Grabfürsten fand im Abenteuer *Fliegende Todesschädel* im **Die Graue Eminenz Kompendium** statt. Auf der Reise von Altdorf nach Middenheim trafen die Charaktere auf ein Dorf, das von entsetzlichen fliegenden Todesschädeln terrorisiert wurde. Als sie das Rätsel lösten, trafen sie Gräber zum ersten Mal persönlich und erfuhren, dass die Attacken Rache für eine andere Kränkung in seiner Vergangenheit waren.

Im **Die Gehörnte Ratte Kompendium** überquerte Gräber zufällig zur gleichen Zeit wie die Charaktere die Middenberge, allerdings aus einem ganz anderen Grund. Trotzdem ist er davon überzeugt, dass die Charaktere Agenten des Imperiums sind, die ihn aufhalten sollen, denn seiner Meinung nach kann es keine größere Bedrohung für das Imperium geben als ihn selbst. In *Die Rückkehr des Grabfürsten* hörten die Charaktere während des gesamten Abenteuers Andeutungen und Gerüchte, bevor Gräbers Truppen der Untoten das Luftschiff attackierten, mit dem sie nach Middenheim zurückreisten, nachdem sie die Verschwörung der Skaven vereitelt hatten.

DIESES ABENTEUER LEITEN

Dieses Abenteuer besteht aus vier Teilen, die zu verschiedenen Zeitpunkten während **Das Imperium in Trümmern** stattfinden. Obwohl jede Begegnung rein zufällig stattfindet (zumindest was die Charaktere angeht) wird Gräber immer überzeugter davon, dass die Gruppe darauf aus ist, ihn auszuschalten. Denn welche größere Bedrohung könnte es für das Imperium geben als den größten Nekromanten, den die Welt je gesehen hat?

Erster Teil: Der beste Feind kann jederzeit stattfinden, wenn die Gruppe dem unvermeidlichen Tod durch einen überlegenen Feind gegenübersteht. Nachdem er beschlossen hat, dass er, und nur er, das Recht hat, das Leben seiner Erzfeinde zu beenden, rettet Gräber sie. Während die Charaktere in Schach gehalten werden, hält er eine seiner grandiosen Reden, in der er erklärt, dass er zurückkehren wird, um sie zu töten, wenn die Zeit reif ist und es mehr Zuschauer gibt, die seinem Sieg beiwohnen. Von seinen Untoten Gefolgsleuten abgeschirmt, zieht er sich zurück und die Gruppe muss ihre Suche fortsetzen.

Zweiter Teil: Dunkle Taten im Grauen Gebirge hat eher die Form eines Gerüchts als einer direkten Begegnung. Während sie in Altdorf sind, hören die Charaktere von seltsamen Ereignissen weit im Süden nahe der bretonischen Grenze. Grognards kommen vielleicht die Namen Frugelhofen und La Maisontaal bekannt vor, und Nachforschungen werden die Charaktere schnell zur Legende von Heinrich Kemmler führen, dem berüchtigten Leichenfürsten. Es scheint, dass Gräber die Spur jedes berühmten alten Nekromanten verfolgt, den er finden kann.

Dritter Teil: Die (zweite) Belagerung von Streissen findet statt, als die Charaktere versuchen, Streissen zu entkommen, nur um festzustellen, dass der Grabfürst endlich seine Armee versammelt hat und auf Streissen marschiert.

Vierter Teil: Was nun? Erörtert einige Optionen für die Fortsetzung des Abenteuers nach **Das Imperium in Trümmern**, sollte der Grabfürst überleben.

DER BESIEGTE GRABFÜRST

Es ist zwar befriedigender, wenn Gräber aus jeder Begegnung mit heiler Haut (und seinem beträchtlichen Ego) herauskommt, aber das ist vielleicht unmöglich, ohne offensichtlich zu schummeln. Wenn die Charaktere etwas Geniales tun und Gräber keinen plausiblen Weg hat, dem Tod zu entkommen, lass ihnen den Sieg ... und überrasche sie dann, indem du ihn bei der nächsten Begegnung zurückholst. Es gibt verschiedene Möglichkeiten, das durchzuziehen:

Schicksalspunkte: Schicksalspunkte sind eines der Dinge, die die Charaktere besonders machen, und nicht jeder NSC hat sie verdient. Sie können aber eine gute Möglichkeit sein, einen NSC, der immer wieder auftaucht, wie einen echten Erzfeind, aus der Masse der gewöhnlichen Gegner zu erheben. Gräber ist hartnäckig genug, um selbst ein paar Schicksalspunkte zu verdienen, und mit ein bisschen Einfallsreichtum ist es vielleicht möglich, einen plausiblen Grund dafür zu finden, dass er den scheinbaren Tod durch die Hand der Charaktere überlebt. Seine untoten Anhänger könnten zum Beispiel die Anweisung haben, ihn in Sicherheit zu bringen, wenn er fällt. Wenn die Charaktere keine Möglichkeit zum Fliegen haben, könnten der Geflügelte Nachtmahr oder ein Todesgeier den Körper ihres Meisters schnell außer Reichweite bringen, damit Gräber sich ausruhen und heilen kann, bevor er wieder auftaucht.

Aber er wird nicht aufgeben: Hinter seiner lächerlichen Stimme und seiner ungezügelten Egomanie ist Gräber ein erfahrener Nekromant. Während seiner Reisen in die Middenberge auf den Spuren von Dieter Helsnicht, Melkhior dem Alten und Zacharias dem Unsterblichen könnte er durchaus ein obskures nekromantisches Ritual entdeckt haben, das ihm erlaubt, den Tod zu überleben. Wenn die Charaktere dem Grabfürsten das nächste Mal begegnen, könnte er selbst ein Untoter sein. Dank des Rituals behält er alle seine Erinnerungen, Fertigkeiten, Talente, Zaubersprüche und andere Fähigkeiten und erhält die Eigenschaft Untot sowie alle anderen Eigenschaften, die du interessant findest: *Angst* auf Stufe 2-4, *Dunkelsicht*, *Schmerzfrei* und sogar *Ätherisch* sind alles Möglichkeiten.

Du siehst anders aus: Viele Geister verdanken ihren Ursprung zwanghaften Rachegedanken, und es ist bekannt, dass körperlose Geister von den Körpern der Lebenden Besitz ergreifen oder die Körper der Toten beleben. Bei ihrer nächsten Begegnung erkennen die Charaktere Gräber vielleicht nicht sofort, aber sein neuer Körper spricht immer noch mit einem nasalen Heulen und seine Reden sind genauso bombastisch wie zuvor.

ERSTER TEIL: DIE BESTEN FEINDE

Diese Begegnung findet während des 4. Kapitels von **Das Imperium in Trümmern** statt, wenn die Charaktere auf dem Weg von Middenheim zum Güldenen Felsen sind, oder danach, auf der Reise nach Altdorf. Wenn du die Nebenhandlung des Grabfürsten in dein Spiel einbinden möchtest, ist es am besten, wenn der Graf den Charakteren befiehlt, die Straße auszukundschaften, sodass sie isoliert sind.

Aufgrund ihrer früheren Begegnungen hat Gräber beschlossen, dass die Charaktere seine Erzfeinde sind und dass er derjenige sein muss, der sie besiegt. Deshalb muss er verhindern, dass jemand anderes sie tötet, und nach seinem aufgeblasenen Sinn für Drama kann er sie nicht einfach töten, wenn sie von einem anderen Feind geschwächt wurden. Der finale Konflikt muss zu einer geeigneten Zeit und an einem geeigneten Ort stattfinden, mit einem großen Publikum, das seinem Triumph beiwohnt. Deshalb ist dieser unwahrscheinliche Retter zur Stelle, um die Charaktere zu retten, wenn ein Kampf so gut wie verloren scheint.

Ein wahrscheinlicher Moment ist, wenn die Charaktere vor dem Hauptteil der Karawane auf Erkundungstour gehen, weit weg von jeglicher Unterstützung. Auf ihrem Weg nach Süden werden die Charaktere von einer Gruppe religiöser Fanatiker, Nordland-Rebellen oder einer anderen Gruppe angegriffen, die ein Hühnchen mit den Charakteren oder dem Grafen von Middenheim und seinen Dienern zu rupfen hat. Siehe **Dramatis Personae** auf Seite 18 von **Das Imperium in Trümmern** für Charakterprofile.

Die Untoten

Die Profile für untote Kreaturen findest du am Ende dieses Kapitels und weitere in Kapitel 12 des **WFRS**-Regelbuchs. Die genaue Zusammensetzung von Gräbers Truppe der Untoten ist deine Entscheidung: Sie sollte hauptsächlich aus Skeletten und Zombies bestehen, mit einer Handvoll „besonderer" Kreaturen wie den fliegenden Todesschädeln (denen die Charaktere schon einmal begegnet sind), dem Todesgeier und dem Geflügelten Nachtmahr, wenn sie frühere Begegnungen überlebt haben. Die Gesamtstärke von Gräbers Streitmacht sollte nicht nur ausreichen, um die Charaktere zu retten, sondern auch, um deutlich zu machen, dass sie dem Grabfürsten ausgeliefert sind, wenn der Kampf vorbei ist.

Inszenierung der Begegnung

Der Angriff sollte erfolgen, wenn die Charaktere kurz davor sind, überwältigt zu werden. Vielleicht ist gerade feindliche Verstärkung eingetroffen, vielleicht haben die Charaktere ein oder zwei Kritische Treffer erlitten, oder ein schier endloser Strom von Pfeilen oder Schüssen überrascht sie aus dem Wald. Was auch immer der Fall ist, die Charaktere müssen mit einer sicheren Niederlage rechnen, ohne dass Hilfe in Sicht ist. Die Untoten kommen genau in dem Moment, in dem die Spieler zu glauben beginnen, dass alles verloren ist. Plötzlich gibt es einen Aufruhr im hinteren Teil der feindlichen Truppen, obwohl die Charaktere nicht sofort erkennen können, was passiert. Nach ein oder zwei Runden sehen die Charaktere Knochen und verfaulendes Fleisch, als ihre Feinde fallen. Über dem Kampfgetöse hören sie Fetzen blasphemischer Beschwörungsformeln mit einer heulenden, nasalen Stimme, die ihnen schmerzlich vertraut ist. Gefallene Feinde stehen auf und attackieren ihre ehemaligen Kameraden.

Es dauert nicht lange, bis alle Angreifer tot und viele von ihnen als Untote auferstanden sind. Es gibt eine kurze Pause, in der sich die Charaktere und die Untoten gegenüberstehen, dann ertönt wieder die wimmernde Stimme. Abgeschirmt von einer Reihe von Skeletten und Zombies hält Gräber eine seiner bombastischen Reden. Wie schon in Altdorf (siehe *Die Rache des Grabfürsten* im **Tod auf dem Reik Kompendium**) benutzt er den Zauber *Flüstern*, damit seine Stimme von dem Skelett oder Zombie zu kommen scheint, der den Charakteren am nächsten ist.

„Törichte Sterbliche! Als Preis für eure ständige Einmischung habt ihr euer armseliges Leben an den Grabfürsten verwirkt!'

Die Charaktere könnten das so verstehen, dass Gräber sie auslöschen will, aber die Untoten machen keine Anstalten, anzugreifen. Stattdessen fährt die jammernde Stimme fort.

„Diese erbärmlichen Kreaturen haben es gewagt, das Recht des Grabfürsten auf Rache an sich zu reißen, und sie sind für ihre Anmaßung gestorben!'

Doch die Untoten greifen nicht an.

„Die Zeit eures Untergangs ist noch nicht gekommen, also geht euren Weg - aber wisst, dass der Grabfürst zurückkehren wird, um euch zu holen!"

Die vorderen Reihen der Untoten bleiben an ihrem Platz, während Gräber und seine anderen Schergen sich zurückziehen. Der Todesgeier erhebt sich in die Lüfte, zusammen mit Gräber auf seinem Geflügelten Nachtmahr, umgeben von einer Meute fliegender Todensschädel. Erst als sie hinter den Baumkronen verschwunden sind, ziehen sich die anderen Untoten langsam zurück.

Attacke!

So zumindest plant Gräber den Verlauf der Begegnung. Er rechnet damit, dass die Charaktere von seinem Erscheinen so beeindruckt und von der Tatsache, dass er sie gerettet hat, so verwirrt sind, dass sie seiner Rede folgsam und passiv zuhören. Wie wir bereits gesehen haben, zieht Gräber bei seinen Planungen das Theatralische dem Praktischen vor, und er überschätzt immer wieder die psychologische Wirkung, die er auf die Charaktere hat.

Sollten die Charaktere ein paar scharfe Worte für Gräber übrig haben, kannst du ihn in seiner Antwort aus der Fassung bringen. Die Maske verrutscht für einen Moment, und der bockige junge Mann besteht darauf, dass sie ihn ernst nehmen. Wenn die Charaktere darauf beharren, geht er wütend weg und erinnert sie daran, dass seine Rache zum Greifen nah ist. Natürlich darfst du nicht vergessen, dass er zahllose Untote zu seiner Verfügung hat und sich nicht scheut, sie einzusetzen. Er hofft nur auf ein theatralischeres Ende für seine größten Feinde, das einer Geschichte würdig ist, die über die Jahrhunderte hinweg erzählt wird. Ein gewaltiger Sturm wäre ideal, zusammen mit ein paar Blitzen, die den Ton angeben. Ideal wäre auch ein großes Publikum von entsprechend entsetzten Zeugen. Ist das zu viel verlangt?

Natürlich werden die Charaktere nicht einfach nur dastehen, während Gräber seine Szene vorspielt, sondern sie werden wahrscheinlich auch attackieren. Gräber hat dafür gesorgt, dass er außer Sichtweite ist und benutzt Magie, damit seine Stimme von einem der Untoten in der ersten Reihe kommt.

Ihn in den Massen von Untoten zu entdecken, ist nicht einfach. Gräber antwortet auf jeden Gewaltversuch, indem er seinen Untoten befiehlt, die Charaktere zu ergreifen.

Jeder Charakter wird von den Skeletten und Zombies mit 1W10 Packen-Angriffen (**WFRS**, Seite 163) attackiert. Gräber ergänzt ihre Bemühungen bei Bedarf mit immobilisierender Magie wie *Fesseln* und *Stoßen*. Einem erfolgreich gepackten Charakter werden alle Waffen abgenommen, die er in kurzer Entfernung auf einem Haufen liegen lässt. Sobald alle Charaktere überwältigt sind, hält Gräber den Rest seiner Rede und fügt noch ein paar Zeilen über die Sinnlosigkeit des Versuchs hinzu, sich dem Willen des Grabfürsten zu widersetzen.

Verfolgungsjagd

Nachdem sie von Gräber und seinen Untoten gerettet, bedroht und möglicherweise in Verlegenheit gebracht worden sind, besteht die Möglichkeit, dass die Charaktere beschließen, ihnen zu folgen, ihre Zahl durch Angriffe zu verringern und die Horde der Untoten schließlich zu besiegen. Das kann ein guter Fortsetzungsstrang für die Grabfürst-Nebenhandlung sein, und du kannst das Hauptabenteuer nach Bedarf anpassen, um sicherzustellen, dass die Charaktere dabei nicht zu weit vom Weg abkommen oder dass sie an einigen wichtigen Handlungspunkten zu spät ankommen und improvisieren müssen, um aufzuholen!

Alternativ könnte Gräber einfach Verdunkelungsmagie einsetzen, um der Gruppe zu entkommen, oder seinen Skeletten und Zombies eine verzögernde Handlung befehlen, während er und seine wertvolleren Untoten entkommen.

ZWEITER TEIL: DUNKLE TATEN IM GRAUEN GEBIRGE

In Kapitel 6 von **Das Imperium in Trümmern** kehren die Charaktere nach Altdorf zurück, wo verschiedene Fraktionen um die Macht kämpfen. Besorgniserregende Nachrichten und beunruhigende Gerüchte kommen aus allen Ecken des Imperiums, und die intriganten Adeligen schlagen aus jeder Nachricht so viel politisches Kapital wie möglich. Einige Gerüchte aus dem südlichen Reikland werden benutzt, um die Autorität von Imperator Karl-Franz zu untergraben, obwohl die Charaktere sie als Teil eines beunruhigenden Musters erkennen könnten.

Neben den Gerüchten aus **Das Imperium in Trümmern** hören die Charaktere vielleicht auch die folgenden. Die Spieler erkennen ihre Bedeutung vielleicht nicht sofort, und sie können weggelassen werden, wenn du denkst, dass sie die Erfahrung der Spieler nicht bereichern oder, schlimmer noch, sie verwirren und in die Irre führen könnten. Sie sind jedoch die Zeichen dafür, wo Gräber ist und Hinweise darauf, was er tut. Vielleicht erinnerst du die Spieler durch einige Dinge, die sie im vierten Teil im Kloster lesen oder hören, an sie, oder eine der späteren Begegnungen enthält einen Hinweis, der die Spieler vor plötzlicher Erkenntnis die Stirn runzeln lässt.

GRÄBERS FORTSCHRITT

Nachdem er den Schattenwald auf den Spuren von Dieter Helsnicht, Melkhior dem Alten und Zacharias dem Unsterblichen durchquert hat, hat sich Gräber nach Süden gewandt, um die nächste Phase seines grandiosen Plans in die Tat umzusetzen. Im Grauen Gebirge will er Krells Grabhügel und alle anderen bedeutenden Orte in der Karriere seines Helden Heinrich Kemmler besuchen.

Sein ultimativer Plan ist es, Kemmlers Überreste zu finden, von denen er glaubt, dass sie irgendwo in der Nähe des bretonischen Klosters La Maisontaal begraben sind, und sie als Diener und Berater wieder zu beleben. Auf dem Weg dorthin wird er alle vernichten, die sich dem Leichenfürsten widersetzt haben, vor allem die anmaßenden Mönche von Taal.

FÜR GROGNARDS: DER LEICHENFÜRST

Der Name Heinrich Kemmler, der Leichenfürst, hat eine lange Geschichte im Warhammer Fantasy Universum, sogar älter als die erste Edition des **Warhammer Fantasy-Rollenspiels**.

Terror of the Lichemaster war ein Battle Pack für die zweite Edition von *Warhammer: The Game of Fantasy Battles* Miniaturenspiels. Darin führte Heinrich Kemmler eine wachsende Truppe Untoter gegen einen Bauernhof, ein Bergwerk und das imperiale Dorf Frugelhofen. Eine vierte Schlacht, „Vengeance of the Lichemaster", erschien im *Dritten Citadel-Journal* und begleitete Kemmler, wie er das bretonische Kloster La Maisontaal in einer Dreierschlacht attackierte, an der auch eine Skaven beteiligt waren. Drei Jahre später wurde diese Geschichte in dem Abenteuer *Lichemaster* für die erste Edition des **Warhammer Fantasy-Rollenspiels** adaptiert.

Seitdem ist Kemmler eine feste Größe in den Armeebüchern, ein mächtiger Nekromant, der als Anführer oder Held für eine Armee der Untoten zur Verfügung steht. Seine Legende wurde in diesen Quellen erheblich erweitert, und er bleibt einer der kultigsten Schurken in *Warhammer Fantasy*.

Die Gerüchte

Die Charaktere hören die Gerüchte in der unten angegebenen Reihenfolge. Die ersten Gerüchte werden den Hof schon einige Tage vor den Charakteren erreicht haben und können schon alt sein, wenn sie in der Hauptstadt ankommen. Wenn das der Fall ist, werden sie vielleicht erst wieder auftauchen, wenn die Charaktere eines der späteren Gerüchte hören und beschließen, dem nachzugehen.

- Zu den Berichten aus Übersreik gehört die Nachricht, dass der Kontakt zu einer Karak Azgaraz zugehörigen Zwergenmine im Südwesten der Stadt verloren gegangen ist. Der leitende Bergmann, ein gewisser Gimbrin Guthelm, kommt regelmäßig nach Übersreik, um sein Erz zu verkaufen und Vorräte zu kaufen, und angesichts der allgemeinen Lage im Imperium (und der Gerüchte über erneute Aktivitäten der Grünhäute in den Bergen) macht sich der Rat von Übersreik Sorgen. Es wird darüber nachgedacht, Söldner oder Abenteurer anzuheuern, um die Berge auszukundschaften, obwohl Baronin von Nacht, die Vertreterin des Imperators, ein solches Vorgehen noch nicht genehmigt hat.

- *Gräber hat in der Mine zugeschlagen, genau wie Kemmler vor Jahren, um die Zwerge dafür zu bestrafen, dass sie es gewagt haben, sich seinem Helden zu widersetzen. Wenn die Charaktere ihm das nächste Mal begegnen, könnten ein paar seiner Zombies verfaulende Zwerge sein. Wenn einer der Charaktere eine frühere Bekanntschaft mit Baronin von Nacht hat, zum Beispiel aus dem* **Einsteigerset** *oder aus* **Raue Nächte & Harte Tage**, *kann dieses Gerücht direkt von ihr stammen, mit der Bitte, dass die Charaktere ihr alle weiteren Informationen zukommen lassen, die sie herausfinden.*

- Ein großer Sturm verwüstete das Dorf Frugelhofen und forderte viele Tote. Er schien sich auf den Berg Frugelhorn zu konzentrieren. *Dieses Gerücht ist eine Verkettung von drei einzelnen Ereignissen, und verschiedene Versionen, die aus unterschiedlichen Quellen stammen, können einen Hinweis darauf geben, indem sie ein Ereignis gegenüber einem anderen hervorheben. Der Blitz, der in das Frugelhorn einschlug, war ein Nebeneffekt der nekromantischen Magie, die Gräber einsetzte, um Krells Grabhügel zu öffnen und einige der Opfer vergangener Schlachten in der Gegend zu erheben, was seine Streitkräfte zu verstärken. Er ist besonders an den Diensten derer interessiert, die bei seinem legendären Feldzug für und gegen den Leichenfürst gestorben sind. Das Dorf Frugelhofen wurde mehr als nur verwüstet, ebenso wie der nahe gelegene Hof von Bogel. Niemand auf dem Hof überlebte, um die Geschichte zu erzählen, aber ein paar Menschen entkamen aus Frugelhofen, bevor es völlig zerstört wurde. In den Tagen, nachdem die Charaktere dieses Gerücht zum ersten Mal gehört haben, kommen genauere Berichte von Baronin von Nacht und anderen aus der Gegend. Durch sie erfahren die Charaktere, dass das Dorf und mehrere abgelegene Höfe zerstört wurden. Vielleicht erfahren sie auch, dass die Angreifer Untote waren, die von einem Nekromanten angeführt wurden, der bombastische Reden mit einer irritierenden, nasalen Stimme hielt.*

- Jemand hat Krells Grabhügel bei Übersreik geöffnet. Der Ort war schon immer ein böses Omen, und die Einheimischen sind besorgt über eine weitere Untotenplage. *Als mächtiger Verfluchter König und ehemaliger Champion des Chaos, wurde Krell von Kemmler zu Beginn seiner Schreckensherrschaft ausgegraben.*

Die Gerüchte nutzen

Die Gerüchte in diesem Abschnitt sind nur als Stimmungstexte gedacht: Dinge, die die Charaktere hören, während sie in Altdorf sind, die Gräber wieder ins Bewusstsein rufen und die kommenden Begegnungen unterstützen. Es besteht jedoch immer die Gefahr, dass die Spieler sie als Aufforderung zur Handlung betrachten und beschließen, sich ins Graue Gebirge zu begeben, bevor die Haupthandlung dies erfordert. Wenn es so aussieht, als würde das passieren, hast du mehrere Optionen.

Lass sie gehen: Das wird ein bisschen Arbeit erfordern. Die Angelegenheiten in Altdorf sind sicherlich dringlich, aber wenn du willst, kannst du die Charaktere gehen lassen, um diesen Gerüchten nachzugehen. Quintus Fassbinder (siehe **Das Imperium in Trümmern**, Seite 106) ist eine wichtige Informationsquelle, um die Charaktere auf der Suche nach Ghal Maraz zum Nachtfeuerpass zu schicken. Dass Quintus den Charakteren sagt, dass es einige Wochen dauern wird, bis er ihnen seine Beweise vorlegen kann, gibt den Charakteren etwas Spielraum, um den Grabfürsten aufzuspüren. Die politische Lage ist zwar schlimm, aber es ist klar, dass Middenheim und Altdorf einige Zeit brauchen werden, um die Kräfte für einen offenen Krieg aufzubringen. Wenn du möchtest, kann Quintus die Charaktere später im Süden des Reiklandes aufsuchen und den (für ihn) seltenen Schritt wagen, die Hauptstadt zu verlassen.

Sollten sie gehen, können die Charaktere einige Zeit damit verbringen, durch das Graue Gebirge zu wandern und zu versuchen, Gräbers Spur aufzunehmen und dabei in alle möglichen Schwierigkeiten zu geraten. Das **Die Gehörnte Ratte Kompendium** enthält einige Monster und andere Ideen, um die Reisen in den Bergen interessanter zu gestalten. Während ihrer Reise können die Charaktere ein paar Dinge über Kemmler erfahren und vielleicht sogar beginnen, Gräbers Besessenheit von ihm zu verstehen. Irgendwann sollte sich eine Gelegenheit ergeben, wieder in den Haupthandlungsstrang einzusteigen; entweder trifft Quintus unerwartet mit den Beweisen des Nachtfeuerpasses ein, oder, wenn alles andere scheitert, kann ein Bote mit Befehlen von Graf Boris oder Baron Heinrich die Gruppe wieder auf die richtige Spur bringen. Denke daran, dass Baron Heinrich Zugang zum Luftschiff hat, nachdem dieses repariert wurde, und die Charaktere schnell wieder an einen Ort bringen könnte, der dem Plan zuträglicher ist.

Nicht so schnell: An diesem Punkt der Kampagne sind die Charaktere nicht mehr völlig frei. Sie stehen zwar nicht mehr formell im Dienst eines bestimmten Adeligen oder Hauses, aber sie haben eine enge Beziehung zu Graf Boris von Wüterich, Baron Heinrich, „Prinzessin" Katharina und möglicherweise auch zu anderen imperialen Würdenträgern entwickelt. Da diese Würdenträger Gräber nicht selbst begegnet sind, werden sie diesen Gerüchten nicht so viel Bedeutung beimessen wie die Charaktere, und in diesen turbulenten Zeiten haben sie wahrscheinlich andere Dinge für die Charaktere zu tun. Daher ist es nicht allzu unwahrscheinlich, dass sie die Gruppe auf eine andere Mission schicken, die sie näher an der Haupthandlung von **Das Imperium in Trümmern** hält.

Wir gehen der Sache nach: Wenn die Spieler sich von einem adeligen Gönner überrumpelt fühlen, der ihnen befiehlt, die Gerüchte zu ignorieren, aber die Zeit nicht reif ist, um in die Berge zu gehen, kannst du eine Mischung aus den beiden vorherigen Optionen verwenden. Der Adelige, der die Gruppe beschützt, nimmt ihre Bedenken ernst, betont aber, dass sie zu wertvoll und die Umstände zu angespannt sind, als dass sie einfach losziehen und Gerüchten nachjagen könnten. Stattdessen heuert ihr Gönner eine andere Gruppe von Abenteurern an oder schickt ein paar Spezialtruppen der Armee, um den Gerüchten nachzugehen und Bericht zu erstatten. Die Charaktere erhalten die Möglichkeit, diese Ermittler zu informieren, bevor sie sich auf den Weg machen, aber sie hören nichts mehr von ihnen. Um das Ganze noch dramatischer zu machen, können die Charaktere bei einer zukünftigen Begegnung einen oder zwei dieser Ermittler als Zombies unter Gräbers Anhängern entdecken.

DIE LEGENDE DES LEICHENFÜRSTEN

Der furchterregende Name des Leichenfürsten lässt die Herzen in der ganzen Alten Welt erzittern, und die Geschichten über seine Taten sind zahlreich. Hier ist eine kurze Zusammenfassung der Informationen, die die Charaktere durch Nachforschen und Gerüchte in Erfahrung bringen können.

- Vor einem Jahrhundert war Heinrich Kemmler ein ehrgeiziger junger Nekromant. Er reiste durch die Länder der Toten und es heißt sogar, dass er die dunkle Pilgerfahrt nach Nagashizzar unternahm bevor er mit einem Wissen über Nekromantie zurückkehrte, das nur von Nagash selbst übertroffen wurde.
- Er versammelte ein Dutzend geringerer Nekromanten um sich, aber viele wurden vom Necrarch-Vampir Brachnar dem Verdammten unterwandert. Nach einer Reihe von Kriegen in Estalia, Bretonia und dem südlichen Reikland wurde Brachnar besiegt.
- Auf der Suche nach einem der Neun Bücher von Nagash wurde Kemmler von dem Todesfürsten Crovan gefangen genommen, besiegte ihn aber in einem magischen Zweikampf, wonach sich Kemmler „der Leichenfürst" nannte. Danach verwüstete er fast zwanzig Jahre lang den Norden Tileas und Bretonias, bevor er von bretonischen Truppen unter der Führung von König Theobald II. besiegt wurde. Auf der Flucht vor seinen Verfolgern geriet er in den Hinterhalt eines wiederauferstandenen Brachnar und wurde zu einem halbverrückten, umherwandernden Bettler reduziert. In diesem erbärmlichen Zustand wanderte er ein Jahrzehnt lang durch das Graue Gebirge und die Himmelspfeiler. Einmal suchte er Zuflucht in der Abtei von La Maisontaal, aber der Abt erkannte ihn und er war erneut gezwungen zu fliehen.
- Hoch in den Anhöhen stieß Kemmler auf den uralten Grabhügel von Krell (siehe Kasten rechts **Die Legende von Krell**), und dort schloss er einen unheiligen Pakt mit einer unbekannten Macht. Kemmlers Macht wurde wiederhergestellt und Krell wurde aus seiner magischen Gefangenschaft befreit, um als Befehlshaber der Streitkräfte des Leichenfürsten zu agieren. Nachdem er sein Heer durch das Abschlachten des Dorfes Frugelhofen und einiger abgelegener Höfe und Bergwerke verstärkt hatte, griff Kemmler 2491 La Maisontaal an. Von Skaven-Verbündeten verraten, wurde er von Herzog Tancred II. von Quenelles besiegt.
- Vier Jahre später erschlug Kemmler den Herzog in der Schlacht an der Brücke von Montfort. Dann wandte er sich ostwärts nach Athel Loren, plünderte dort die alten Grabhügel der Menschen und erweckte die Grabkönige, um den Wald der Elfen zu verwüsten. In den Schlachten der Steinhügel im Jahr 2497 wurde Kemmler besiegt. Krell wurde erschlagen, und manche sagen, auch der Leichenfürst selbst.

DIE LEGENDE VON KRELL

Krell war ein mächtiger Chaoschampion in den Tagen vor der Geburt Sigmars, der Herrscher über einen Barbarenstamm, der vom Chaosgott Khorne korrumpiert worden war. Krell errichtete ein Imperium unter den Stämmen, bevor er sich gegen die Zwerge im Süden wandte. Er verbündete sich mit den Nachtgoblins, die die Zwergenhochburgen Karak Ungor und Karak Varn stürmten, wurde aber schließlich bei einem Angriff auf die Zwergenfestung Karak Kadrin erschlagen. Seine Anhänger trugen seinen Leichnam weg und begruben ihn in einem Hügelgrab im Grauen Gebirge.

Fast 1.500 Jahre später stieß Nagash auf das Grab, als er auf der Suche nach der Zauberkrone war. Er erweckte diesen mächtigen Helden, um mit ihm gegen Sigmar in der Schlacht am Reik zu kämpfen. Das Heer der Untoten war so gut wie vernichtet, nachdem Sigmar Nagash getötet hatte, aber Krell und sein Wächter der Gräber bahnten sich einen Weg durch die Linien der Zwerge und entkamen, um eine blutige Schneise durch das Land zu schlagen. Krell wurde schließlich in die Enge getrieben und in der Schlacht am Gletschersee besiegt. Sein Körper wurde in einem magisch konstruierten Grabmal gefangen gehalten.

Jahrhunderte später stieß Heinrich Kemmler auf Krells Grab und befreite den uralten Verfluchten. Nach Kemmlers Attacke auf La Maisontaal wurden er und Krell von Herzog Tancred II. von Quenelles gejagt und Krell wurde getötet. Seine Überreste wurden zu dem Hügel zurückgebracht, auf dem seine Anhänger ihn begraben hatte, und die magischen Verteidigungsanlagen wurden verstärkt.

- Die Abtei von La Maisontaal auf der bretonischen Seite des Grauen Gebirges wurde von Untoten angegriffen und ein versiegeltes Gewölbe geöffnet. Die Gebeine von Heinrich Kemmler wurden entnommen.
- Gräber hat die Abtei genau wie Kemmler im Jahr 2491 angegriffen und Kemmlers Karriere bewusst nachgestellt.
- Beobachter, die an den Grenzen des Elfenwaldes von Athel Loren postiert sind, berichten, dass eine große Armee von Untoten den Wald verwüstet. Einige erinnern sich an den sogenannten Winter des Kummers im Jahr 2497.
- Gräber setzt Kemmlers Karriere fort, indem er in den Wald zieht und dort die alten Grabhügel der Menschen nutzt, um eine neue Horde Untoter zu erheben.
- Unter den nördlichen Armeen kursiert das Gerücht, dass Karl-Franz und die Reikländer zur Nekromantie gegriffen haben, um ihre Streitkräfte zu stärken, und möglicherweise planen, ein Reich der Untoten zu errichten. Einige freche Nordländer behaupten offen, dass Karl-Franz in Wirklichkeit ein Vampir ist, ein Sklave der von Carsteins aus Sylvania.
- Das unbegründete Gerücht kursiert tatsächlich, aber nur unter den gewalttätigsten Anti-Altdorfer Nordmännern.

DRITTER TEIL: DIE (ZWEITE) BELAGERUNG VON STREISSEN

Während **Das Imperium in Trümmern** haben die Charaktere die Möglichkeit, bei der „Befreiung" von Streissen und dessen Fall in die Hände von Marius Leitdorf zu helfen. Gelegentlich liebenswürdig, oft undurchschaubar und immer unberechenbar, ist Leitdorf kein dauerhafter Freund der Charaktere. Wenn er erfährt, dass sie Ghal Maraz bei sich haben, wird er alles in seiner Macht Stehende tun, um ihn an sich zu nehmen, und die Charaktere müssen nach ihrer zweiten Reise dorthin versuchen, aus der Stadt zu fliehen, möglicherweise mit Meister Albertrus Nyman und seiner Familie im Schlepptau (**Das Imperium in Trümmern**, Seite 166.)

Um die Sache noch weiter zu verkomplizieren, beschließt der Grabfürst genau zu diesem Zeitpunkt, ein letztes Mal zuzuschlagen. Gräber ist in sein ehemaliges Zuhause gekommen, um sich zu rächen und die Bibliothek nach dem Wissen zu durchstöbern, das er braucht, um sein Idol Heinrich Kemmler wieder auferstehen zu lassen.

Nachdem er seine lange Pilgerreise auf den Spuren Kemmlers beendet hatte, hörte er Hinweise darauf, dass die Universität von Streissen Kopien einiger besonders alter Bücher über die Verflechtung von Nekromantie und Chaos besitzen könnte. Obwohl dies keineswegs sicher war, hat die Anwesenheit der Charaktere bei der ersten Belagerung von Streissen in Gräbers Augen das Gerücht als absolute Tatsache zementiert. Schließlich sind die Charaktere seine größten Feinde und müssen daher dorthin gegangen sein, um ihn zu ärgern. Die Tatsache, dass er ihnen wieder begegnet, nachdem er in die Stadt zurückgekehrt ist, macht ihn nur noch sicherer, dass sie dort sind, um das Wissen, das er sucht, vor ihm zu verstecken.

Die vom Krieg verwüstete Stadt ist die perfekte Kulisse für seinen endgültigen Sieg über die Charaktere und die Wiederauferstehung des großen Heinrich Kemmler, der den Grabfürsten zumindest nach Gräbers Meinung endlich als ebenbürtig anerkennen wird

Der Alarm

Die Ereignisse nehmen ihren Lauf, als die Charaktere die Stadt verlassen, nachdem sie Meister Albertus Nyman gefunden haben. Als sie sich den Toren nähern, ertönt eine Glocke über der Stadt. Die Straßen bleiben einen Moment lang menschenleer, aber als die Glocke weiter läutet, beginnen die Truppen zu den Mauern zu eilen, und in den Häusern werden Türen und Fenster geöffnet, damit die Bewohner die Lage einschätzen können. Es ist eine der drei Warnungsglocken von Streissen, ein mächtiges, stumpfes Eisenmonument, das über dem Morrtempel der Stadt hängt und die nur geläutet wird, wenn ein Angriff der Untoten auf die Stadt droht. Die meisten haben seinen Klang außerhalb der jährlichen Zeremonie noch nie gehört, und er ist so ungewöhnlich, dass sich sogar die besorgten Bürger von Streissen dafür interessieren.

Wenn sie die Mauern erreichen, wird den Charakteren klar, dass die Flucht (noch) schwieriger geworden ist. Eine Heerschar von Soldaten versammelt sich um die Stadt, die zwar noch ein Stück entfernt ist, aber in die Tausende geht. Sie bewegen sich auf die Linien zu, die Alptraums Soldaten einige Tage oder Wochen zuvor besetzt hatten, und drohen, die Stadt in kurzer Zeit zu umzingeln. Die Heerscharen tragen große, schwarze Banner, auf denen natürlich ein großer Totenkopf zu sehen ist. Wer ein Teleskop hat, kann sehen, dass es sich hauptsächlich um Skelette und Zombies handelt, aber auch fliegende Todesschädel, Todesgeier und andere widerliche Dinge über die anrückende Armee fliegen.

Wenn die Charaktere versuchen, die Stadt durch die Tore zu verlassen, werden sie zurückgeschickt und das Gerede, dass sie Ghal Maraz haben, ist für den Moment vergessen. Jeder Versuch, sich hinauszuschleichen, führt dazu, dass die Charaktere in die Hände oder Klauen von Gräbers Truppen geraten. Du solltest den Charakteren die Möglichkeit geben, sich in die Stadt zurückzuziehen, wo Leitern für sie herabgelassen werden können. Entweder um sie zu retten oder um den Hammer zu ergreifen, wenn die Truppen davon wissen.

Die untote Armee wird von Gräber befehligt und von Krell angeführt. Ihr Befehl lautet, sich offen zu nähern und die Aufmerksamkeit von dem abzulenken, was Gräber als Nächstes plant: sich in die Universität einzuschleichen.

Eine interessante Annäherung

Ein Charakter, der einen erfolgreichen **herausfordernden (+0)** ***Wissen (Untot)*-Wurf** ablegt, bemerkt Folgendes:

1 EG: Ein paar Todesgeier schweben über der Vorhut und halten mit ihr Schritt, anstatt vorauszufliegen. Wenn der Charakter Gräber schon einmal begegnet ist, erwartet er vielleicht, ihn auf einem fliegenden Nachtmahr reiten zu sehen, aber er ist nirgends in Sicht.

2+ EG: Es scheint keine ätherischen Untoten in der Umgebung zu geben.

Während es für jeden offensichtlich ist, dass die Armee keinen Versuch unternimmt, sich heimlich zu nähern, bemerkt jeder Charakter, der einen erfolgreichen **herausfordernden (+0)** ***Wissen (Kriegsführung)*-Wurf** ablegen, dass sie alles zu tun scheint, um ihre Ankunft anzukündigen. Trommeln dröhnen, Banner werden geschwungen und die Reihen scheinen ein wenig breiter als sonst zu sein, um die Truppe größer erscheinen zu lassen, als sie ist.

Was die Spielercharaktere aus diesen Informationen machen, bleibt ihnen überlassen. Tatsache ist, dass Gräber möchte, dass alle Augen auf die herannahende Armee gerichtet sind, damit er und seine ätherische Truppe unbemerkt in die Stadt eindringen und die Bewohner überrumpeln können.

Vorbereitungen

Die Charaktere haben ein paar Minuten Zeit, Streissens Vorbereitungen auf den Angriff zu beobachten. Als Reaktion auf die Alarmglocke sammeln die verbliebenen Truppen ihre Waffen ein und gehen auf der Mauer in Stellung. Die Nichtkombattanten (Alte, Kranke und weniger Fähige) sind alle längst in ihren Häusern, aber trotzdem versuchen ein paar ungestüme ältere Leute, sich der Verteidigung anzuschließen. Es hat sich schnell herumgesprochen, dass die Feinde Untote sind, und trotz der tagelangen Verfolgung durch Marius Leitdorfs Truppen trägt die Bedrohung, von einer schlurfenden Horde von Monstrositäten bei lebendigem Leib gefressen zu werden, viel dazu bei, die Bürger der Stadt zu vereinen. Priester von Morr und Sigmar, die es vermieden hatten, zur Belagerung und Übernahme von Streissen politisch Stellung zu beziehen, tauchen auf, um die Moral zu stärken. Viele beginnen zu beten und bitten Sigmar, Wunder und Segnungen zu gewähren, die die Mauern und Tore der Stadt gegen die herannahenden Untoten stärken. Tauben werden freigelassen, die nach Averheim, Nuln und Altdorf fliegen und die Nachricht von der Attacke überbringen. Die Verteidiger von Streissen warten, die Waffen bereit und die Augen auf den Feind gerichtet.

Der Hammer und der Priester

Wenn Leitdorf den Hammer kennt und seine Truppen während der Vorbereitungen auf die Anwesenheit der Charaktere aufmerksam werden, bietet Leitdorf ihnen eine letzte Gelegenheit, ihm die Waffe freiwillig zu übergeben oder getötet zu werden. Vater Olaf, ein älterer Sigmarpriester, mischt sich in dieses Patt ein und bittet darum, den Hammer zu sehen. Wenn die Charaktere ihn ihm zeigen, fällt der alte Sigmarit augenblicklich vor ihm zu Boden. Nach einem kraftvollen Moment erhebt er sich, das Feuer eines jüngeren Mannes brennt in seinen Augen. Vater Olaf züchtigt Leitdorf und sagt ihm:

„Diejenigen, die den Hammer Sigmars tragen, sind seine Auserwählten, und wer ihnen den Weg versperrt, spuckt auf den Heldenhammer selbst.'

Die Stimme des alten Priesters trägt unnatürlich weit und mit einer erschütternden Präsenz, die ausreicht, um jede unmittelbare Gewaltandrohung von irgendjemandem außer Leitdorf selbst abzuwehren. Dieser zieht seine Klinge und sieht aus, als wolle er handeln, bevor sein Pferd Margarete auf Vater Olaf zuschreitet und beginnt, seinen Hut zu fressen. Die Ehrfurcht und die Spannung des Augenblicks verfliegen, als Leitdorf laut lacht und seine Klinge in die Scheide steckt.

Er hat weiterhin die Absicht, sich der Charaktere zu bemächtigen und Ghal Maraz mitzunehmen, bevor sie die Stadt verlassen, aber für den Moment lässt er sie in Ruhe.

Die Geister der alten Schule

Gerade wenn die Charaktere darüber nachdenken, was sie tun sollen, ertönt ein schreckliches Geräusch aus der Universität, das den Lärm der Vorbereitungen übertönt. Ein schrecklicher Schrei, unmenschlich und bis in die Knochen erschütternd, hallt über Streissen. In der darauf folgenden Stille sind weitere Schreie von Menschen aus der Universität zu hören. Der Grabfürst ist eingetroffen.

Wenn sich die Charaktere zur Universität begeben, sehen sie eine Gruppe Ätherischer Untoter, die durch die Mauern der Campusgebäude gehen. Für jeden Charakter gibt es ein Gespenst (**WFRS**, Seite 329) (du kannst die Anzahl nach Bedarf ändern, wenn die Gruppe besonders stark oder schwach ist), außerdem eine Banshee (**WFRS**, Seite 330) und Gräber selbst (Seite 117), der *Geisterschritt* gewirkt hat, um ätherisch zu werden.

Wenn die Charaktere nicht zur Universität gehen, wird schnell klar, dass sie es tun sollten. Die Untoten außerhalb der Stadt starten Finten und geringere Attacken und halten den Großteil ihrer Streitkräfte zurück, während die Überlebenden des Angriffs auf die Universität die Mauern schwärmen und versuchen, aus der Stadt zu kommen, anstatt bei den Geistern im Inneren zu bleiben. Wenn die Charaktere sich immer noch weigern, zur Universität zu gehen, mach dir keine Sorgen: Gräber wird sie schon bald aufsuchen.

Gräbers Plan

Gräber nutzt die Annäherung seiner Armee als Ablenkungsmanöver, um den Einfall seiner ätherischen Truppen zu decken. Sobald er in der Universität ist, plant er, die Verteidiger abzuschlachten und seine Banshee und Sensengeister (siehe Seite 118) zu schicken, um die Verteidiger der Stadt von innen zu überraschen, während die Armee außen angreift. In der Zwischenzeit plant Gräber, die Bibliothek selbst nach den verbotenen Büchern zu durchsuchen, von denen er überzeugt ist, dass sie dort aufbewahrt werden. Er findet zwar einige Chroniken, die von Sigmars Kampf gegen Krell und der Karriere von Heinrich Kemmler berichten, aber nicht das nekromantische Wissen, das er sucht. Gräber stellt bald fest, dass sie nicht mehr vorhanden sind. Ein Kanzler der Universität hat die üblen Dinge vor langer Zeit verbrannt, was Nyman bestätigen kann, wenn die Charaktere von Gräbers Plänen erfahren und daran denken, ihn zu fragen. Gräber seinerseits nimmt an, dass die Charaktere sie mitgenommen haben, als sie vorhin in der Stadt waren, und richtet seine Aufmerksamkeit und seinen Zorn schnell auf sie.

Kontakt mit dem Feind

Gräber rechnet nicht damit, dass die Charaktere in der Universität sind; er hatte nicht bemerkt, dass sie nach ihrem früheren Besuch in die Stadt zurückgekehrt sind. Ihre Anwesenheit verkompliziert seine Lage erheblich und überzeugt ihn noch mehr davon, dass sie eine Elitetruppe von Hexenjägern sind, die vom Imperator selbst ausgesandt wurde, um ihn zur Strecke zu bringen. Gräbers Reaktion ist eine Mischung aus Frustration über das Hindernis, das die Gruppe darstellt, und Genugtuung darüber, dass seine Erzfeinde wieder einmal aufgetaucht sind und seine eigene Meinung über seine Bedeutung bestätigen.

UNSERE WAFFEN SIND NUTZLOS!

Kreaturen mit der Eigenschaft *Ätherisch* (**WFRS**, Seite 339) können Ärger bedeuten, denn manche Gruppen haben einfach keine Möglichkeit, mit ihnen fertig zu werden. Nur magische Attacken können ihnen Schaden zufügen, und obwohl die Charaktere im Laufe von **Der Innere Feind** einige Gelegenheiten hatten, sich solche Waffen anzueignen, haben sie zu diesem Zeitpunkt nur Ghal Maraz wirklich sicher. Einem einzigen Charakter die Aufgabe zu überlassen, mit all diesen Kreaturen fertig zu werden, könnte eine große Herausforderung sein. Wunder und Magie funktionieren auch gegen *Ätherische* Kreaturen, aber wenn die Gruppe keine andere Möglichkeit hat, mit den Kreaturen fertig zu werden, solltest du die Begegnung vielleicht anders gestalten. Ein Priester des Sigmar oder Morr kann ein Wunder oder eine Segnung wie die *Segnung der Rechtschaffenheit* (**WFRS**, Seite 221) wirken, die es einem Charakter ermöglicht, den Geistern zu schaden, oder es gibt weniger von ihnen. Priester von Morr können auch spezielle Öle herstellen, die es einer Waffe erlauben, Geistern zu schaden. Allerdings sind diese selten und teuer in der Herstellung, sodass jeder Priester nur ein wenig davon zur Hand haben wird. Alternativ kann der Schutz, der den gesperrten Bereich schützt, alle anwesenden Geister vorübergehend so manifest machen, dass sie von weltlichen Waffen verletzt werden können. Ein solcher Effekt wäre nur von kurzer Dauer, vielleicht 2-3 Runden, aber er würde den Charakteren etwas Zeit geben, um die Toten zurückzuschlagen).

GEISTERSCHMIERE

Die Priester von Morr bezeichnen es ehrfürchtig als *Morrs Gesegnetes Öl*, aber die meisten, die die schimmernde Tinktur im Kampf gegen die Untoten verwendet haben, nennen es *„Geisterschmiere“* oder einfach *„Das gute Zeug“*. Geister, Spukgestalten, Gespenster, Banshees und andere ätherische Untote, die normalerweise nur durch magische Waffen verletzt werden, können durch eine mit Geisterschmiere beschichtete Waffe verwundet werden. Eine Anwendung hält unter idealen Zuständen eine Stunde lang an, kann aber schon früher von der Klinge abgewaschen werden, wenn es stark regnet oder die Klinge untergetaucht wird. Wird die Waffe außerdem benutzt, um ein Lebewesen zu verletzen, während sie mit Geisterschmiere bedeckt ist, wird der Effekt sofort aufgehoben, da der Kontakt mit dem Blut eines lebenden Wesens das Öl unwirksam macht.

Geisterschmiere wird nie zum Verkauf angeboten, sondern nur bei Bedarf von frommen Priestern Morrs hergestellt. Um es herzustellen, braucht man Zutaten im Wert von 3 Goldkronen und eine Nacht voller fieberhafter Gebete. Geisterschmiere kann ein Jahr lang gelagert werden, bevor sie ihre Wirkung verliert.'

Allerdings sind die Charaktere inzwischen wahrscheinlich ziemlich mächtig und wurden schon oft genug gewarnt, dass Gräber eine Bedrohung für sie sind. Wenn sie es versäumt haben, sich richtig vorzubereiten, willst du vielleicht einfach zulassen, dass die Geister ihnen ernsthaften Schaden zufügen. Wir spielen hier schließlich das **Warhammer Fantasy-Rollenspiel** und Schicksalspunkte gibt es aus gutem Grund!

Für Gräber könnte es keine größere Bestätigung dafür geben, dass sein Schicksal bald seinen Höhepunkt erreicht, als die Anwesenheit seiner größten Feinde hier, die der größten Armee ausgeliefert sind, die er je befehligt hat.

Bevor er in den Kampf zieht, spricht Gräber eine Reihe von Schutzzaubern auf sich, zusätzlich zu dem, der ihn *Ätherisch* werden lässt: *Ätherrüstung* (die er wie auf **WFRS** Seite 242 beschrieben erweitern kann), *Ablenken* und *Entsetzen*. Alle vier dieser Zauber haben eine Dauer von Willenskraft-Bonus-Runden und laufen vier Runden nach dem Eintritt in den Kampf ab.

Gräber hält in der ersten Runde eine seiner bombastischen Reden, deren dramatische Wirkung wie immer durch seine zierliche Statur und seine näselnde Stimme etwas abgeschwächt wird. Die Banshee schwebt an seiner Seite, während er spricht, und die Sensengeister (Seite 118) bilden einen Schutzschild vor ihm, bereit, jeden zu bekämpfen, der versucht, sich zu nähern.

„So treffen wir uns wieder! Der Grabfürst lobt eure Hartnäckigkeit, aber dieses Mal wird es keine Gnade geben! Macht euch bereit zu sterben und dem Grabfürsten für immer zu dienen! Attacke, meine Kinder!“

Auf sein Kommando stimmt die Banshee ein Geisterhaftes Heulen an und jeweils ein Sensengeist bewegt sich, um gegen jeden Charakter zu kämpfen. Alle „überzähligen“ Sensengeister fangen an, alle anderen abzuschlachten oder greifen gemeinsam den gefährlichsten Charakter an, besonders mit denen, von denen Gräber weiß, dass sie zaubern oder Wunder erbitten können.

Wenn Gräber in der Universität angetroffen wird, macht er sich auf den Weg zur Bibliothek, einem imposanten alten Steingebäude mit einem noch weit weniger imposanten Strohdach. Um seine Suche fortzusetzen (indem er die Regale in seinem *Ätherischen* Zustand durchstöbert), macht er sich auf den Weg zum ‚Giftschrank' der Bibliothek. Alle Charaktere, die versuchen, ihm zu folgen, müssen die Wände, verschlossene Türen und ein Labyrinth von Regalen überwinden, was bedeutet, dass er wahrscheinlich zuerst die Tür zur verbotenen Sammlung erreichen wird. Dort wird er zwar nicht finden, was er sucht, aber die Abteilung enthält viele gefährliche Bücher, und ein früherer Kanzler hat einen Zauberer angeheuert, um mehrere Schutzvorrichtungen anzubringen. Die Wächter heben Gräbers *Geisterschritt* auf und er muss sich mit den Unannehmlichkeiten der Körperlichkeit auseinandersetzen.

Wenn sich die Charaktere woanders aufhalten, z.B. im Keller von Nyman oder bei der Verteidigung der Mauern, dann findet Gräber sie schließlich und attackiert sie direkt. Zuerst lobt er ihre Gerissenheit, weil sie die Bücher, die er sucht, vor ihm gefunden haben, was sie zweifellos verwirrt ..

Die Attacke beginnt

Unabhängig davon, ob sich die Charaktere in der Universität befinden oder nicht, endet Gräbers *Geisterschritt*, sobald er den gesperrten Bereich erreicht hat und er wird vollständig materiell. Zur gleichen Zeit ertönen Schreie und Krachen von den Stadtmauern, als die Hauptstreitmacht der Untoten angreift. Wenn die Charaktere an den Mauern sind, können sie sinnvollerweise helfen, sie zu verteidigen. Die Skelette und Zombies haben zwar einige Schwierigkeiten, die Mauern zu erklimmen, aber ihre Zahl wächst schnell an. Die Untoten werfen krude Leitern aus zusammengezurrten Knochen auf, und die flinkeren Skelette versuchen, alle anzugreifen, die die Mauern verteidigen. Fliegende Todesschädel greifen die Verteidiger aus der Luft an, zusammen mit anderen fliegenden Untoten.

DIE REGALE

Während eines Kampfes in der Bibliothek ist die Wahrscheinlichkeit groß, dass ein Spieler auf die Idee kommt, die Bücherregale umzukippen, um Gräber daran zu hindern, den gesperrten Bereich zu erreichen, um einem untoten Angreifer zu zerquetschen oder ihm zu entkommen, oder aus einem anderen Grund.

Die Bücherregale in der Bibliothek der Universität sind riesig und schwer. Sie sind doppelwandig und bestehen aus Eichenbohlen, die 2,5 cm dick sind. Sie sind 2,5 m hoch hoch, 3,5 m lang und 60 cm tief. Jedes von ihnen fasst Bücher mit einem Gesamtgewicht von mehreren hundert Pfund. Dieses Gewicht macht es schwer, sie zu kippen, zumindest anfänglich.

Um ein Regal zum Kippen zu bringen, ist ein **sehr schwerer (-30) Stärke-Wurf** nötig. Bis zu acht Charaktere und NSC können zusammenarbeiten, um ein Regal umzustoßen (siehe Unterstützung auf Seite 155 des **WFRS**-Regelbuchs). Wenn das Bücherregal kippt, rutschen die Bücher aus den Regalen auf der Seite, die den Charakteren gegenüberliegt, die es stoßen. Sie regnen auf jeden, der sich darunter befindet, und verursachen 3W10 Schaden bei jeder Kreatur, die im Weg steht und einen **schwierigen (-10)** ***Ausweichen*-Wurf** nicht besteht. *Ätherische* Kreaturen sind natürlich immun. Ein Kritischer Treffer beim Stärke-Wurf führt zu einem Dominoeffekt. Anstatt sich an seinen Nachbarn anzulehnen, stößt das fallende Bücherregal auch diesen um, und so weiter, bis ein Bücherregal entweder gegen eine Wand oder in einen leeren Raum fällt!

Leitdorfs Truppen waren unvorbereitet: einige sind betrunken, andere durch den Kampf verletzt. Die Verteidigung ist verzweifelt. Es sollte für jeden Charakter eine Art von Untoten geben, die er in jeder Runde attackieren kann, aber im Hauen und Stechen des Massenkampfes ist es schwierig, echte Fortschritte zu erzielen. Die Anwesenheit von Ghal Maraz, stärkt die Verteidiger, sofern er eingesetzt wird und jeder Mauerabschnitt, an dem der Träger des großen Hammers steht, wird erbittert und mit Erfolg verteidigt.

Nachdem er in der Universität fertig ist, oder wenn die Dinge anfangen, schlecht für ihn zu laufen, wenn die Charaktere dort sind, versucht Gräber, *Irrlichter* zu wirken (**WFRS**, Seite 240) und die Lichter durch das Hauptfenster hinauszuschicken. Das ist ein vorher abgesprochenes Signal an seine Truppe von Untoten, und ein Sperrfeuer von *Kreischender Schädel* (**WFRS**, Seite 256) schlägt in der nächsten Runde auf das Fenster ein, zerschmettert das Glas und bietet Gräber einen möglichen Fluchtweg.

Kampf

Die Verteidiger von Streissen und die angreifenden Untoten haben sich bereits in die Schlacht gestürzt. Du kannst diesen Kampf auf verschiedene Arten austragen; drei Möglichkeiten werden im Folgenden angeboten:

Die Massenkampfregeln: Imperiales Archiv II enthält Massenkampfregeln. Sie können verwendet werden, allerdings solltest du das nur tun, wenn die Charaktere Spaß an größeren Kämpfen haben. An anderer Stelle in **Das Imperium in Trümmern** finden sich die Charaktere in einer weiteren Belagerung wieder, wenn sie versuchen, Ghal Maraz zu erneuern, und erneut in Diesdorf, wenn du das Zusatzmaterial **Die Belagerung von Diesdorf** in diesem Buch verwendest, die alle die Massenkampfregeln verwenden könnten. Sei dir bewusst, dass die Charaktere erschöpft sein könnten, wenn sie sich inmitten solcher Schlachten wiederfinden, auch wenn andere es als epische Erfahrung empfinden werden, wenn sich die Kampagne ihrem Ende nähert. Du solltest nach Gefühl spielen und versuchen, auf die Vorlieben deiner Spieler einzugehen.

Verteidigt die Mauern!: Die Mauern von Streissen werden aus allen Richtungen angegriffen, und einige Bereiche laufen Gefahr, schnell überrannt zu werden, wenn die Charaktere nicht mit anpacken. Die Verteidiger lassen von bedrängten Gebieten aus Hörner ertönen; wenn die Charaktere nicht wissen, was das bedeutet, klärt sie ein Soldat in der Nähe schnell auf: jemand wird fast überrannt. Wenn die Charaktere diesem Ruf folgen, finden sie 1W10 belagerte Soldaten, die sich gegen eine Gruppe von Untoten wehren, die die Mauern erklommen oder durchbrochen haben.

Du kannst die Tabelle benutzen oder die Zahlen selbst auswählen. Wenn ein Charakter einen erfolgreichen **herausfordernden (+0)** ***Anführen*-Wurf** ablegt, gehorchen die Soldaten seinen Befehlen und alle Überlebenden folgen ihnen weiter, sobald der Kampf beendet ist. Dieser Wurf wird **durchschnittlich (+20)**, wenn der Charakter über Ghal Maraz verfügt. Die Charaktere könnten in der Lage sein, eine Streitmacht um sich zu scharen, um die Mauern zurückzuerobern.

Flieht!: Die Charaktere könnten versuchen, aus der Stadt zu fliehen und sie ihrem Schicksal zu überlassen. Wenn sie Nyman gefunden haben, haben die Charaktere alle Informationen, die sie brauchen. Wenn nicht, müssen sie damit leben, dass sie Ghal Maraz nicht erneuern können (siehe **Das Imperium in Trümmern** Seite 176).

Der Hafen ist ein wahrscheinlicher Weg in die Freiheit. Dieser wird zwar von Untoten belagert, die aus dem Fluss auftauchen, aber Gräber ist kein Taktiker und hat die Strömung des Flusses unterschätzt. Viele seiner Truppen werden flussabwärts mitgerissen und wahrscheinlich bald einige Fischer in der Nähe von Nuln verwirren und entsetzen. Die Charaktere können sich hier relativ leicht ein Boot oder Floß schnappen, die wenigen Untoten, die sich daran festhalten, abwehren und fliehen. Das ist zwar nicht die heldenhafteste Reaktion, aber die sicherste. Leitdorf wird Streissen schließlich halten, aber mit schrecklichen Verlusten, und sein überzeugender Sieg und Anspruch auf den Kurfürstensitz wird erneut in Zweifel gezogen. Weitere Unruhen werden die Folge sein, und der Grabfürst wird überleben, um das Imperium weiter zu stören. Trotz seines theatralischen Getöses hat Gräber eindeutig eine Gabe für die Nekromantie, und auch wenn die Charaktere in der Vergangenheit über ihn gelacht haben, werden sie wahrscheinlich nicht ganz so fröhlich sein, wenn sie ihm wieder über den Weg laufen.

Den Angriff abschliessen

Gräbers Untote brechen ihren Angriff ab, sobald eine der folgenden Begebenheiten erfüllt ist:

- Gräber wird getötet; siehe *Der Grabfürst fällt* auf der nächsten Seite.
- Der Charakter, der Ghal Maraz trägt, würfelt einen Erstaunlichen Erfolg (6+ **EG**) auf einen **herausfordernden (+0)** ***Anführen*****-Wurf**, um die Truppen zu befehligen, die die Stadt verteidigen; siehe *Helden des Tages* unten.
- Die Charaktere scheinen völlig dem Unkenruf verfallen zu sein und müssen gerettet werden; siehe *Sigmars Zorn* (Seite 116).
- Als SL kannst du den Angriff auch beenden, wenn irgendetwas anderes passiert, das es dramaturgisch sinnvoll macht, dass sich die Untoten zurückziehen. Die folgenden Abschnitte geben dir vielleicht einige Inspirationen, wie du das bewerkstelligen kannst.

Zufällige Untote

1W100	Begegnung
01-30	1W10 Skelette
31-35	2W10 Skelette
36-40	1W10 Fliegende Todesschädel
41-45	3 Todesgeier
46-80	1W10+5 Zombies
81-90	1W10 Gruftghule
91-92	1W10 Gespenster
93-94	1 Geisterschwarm (Geist mit Schwarm-Eigenschaft)
95-100	Würfle zweimal

Strategischer Rückzug

Gräber unterschätzt, wie üblich, seine Gegner. Er hat sicher nicht damit gerechnet, dass die Charaktere Ghal Maraz bei sich haben. Als er merkt, dass die Bücher, die er gesucht hat, nicht hier sind, und als er sich überzeugt hat, dass die Charaktere sie nicht haben, zieht er sich zurück. Die Truppen, die ihm zur Verfügung stehen, attackieren weiterhin die Charaktere und versuchen, sie abzulenken, und die Truppen, die die Mauern angreifen, setzen ihren Angriff fort, auch wenn ihre Stärke nach der Flucht des Grabfürsten abnimmt.

Die Charaktere können versuchen, Gräber zu verfolgen, da es sehr wahrscheinlich ist, dass sie ihm ein endgültiges Ende bereiten wollen. Er flieht in das nächstgelegene offene Gebiet, und nach zwei Runden stürzt sein Geflügelter Nachtmahr herab und hebt ihn auf, wobei seine Krallen kaum die Zinnen und Dächer streifen, während er sich in die Luft kämpft. Unter dem Sperrfeuer der Untotenarmee gibt er die Attacke auf und lässt die Unmengen an Skeletten und Zombies als Nachhut zurück, während sich der Rest der Armee zurückzieht.

Wenn Gräber bei seinem Fluchtversuch getötet wird, lies den Abschnitt *Der Grabfürst fällt* weiter unten.

Die Armee des Grabfürsten

Es gibt keine vollständige Liste von Gräbers Armee der Untoten. Das ist gewollt.

Als SL musst du im Voraus entscheiden, wie du diese Belagerung führen willst. Je nachdem, wofür du dich entscheidest, ist eine feste Armeeliste vielleicht gar nicht nötig oder kann sogar der Erfahrung der Kampagne schaden.

Auch wenn die Gruppe jetzt sicherlich stärker ist als zu Beginn der Kampagne, kann ihre tatsächliche Kampfstärke stark variieren, je nachdem, welche Karrieren und Fähigkeiten sie ergriffen haben, welche Ausrüstung sie gekauft oder anderweitig erworben haben und verschiedene andere Faktoren. Jeder Versuch, eine einheitliche Armeeliste zu erstellen, wäre zum Scheitern verurteilt: entweder in Form einer demoralisierenden, völligen Vernichtung der Gruppe oder als Feind, der diesen Namen kaum verdient. Nur du kennst deine Spieler und ihre Charaktere, und nur du kannst entscheiden, was einen angemessenen Gegner ausmacht.

Deshalb empfehlen wir, dass du dir vor dem Leiten dieses Teils des Abenteuers ein wenig Zeit für die Planung nimmst. Sieh dir die verfügbaren Kreaturen der Untoten an, sowohl in **WFRS** als auch in anderen Quellen (z. B. in den früheren Grabfürst-Abenteuern). Wähle die Kreaturen aus, die am meisten Sinn ergeben, füge alle hinzu, von denen du denkst, dass sie die Dinge für die Charaktere interessanter machen würden, und sei darauf vorbereitet, die Zahlen spontan anzupassen, wenn sich die Dinge als zu einfach oder zu schwierig erweisen.

Der Grabfürst fällt

Gräber ist der Gruppe schon seit einiger Zeit ein Dorn im Auge und nur wenige Dinge wären für die Spieler befriedigender, als ihn zu Fall zu bringen; vor allem hier, auf dem Zenit seiner Macht, wo niemand die Bedrohung leugnen kann, die er darstellt. Es riecht nach poetischer Gerechtigkeit, und die Rolle der Charaktere bei seiner Niederlage trägt einen großen Teil dazu bei, dass sie die Stadt sicher verlassen können, denn Marius Leitdorf sollte am Ende der Schlacht mit ziemlicher Sicherheit von der Anwesenheit von Ghal Maraz wissen, wenn er es nicht schon vorher war. Er will sie für sich beanspruchen, aber wenn die Charaktere den schrecklichen Nekromanten getötet haben, der Streissen vor den Augen seiner Soldaten angegriffen hat, hat Leitdorf keine andere Option, als sie gehen zu lassen.

Die Charaktere könnten Gräber in einer der vorherigen Begegnungen getötet haben oder kurz davor gewesen sein. Ihre beste Chance hatten sie im Dorf Pritzstock während der Ereignisse von *Fliegende Todesschädel* (**Die Graue Eminenz Kompendium**). Wenn dem so ist, könnten die Spieler von seiner Rückkehr enorm frustriert sein und darauf brennen, diesem gefährlichen (und zutiefst irritierenden) Feind ein dauerhaftes Ende zu bereiten. Wenn Gräber bei Streissen fällt, hast du die Wahl:

Sieg!: Die Charaktere haben gesiegt. Gräber ist tot, diesmal wirklich tot, und ohne ihren Meister zerfallen seine Untoten Anhänger zu Staub und werden vom Wind verweht. Das ist besonders passend, wenn der tödliche Schlag von Ghal Maraz ausgeführt wurde, denn er ist ein uralter Feind der Nekromanten, der vor langer Zeit von Sigmar eingesetzt wurde, um den Nekromanten Morath in der Bronzefeste zu besiegen. Die Priester von Morr sammeln die sterblichen Überreste des Grabfürsten ein und unterziehen sie einer Reihe von göttlichen Ritualen, die dafür sorgen, dass Gräber mit Leib und Seele für immer vernichtet wird. Die Charaktere können aus der Stadt fliehen und sind frei, mit **Das Imperium in Trümmern** fortzufahren.

Ein gerissener Plan: Auch Gräber ist durch seine verschiedenen Begegnungen mit den Charakteren frustriert und seine natürliche Überheblichkeit wurde etwas gedämpft. Als er die Himmelspfeiler nach Spuren von Krell und Kemmler durchsuchte, fand er ein seltenes nehekaranisches Skarabäusamulett, das er nicht sichtbar in seiner Kleidung trägt. Wenn er stirbt, befreit der Skarabäus seinen Geist als tatsächlichen Geist und zerfällt dabei zu Staub. Wenn er entkommt, ist Gräber in der nächsten Begegnung *Ätherisch*. Wenn der Geist zerstört wird, siehe *Sieg!* oben.

Helden des Tages

Die Charaktere mögen zwar Feinde von Marius Leitdorf sein und von seinen Truppen verfolgt werden, aber all das wird während des Angriffs der Untoten beiseite geschoben. Die Truppen sind durch die Besetzung der Stadt geschwächt, und an eine Horde Untoter hat niemand mehr gedacht. Sie sind darauf vorbereitet, die Mauern zu verteidigen, denn ein Gegenangriff der Alptraums war immer eine Möglichkeit, aber sie hatten gedacht, dass es Wochen dauern würde, einen Gegenangriff aufzubringen. Die Charaktere sind wahrscheinlich geübte Kämpfer und haben sicherlich Erfahrung im Kampf gegen den Grabfürsten und seine Untoten. Außerdem tragen sie Ghal Maraz mit sich, was während des Kampfes wahrscheinlich deutlich wird.

Wenn die Charaktere auf den Mauern kämpfen und ein Charakter einen erstaunlichen Erfolg bei einem **herausfordernden (+0)** ***Anführen*-Wurf** erzielt, beginnen die Truppen, sich um sie zu scharen. Es dauert lange, bis Leitdorfs Anführer sich organisiert hat, und der Anblick eines Charakters, der aufmunternde Worte schreit und links und rechts Untote niederschlägt, ist sehr inspirierend. Die Truppen in der Nähe versammeln sich schnell um den Charakter und stoßen die Untoten um sie herum zurück. Wenn Vater Olaf vorher aufgetaucht ist, um für die Charaktere mit Leitdorf zu vermitteln, erscheint er jetzt wieder, ruft Sigmar an und peitscht alle zum Widerstand gegen die Untoten auf. Leitdorfs Truppen erhalten vorübergehend die Talente *Hass (Untote)* und *Heiliger Hass* (**WFRS**, Seite 137) auf maximaler Stufe, bis die Schlacht vorbei ist, aber das wird wahrscheinlich mehr als genug sein, um zu beschreiben, wie die versammelten Truppen die untoten Angreifer überwältigen. Die Kreaturen werden von den Mauern zurückgeworfen und erbarmungslos in die Ebenen dahinter gejagt.

Kurze Zeit später ziehen sich die verbliebenen Untoten zurück (falls Gräber noch lebt) oder werden zu Staub, falls er in der Schlacht fällt (siehe *Der Grabfürst fällt*, oben).

Sigmars Zorn

Wenn, und nur wenn, die Charaktere völlig überwältigt sind und wahrscheinlich untergehen, kannst du in Erwägung ziehen, Vater Olaf für einen letzten Schlag gegen den Grabfürsten zurückkehren zu lassen. Mit einem alten Zimmermannshammer, der vor heiliger Macht leuchtet, taucht er aus dem Handgemenge auf und schlägt auf Gräber ein. Der Schlag trifft genau, aber der Grabfürst ist nur geschockt. Gräber dreht sich um und zaubert mit einer Explosion nekromantischer Energie *Verdorren*, das den alten Priester in wenigen Augenblicken zu einer vertrockneten Hülle zusammenfallen lässt. Trotzdem ist er geschockt, und der Schlag des Hammers hatte einen Hauch von Göttlichkeit an sich. Der Grabfürst ist nicht gewillt, ein weiteres Risiko einzugehen und flieht vom Schlachtfeld (siehe *Strategischer Rückzug*, oben).

Das sollte den Charakteren peinlich sein, denn Gräber entkommt ihnen wieder einmal. Da sie nicht die Helden der Stunde sind, müssen sie sich trotzdem darum kümmern, Leitdorfs Griff zu entkommen.

Die Nachwehen

Die Untoten sind auf dem Rückzug, und wenn Gräber gefallen ist, sind viele von ihnen zu Staub zerfallen. Die Soldaten beginnen mit den Aufräumarbeiten, während die Priester von Morr die Toten mit noch größerer Sorgfalt als sonst für die Bestattung vorbereiten, falls der Einfluss der Untoten auf ihre Körper übergegriffen hat. Was von den Untoten übrigbleibt, wird in einem großen Scheiterhaufen verbrannt, dessen Feuer tagelang brennt und den Himmel über Streissen noch weiter verdunkelt.

Vierter Teil: Was nun?

Nach dieser Schlacht, falls er noch lebt, könnten die Charaktere beschließen, dass Gräber ein für alle Mal aufgehalten werden muss, was sie von der Haupthandlung von **Das Imperium in Trümmern** ablenkt. Im Abschnitt **Verfolgungsjagd** (Seite 105) findest du einige Optionen, mit denen du sicherstellen kannst, dass Gräber den Charakteren entwischt, damit sie das Abenteuer fortsetzen können. *Die Gerüchte nutzen* im zweiten Teil bietet einige weitere Ideen, darunter die Option, die Charaktere Gräber folgen zu lassen.

Alternativ kannst du auch beschließen, dass die Charaktere inzwischen genug von Gräber haben (er ist wirklich lästig) und ihn einfach sterben und tot bleiben lassen. Das ist vor allem dann eine gute Wahl, wenn die Charaktere besonders heldenhaft waren, als sie ihn besiegt haben; es gibt noch viele Abenteuer zu bestehen, und die Charaktere könnten bei ihrer Rückkehr nach Altdorf schon gedemütigt sein. Gönne ihnen den Moment und gewähre ihnen Leitdorfs sprunghaften Respekt gerade lange genug, um sie sicher aus Streissen heraus und zurück auf den Pfad des **Imperiums in Trümmern** zu bringen.

Erfahrungspunkte

Abgesehen von den Punkten, die du den Spielern für gutes Rollenspiel und kluge Ideen am Ende jeder Spielsitzung gibst, sollten sie nachfolgende EP erhalten:

- 25 Punkte für die Verteidigung der Mauern
- 50 Punkte, wenn sie Gräber an der Universität aufhalten
- 50 Punkte, wenn sie die Verteidiger versammeln und die Untoten zurücktreiben
- 100 Punkte für jeden, wenn Gräber schließlich getötet wird

NSC UND MONSTER

Hans Gräber, 'Der Grabfürst'

Der „Grabfürst" ist ein hagerer Mann mit schwarzem, glattem Haar in einem zerzausten Topfschnitt, blassblauen Augen und einer spitzen, hochgezogenen Nase. Mit seiner geringen Größe und seiner weinerlichen Stimme sieht Gräber zehn Jahre jünger aus, als er in Wirklichkeit ist, und das stört ihn ungemein. Da er sehr empfindlich auf echte und eingebildete Kränkungen reagiert, hat er seine fast übermenschliche Begabung für das Lernen und seine übersprudelnde Phantasie zu einem Rachefeldzug gegen jeden entwickelt, der ihn jemals beleidigt hat – also eigentlich gegen jeden, auf den er je getroffen ist. Mittels seiner „Grabfürsten-Identität" - ein Versuch, seinem Helden Heinrich Kemmler nachzueifern, dem „Leichenfürsten" - und seinen sorgfältig geplanten, theatralischen Angriffen, versucht Gräber Angst zu verbreiten und sich Respekt zu verschaffen, indem er alle demütigt, die ihm in die Quere kommen. Er will sich damit für die Schmähungen rächen, die die Welt ihm seiner Meinung nach angetan hat. Obwohl er eitel ist und eine ziemlich lächerliche Erscheinung abgibt, ist er alles andere als dumm, und auch wenn er es ungern zugibt – vor allem sich selbst gegenüber – ist seine Fähigkeit, unterschätzt zu werden, eine seiner stärksten Waffen.

NEUER ZAUBER AUS DER LEHRE DER NEKROMANTIE: GEISTERSCHRITT

ZW: 6
Reichweite: Du selbst
Ziel: Du selbst
Dauer: Willenskraft-Bonus Runden

Du ziehst *Dhar* in deinen Körper und wirst eins mit seiner Kraft. Für die Dauer des Zaubers erhältst du die Kreatureneigenschaft *Ätherisch* (**WFRS**, Seite 338).

HANS GRÄBER - NOVIZE (MESSING 1), ERZMAGIER - NEKROMANT (GOLD 2))

B	KG	BF	ST	WI	I	GW	GS	IN	WK	CH	LP
4	34	39	27	32	35	42	44	56	47	32	12

Eigenschaften: Waffe (Kampfstab) +6, Durchtrieben, Heimlich, Vorurteil (jene, die ihn nicht fürchten)

Fähigkeiten: Besonnenheit 50, Heimlichkeit 45, Intuition 48, Kanalisieren (*Shyish* 56, *Dhar* 66), Nachforschen 65, Nahkampf (Stangenwaffe) 44, Sprache (Magick) 67, Unterhalten (Epische Reden 33), Wahrnehmung 46, Wissen (Magie 65, Nekromantie 65, Theologie 61)

Talente: Arkane Magie (Lehre des Todes, Nekromantie), Äthergespür, Bücherwurm, Eiserner Wille, Fachwissen (Nekromantie), Furchtlosigkeit (Sterbliche), Gespür für Ärger, Instinktive Aussprache, Lesen & Schreiben, Magiegespür, Niedere Magie, Sechster Sinn, Unauffällig, Willensstärke

Zauber: Alle Zauber der Lehre des Todes und der Nekromantie, andere Zauber nach Wahl des SL.

Ausrüstung: Kampfstab, Zauberingredienzien, Schlafrolle, nekromantische Grimoires, Geldbeutel mit 5 *GK* 17 *S* 6 *G*.

Anmerkung: Der SL entscheidet über wie viele Bücher Gräber verfügt und welche Zauber darin aufgezeichnet sind. Charaktere, die versuchen dieses verbotene Wissen zu erlernen, oder in dessen Besitz man auch nur eines dieser Bücher findet, müssen mit den schlimmsten Konsequenzen rechnen.

Fliegende Todesschädel

Obwohl Gräber seine Schöpfung noch immer zu schätzen weiß, ist er nicht mehr ganz so begeistert von ihr, seit seinem letzten Zusammentreffen mit den Charakteren. Ein Fliegender Todesschädel wird durch ein obskures Ritual erschaffen. Er erinnert an einen herkömmlichen, normalen, toten Schädel, bis er auf Geheiß des Erschaffers aktiv wird. Seine Augen leuchten dann unheimlich rot und er bewegt sich auf Befehl seines Meisters, der durch seine leeren Augenhöhlen sehen kann. Der Schädel kann allerdings durch das Fehlen von Ohren nichts hören. Ein Fliegender Todesschädel bleibt so lange unter Gräbers Kontrolle, bis der Schädel auf 0 Lebenspunkte reduziert oder sein Meister abgelenkt wird, beispielsweise durch einen Angriff.

FLIEGENDE TODESSCHÄDEL

B	KG	BF	ST	WI	I	GW	GS	IN	WK	CH	LP
*	41	-	35	37	41	34	30	-	-	-	3

Eigenschaften: Angst 2, Fliegen 100, Größe (Klein), Konstrukt, Nachtsicht, Untot, Waffe (Biss) +4

Optional: Infiziert

Sensengeister

Sensengeister sind mächtige untote Krieger, die Gespenstern ähneln, aber an den Dienst eines Meisters gebunden sind und nicht an einen Ort der Bestattung. Auf dem Schlachtfeld reiten sie oft auf skelettartigen Reittieren, die zusammen mit ihren Reitern durch feste Mauern wandeln können, aber diejenigen, die mit Gräber die Bibliothek betreten, sind unberitten. Ihre Vorliebe für große, zweihändige Sensen hat ihnen den Spitznamen „Ernteritter" eingebracht. Es heißt, dass die Necrarch-Vampire die ersten waren, die Sensengeister an sich gebunden haben, und diese üblen Kreaturen wurden schon vor der Zeit Sigmars in den Diensten der Vampirgrafen von Sylvania gesehen - und seltener in denen sterblicher Nekromanten.

SENSENGEISTER

B	KG	BF	ST	WI	I	GW	GS	IN	WK	CH	LP
6	65	-	35	30	20	30	25	25	70	15	16

Eigenschaften: Ätherisch, Champion, Dunkelsicht, Eisiger Griff, Entsetzen 3, Instabil, Magisch, Untot, Waffe +7

Geflügelter Nachtmahr

Gräbers Geflügelter Nachtmahr wurde aus Haut, Knochen und dem verwesenden Fleisch von zahlreichen verschiedenen Kreaturen zusammengeschustert. Es handelt sich um Gräbers größte Leistung. Die Kreatur kreischt schrecklich, während sie durch die Lüfte segelt und Gräber auf ihr reitet, führt er sich sogar noch unverwundbarerer als sonst.

GEFLÜGELTER NACHTMAHR

B	KG	BF	ST	WI	I	GW	GS	IN	WK	CH	LP
4	55	-	60	55	15	45	-	10	50	-	84

Eigenschaften: Biss +10, Rüstung 2, Waffe (Krallen) +12

Eigenschaften: Angst 2, Ausgebildet (Kampf, Reittier, Zahm), Fliegen 75, Größe (Enorm), Untot

Die Zombies des Grabfürsten

Auch wenn manche den Grabfürsten als Egoisten oder sogar als Narren abtun, besteht kein Zweifel daran, dass er ein Kenner des Untodes ist. Seine Zombies sind weitaus gefährlicher als ein durchschnittlicher schlurfender Leichnam, und Feinde tun gut daran, sie nicht zu unterschätzen.

DIE ZOMBIES DES GRABFÜRSTEN

B	KG	BF	ST	WI	I	GW	GS	IN	WK	CH	LP
4	55	-	40	40	5	10	15	-	-	-	12

Eigenschaften: Angst 2, Dunkelsicht, Instabil, Konstrukt, Schmerzfrei, Untot, Waffe +8

INDEX

Von: Q.M. Albertus
An: Diesdorfer Rat

Räte,
Die Stadt hat die folgenden Truppen mobilisiert:

Die Akademie hat ein stehendes Kontingent von 180 Kadetten. Diese sind in drei Kompanien zu je 60 unterteilt, die von einem Major befehligt werden. Diese wiederum bilden drei 20er Einheiten, die von einem Hauptmann befehligt werden. Unterstützt werden sie von zwei Feldweibeln und einem Gefreiten mit 10 Unteroffizieren. Die Einheiten sind Nachtfeuerpass („Sigmars Eigene"), Astofen („Die Schildträger"), Hel Fenn („Die Pfähler"), Nebelheim („Die Slayer"), Schwarzhafen („Die Lichtbringer"), Praag („Die Plünderer"), Roskova („Die Furien"), Heulende Hügel („Die Rattenfänger") und Grimmoor („Die Grimmigen"). Die Einheiten der Heulenden Hügel und des Grimmmoors sind anderswo im Einsatz.

Die Akademie hat 20 Wächter, die dem Kommandanten der Akademiewache unterstehen.

Es gibt 50 Stadtgardisten, die für die Bewachung der Tore und der Hauptmauer zuständig sind. Sie unterstehen dem Wachkommandanten.

50 Mitglieder der Wache.

30 Mitglieder des Ordens der Greifenritter. Das ist eine von Magnus der Fromme gegründete Kavallerie-Eliteeinheit. Ihre Aufgabe ist es, heilige Stätten zu bewachen, die Sigmar geweiht sind. Sie unterhalten eine kleine Kaserne in Diesdorf.

Eine Gruppe von 20 Kundschaftern wurde gebildet, die aus militärischen Spähern und örtlichen Jägern besteht.

Es gibt 5 Sigmarpriester, 3 Ulricpriester, einen Morrpriester und eine Shallyapriesterin.

Zudem 200 Mitglieder der Miliz. Das sind Erwachsene aus der Stadt, die jedes Jahr vier Tage lang an Schwertern, Schilden und Kurzbögen trainieren. Die Waffenkammer der Miliz hat nur genug gute Ausrüstung für 40 Soldaten. Die Miliz muss noch mobilisiert werden.

Es gibt schätzungsweise 600 Bürgerinnen und Bürger, die einer Arbeit nachgehen oder eine Waffe tragen können.

Vorräte

Die Stadt verfügt über eine Reihe von Lebensmittel- und Vorratslagern.

Nahrungsmittel sollen in den Geschäften reichlich vorhanden sein, obwohl die Preise steigen.

Die Stadt hat eine Reihe von Lebensmittellagern. Über diese wird morgen ein weiterer Bericht vorgestellt.

Es gibt überall in der Stadt Getreidespeicher und Mühlen. Diese befinden sich in Privatbesitz.

Die Akademie hat genug Vorräte für das Militär.

Die Lagerhäuser am Hafen sind gut bestückt. Sie befinden sich in Privatbesitz.

Drei Brunnen in der Stadt liefern Trinkwasser.

Spielhilfe 2

Spielhilfe 3

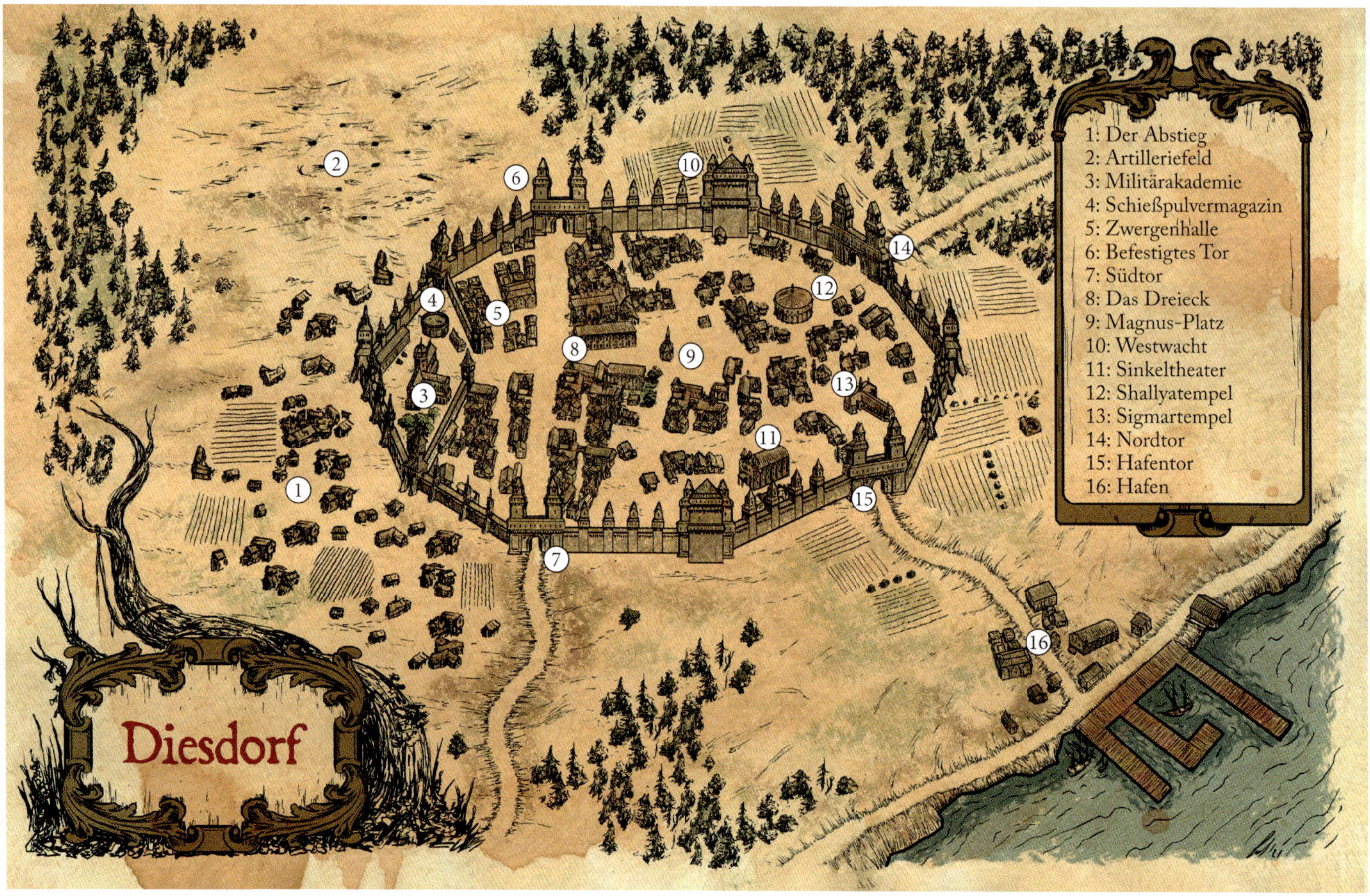

Spielhilfe 4

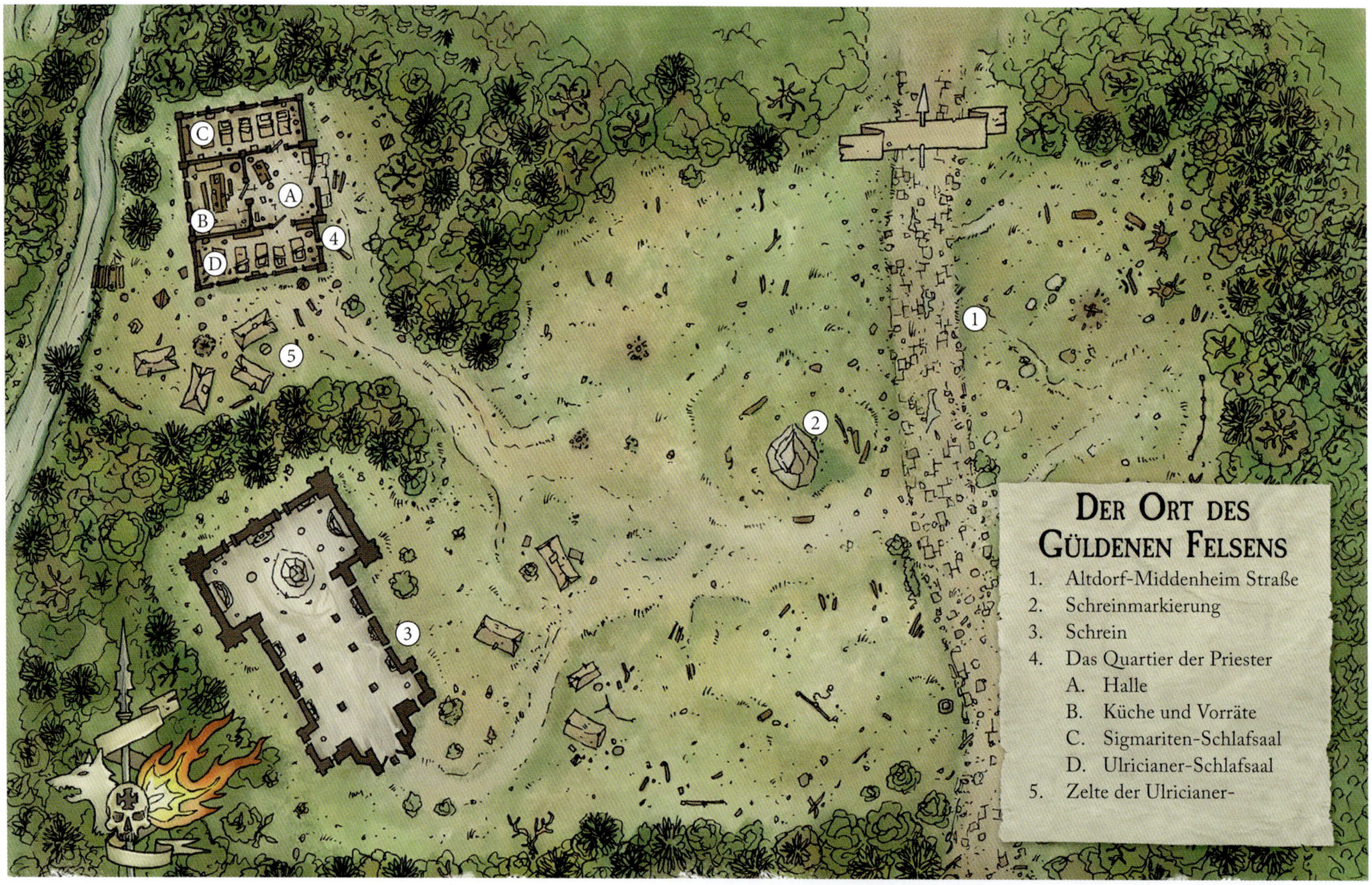

Spielhilfe 5

Spielhilfe 6

BRAVE BÜRGER DIESDORFS

Hütet euch vor der schleichenden RATTE, denn sie verdirbt nicht nur die Ernte und verbreitet Krankheiten, sie ist auch ein Spion für die Mächte des Chaos!

In seiner Großzügigkeit und Weisheit hat der Rat des Barons beschlossen eine Belohnung von 4 Groschen für ein Dutzend frischer Rattenschwänze auszuloben.

Um die Belohnung zu erhalten, bringt eure Schwänze zu Klaus Kopp von der Kommission für öffentliche Arbeiten.

Spielhilfe 7

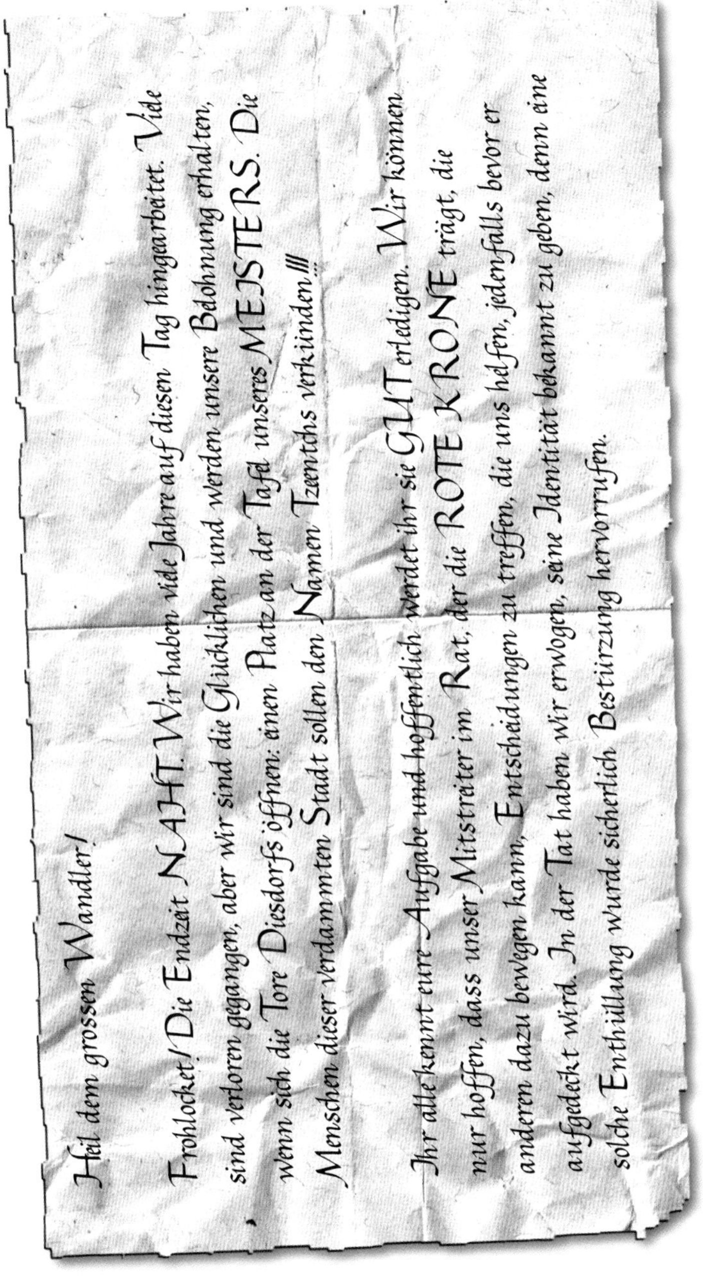
Heil dem grossen Wandler!

Frohlocket! Die Endzeit NAHT. Wir haben viele Jahre auf diesen Tag hingearbeitet. Viele sind verloren gegangen, aber wir sind die Glücklichen und werden unsere Belohnung erhalten, wenn sich die Tore Diesdorfs öffnen: einen Platz an der Tafel unseres MEISTERS. Die Menschen dieser verdammten Stadt sollen den Namen Tzeentchs verkünden!!!

Ihr alle kennt eure Aufgabe und hoffentlich werdet ihr sie GUT erledigen. Wir können nur hoffen, dass unser Mitstreiter im Rat, der die ROTE KRONE trägt, die anderen dazu bewegen kann, Entscheidungen zu treffen, die uns helfen, jedenfalls bevor er aufgedeckt wird. In der Tat haben wir erwogen, seine Identität bekannt zu geben, denn eine solche Enthüllung wurde sicherlich Bestürzung hervorrufen.

KRALL
Sümpfe von Couronne
Manaanspoort See
Ödland
Marienburg
Das Graue Schwestern
Schwarzsteinturm
Erzbaronie Nordland
Laurelorn Wald
Salzenmünd
Middenheim
Schadensumpf
Drakenwald
Erzherzogtum vom Middenland
Altdorf
Großfürstentum Reikland
Schloss Drachenfels
Karak Ziflin
Karak Azgaraz
Karak Norn
Das Graue Gebirge
Nuln
Großfürstentum Wissenland
Kreutzhofen
Die Kurfürstlichen Provinzen
Nordland
Middenland
Altdorf
Reikland
Hochland
Ostland
Talabecland
Ostmark
Stirland
Averland
Nuln
Wissenland
Middenheim
Talabheim
N
W
O
Sigmar
Die glorreichen Lande von Sigmars
Imperium
Die Saga Sigmar Heldenhammers
Mächtig ist Sigmar, der einen Zwergenkönig vor Schmach bewahrte.
Wie vermag ich ihn zu belohnen?
Ein Hammer des Krieges, ein Hammer aus Eisen,
das in zweischweifigem Feuer vom Himmel fiel,
aus der Schmiede der Götter.
Bearbeitet durch Runenschmiede.
Ghal Maraz sein Name, der Schädelspalter.
1 30 60 Meilen 90 120 150